天秤の護《まも》り人

安澄加奈

ポプラ文庫

1

たとえば物語のなかには、どうしたって主役と脇役とがいる。それでいくと、善《ぜん》は間違いなく脇役だった。何かを変えようと奮闘したところで、いつも運命や未来というものにまったく太刀打ちできず、弄ばれているだけなのだから。しかも、大概は誰の目にもとまらないような立ち位置で。

こういう考え方をネガティブと呼び、そんなだから何も変えられないのだと指摘する人もいるかもしれない。けれど考えてみてほしい。いつだって悪い未来しか予想できず、しかもそれが必ず実現するとしたら、誰だってネガティブにもなるだろう。

視界がようやく通常の機能を取り戻したとき、善は自分が病室の前で座り込んでいることを認識した。すぐそばには、自分と同じく白衣を身にまとった小柄な人がいる。彼女は冷静な声で、繰り返し善の名字を呼びかけていた。

「五十嵐《いがらし》くん、私の声聞こえてる？　聞こえていたら手を握り返して」

その人は、この病院に入職したばかりの善の指導係である武原朝希《たけはらあさき》だった。気づけば朝希はあたたかく小さな手で善の手を握り、救急患者向けのトリアージに則った声かけを正しく実施していた。我に返ってその状況を認識した善は、指示通りその手を握り返すのではなく、思わず振り放してしまった。

「大丈夫です」

弾かれたように朝希のそばから跳び退く。彼女はこちらの動揺など知らぬげに、善の顔色を観察していた。ミディアムヘアをゴムでくくっただけの簡素な髪型に、黒目がちの大きな目が印象的な顔立ちは、一見少女めいていて、〝きれい〟より〝かわいい〟という言葉が似合う。けれどたしかこの人は、今年二十五になる善より二つ年上のはずだった。

「本当？　念のためコードブルーしようか？」

首を傾げて言ってくる朝希に、善は強くかぶりをふった。

「それはいいです、もう平気です」

患者でもない新入職員の自分のために、院内緊急コールをかけて医者をここへ集めるなんてとんでもない。検査をしたところで異常など見つかるわけがないのだから、結局人騒がせだと怒られるのが関の山だ。まだここへ入職してから一週間しか経っていないのに、さっそく騒ぎを起こして目立ちたくはなかった。

「ただの立ちくらみですよ。おれ、たまに起こすことがあるんです。すぐに治るので気にしないでください」

言いながら、善はゆっくりと立ち上がった。そうしているうちにくらんでいた視界が徐々に回復してきて、きちんと周囲の光景が目に映るようになってきた。

そんな善の横で、「お騒がせしてすみません」と朝希が目の前の病室へ頭を下げる。病室の中から、穏やかな声が返ってきた。

「いえ、なんともないのならよかったです」

顔をあげた善は、病室のなかにいる患者の姿を目にした。短く整えられたグレイヘアと、品良く優しげな笑みが印象的な七十歳前後の女性だった。

「先生たちもお忙しいから、きっとお疲れなんですね。患者の私が言うのもおかしなことですが、体には気をつけてください」

丁寧な言葉遣いのその人は、驚きと心配とをその声ににじませながら、頼りなく壁にすがって立つ善を見つめていた。先生、とその患者が自分たちを呼んだのは、白衣を身にまとっていることから医師と勘違いしたせいだろう。しかし、善たちは医師ではない。

善はそっと息をついた。病院は、大学の実習期間にいた経験があったが、そのときは患者数の少ない小さな病院だったからまだよかった。けれど、この規模の病院は——

どうにもならないことというのは、この世界にありふれている。

だからこそやっぱり病院になんてこなければよかったと、善は強く思った。

病院の電子カルテというのは便利だ。患者のＩＤを入力すれば、医師のカルテや看護記録、各検査の結果、投与中の薬物情報などをすべて総括して見ることができる。薬局で働いていた頃は、そうした情報は患者との会話の中から拾い上げ、持ち込まれた処方箋とを考え合わせて推察していくしかなかったが、ここでは調べたい患者のＩＤさえわかっていれば、その病歴と細かな経過を知ることができた。調剤室に並べられた電子カルテにアクセスできるパソコンのうち一台を起動させ、善が患者の情報を細部まで頭に入れていたときだった。となりから、ふいにつぶやく声が聞こえた。

「薬剤師じゃダメだ。全然ネタにならない」

目をむけると、同僚の山吹《やまぶき》あずさだった。いつからそこにいたのか、彼女はとなりのパソコンを使っている。それに気づいた善は、とっさに今見ていた患者のカルテを閉じた。

山吹は女性にしては背が高く、すらりとしたモデル体型の美人だった。長い黒髪をいつも後頭部でお団子にまとめているだけで、化粧っ気もないのだが、それでも否応なく人目を引く華やかな容姿をしている。そのため善などは気が引けてしまい、まだまともにしゃべったこともない。

それにしても……ネタってなんのことだ？

なにか言葉を返した方がいいのか困惑している善の横で、山吹は眉間に皺を寄せた悩ましげな表情で、これから始める注射調剤の処方箋をパソコンから印刷している。ちなみに注射調剤というのは、注射や点滴で患者に投与する薬剤を、医師の注射処方箋の通りに患者別に取りそろえる作業だ。そうして薬剤の取りそろえをしながら、処方された薬剤のオーダーに用法や用量の誤りがないか、内服薬との重複や相互作用がないか等のチェックを行う。

今日はこのあと、善と朝希とこの山吹との三人で注射調剤を行う予定だった。だから山吹に話しかけられたのかもしれなかったが、彼女が言ってきた言葉の意味が、善には理解できなかった。すると、処方箋を印刷機から取り出してきた朝希が、こちらに近寄ってきて声をかけた。

「山吹、また妄想してるの？　業務中は大概にしなね」

ややおかしがるように注意する朝希に、しかし山吹は構わず「聞いてよ朝希」と形のよい眉をしかめて言いはじめた。

「次はお仕事ものを書いてみませんかって提案されたんだけど、きちんと取材している暇もないから自分の職業をネタにしようと思ったの。それでためしに妄想してみたんだけど、薬剤師じゃダメ、全然ネタにならない」

黙っていようかとも思ったが、話の流れが気になって、善はそろりと尋ねてみた。

「あの……ネタって何ですか？」

「小説だよ」

朝希が教えてくれる。

「山吹、薬剤師と兼業で作家もしてるの。学生の頃にネット小説で受賞して、本も出してる」

善は思わず山吹をふり返った。

「すごいじゃないですか」

善は賞賛したが、山吹はあまり響かない様子で細い肩をすくめた。

「すごいって言ってもらえるほど知名度も印税もないけどね。作家っていっても、薬剤師と兼業しながらじゃないと生活できないレベルだし」

そう自虐的に言ったものの、次の瞬間には目を生き生きとさせ、山吹は雑誌の表紙を飾るモデルさながらの華やかな笑顔で追加情報を投げてきた。

「ちなみに私、ジャンルはなんでもありだから。恋愛でもファンタジーでもサスペンスでもSFでもなんでも妄想膨らませられるから。新人くんもなにかネタがあったらよろしく」

「え、ネタって言われても……」

院内でも美女として名高い山吹の趣味嗜好《しこう》はかなり意外なものだった。しかもそれをこれだけあけっぴろげに言う人も珍しい。そんなふうに善が感心していると、山吹が真面目な目をしてさらに言ってきた。

「五十嵐くんみたいに、一見目立たない無害系男子がハリウッド映画並みの日常では起こりえない事件に巻き込まれて大恋愛する話とか、ちょっと面白く書けそうな気がするんだよね」

「……ありませんよ、そんなネタ」

善は首をすくめた。〝一見目立たない無害系男子〟という比喩は、喜んでいいのか微妙なところだ。ただ、考えようによっては自分がこの薬剤部に目立たず溶け込めている証だともとれるので、ありがたい評価だと受け取ることにした。

「まあ、それじゃあお仕事もののネタにはならないか」

ひとりでそう完結させ、山吹はため息交じりに話をもとに戻した。

「いざ薬剤師の小説を書こうと思ってあらためて考えてみたら、世の中の医療ものの物語って、大半は医者や看護師が主役のものばかりなんだよね。しかもそういう作品のなかでも、薬剤師が出てくるシーンってほとんど見ないし。なんでだと思う？日常業務にネタがないから？」

山吹は首をひねりながら善と朝希に問いかけてくる。言われてみればと善も思った。薬剤師という職業は、主役はおろか脇役としてすら物語のなかで登場するところをあまり見ない。それはこうして毎日四苦八苦しながら仕事をこなしていても、世間における存在感がいかに薄いかということの表れのようだった。なるほど生まれながらにしてバイプレイヤーの自分がなるべくしてなった職業じゃないかと、善が今さら納得している横で、朝希が山吹に質問した。

「いつもすごい勢いで妄想を広げてる山吹でも、何も浮かばないの？」

「色々考えてはみたんだけど、かろうじて思い浮かんだのは、薬剤師が容疑者として捕まるサスペンス」

「ていうか、それもうお仕事ものじゃないよね」

「それな」

二人は顔を見合わせ、面白い冗談でも言い合ったように笑った。しかし善は笑えなかった。小説で登場するとしてもサスペンスで、しかも容疑者役くらいしか配役がもらえないのだとすれば、この職業はさすがにむなしい。

もしもあのとき、きちんと医学部の入試を受けていたなら――と善はふと考えた。今の自分は、この仕事をしていなかったのだろうか？

まあ、たとえ試験を受けられていたとしても、模試ではいつもC判定だったので、医学部に受かっていたかは怪しいところだけれど。

ぼんやりと善がそんなことを考えていると、山吹が面白くなさそうな声を出した。

「やっぱり世の中で医者や看護師を主役にした物語が多いのは、その方が断然面白い話が書けるからだよね。緊急オペとか蘇生とか、命のやりとりがあれば、そりゃあドラマになるし」

「まあ、それもあるだろうけど、薬剤師は患者の見えないところで薬を用意するのが主な仕事だしね。医師や看護師と比べれば、患者との直接のやりとりは少ない。

とくに病院薬剤師は、服薬指導で患者のベッドサイドに行くようになったのも最近のことだし、どうしたって世間には認識されにくいんじゃない？」

朝希は苦笑しながらもどこか他人事のように言い、棚から取ったたくさんの輸液ボトルを小柄な体で抱えあげた。その不安定な様を見た善は、思わず駆け寄って朝希から何本かボトルを引き取った。山吹は薬剤アンプルを棚の引き出しからてきぱきと集めつつ、納得できない顔で言いつのる。

「でも、医者と同じ六年もかけて免許とって、同じように医療現場でミスの許されない仕事をしてるのに。朝希は割にあわないと思わない？　この仕事」

朝希は運んできた輸液を調剤台に並べながら答えた。

「私は、生きていければいいから」

「相変わらずあっさりしてるねえ、朝希は」

朝希らしい回答だなと、そのとき善も感じた。とはいえこの人のことをそこまで知っているわけではないのだが。

この一週間、指導係として世話になった朝希に対する善の印象は、大きな黒目が印象的なかわいい系の顔立ちと、小柄な背丈からは想像しにくいほど、性格がかなり合理的でさばさばしているということだった。嫌な仕事も無駄な愚痴を言わずにてきぱきと片付けるし、医療現場にはつきものの誰もが慌てる切迫した場面でも、驚くほど冷静に対処する。いつも感情がニュートラルな感じで、激しく怒ったり泣いたりする姿の想像がつかない。そう思えば、こうして同僚の山吹と冗談を言って笑い合っていたりもするので、どこか摑みづらい不思議な人だった。

朝希は電子カルテから印刷した注射処方箋の束を山吹に手渡しながら、「あのね山吹」といくらか諭す口調に変わった。

「新人くんの前であまり夢のないこと言わないで。就職二年目の若くて貴重な人材が、わざわざうちの病院を選んで来てくれたんだから」

それを受けて山吹が笑う。

「本当、業務内容と給与の天秤がおかしいくらい傾いてて、求人出しても二年も誰も来なかったのに、よくうちを選んでくれたよね、五十嵐くん」

その言葉が聞き捨てならず、善は口をはさんだ。

「ちょっと待ってください。病院薬剤師ってやっぱりそんなに厳しいのかと訊こうとしたときだった。朝希と山吹は顔を見合わせ、急に朝希が処方箋に目を落とし、「あ」と声をあげた。

「505号室の三沢《みさわ》さん、抗生剤がセフトリアキソンからいきなりメロペネムに変更になってる」

善の質問など聞こえなかったように、山吹も朝希の持っている処方箋をのぞき込む。

「どんな症状？　薬剤感受性検査は？」

「尿路感染症。三沢さんは私の担当だけど、薬剤感受性検査のオーダーは出てなかったな」

すでに朝希の顔つきが切り換わっていた。考え込むようにじっと処方箋にすえていた目を、ふいに善に向けてくる。

「五十嵐くん、この処方、何が引っかかってるかわかる？」

善は給料のことがまだ残っている頭を急いで切り換えて、自分のなかにかろうじて収まっている知識をたどった。

「いきなりメロペネムのような広域の細菌に効く抗生剤を使用すると、のちのち耐性菌を出現させるリスクがあるからですか？　最近は薬剤耐性の菌が増加していることもあって、抗生剤の乱用を控えるように厚生労働省からもお達しが来ていますよね」

「うん、そう」

朝希がほほえんだので、善はちょっとほっとした。そんな善に朝希が提案する。

「せっかくだから五十嵐くん、自分で先生に疑義照会《ぎぎしょうかい》してみる？」

疑義照会というのは、薬剤師が調剤を行う際、処方箋に疑問点や不明点を見つけたとき、処方医に対して内容の確認を行うことだった。善はわかりましたと答え、使い慣れていない自分のPHSから処方医に連絡をとった。呼び出しのコールが繰り返されている間、朝希と山吹がひそめた声で話し始める。

「処方医って誰？」

「藤《ふじ》先生」

「武士か……」

その二人の会話を善が気にする間もなく、藤医師が応答した。善は今回の処方箋に対する不明点をできるだけ簡潔に説明し、抗生剤変更について藤医師の意向を訊こうとした。すると、唸るような声でひと言。そのままPHSが途切れる。

今言われたことを、善は面食らいながら二人の先輩に伝えた。

「〝うるせえ〟って言われて、切られたんですけど」

山吹がやけくそみたいな笑顔になった。

「ほらね、やっぱり割に合わない」

「まあ、割に合わなくても見過ごせないんだけどね」

朝希も山吹と同種の笑みを浮かべてそう言ったが、彼女はいつもやっぱり理性的だった。次の瞬間には、冷静かつ気合いを入れた顔つきになって身を翻した。

「直接先生と話してくる。いこう、五十嵐くん」

上鞍《かみくら》総合病院は、信州の山間部にある地方都市、三須々《みすず》市の北の端に位置している。病床数は三百八十床と中規模病院に分類されるが、三須々市の市内にある大学病院までは二つの峠を越えねばならない車で一時間半の道のりで、その間ほかに救急診療を行っている医療施設がないため、周辺地域に住む人たちの頼みの綱という役割を果たしていた。ただしその内実は、断れない救急患者や、距離的に遠すぎて大学病院に紹介できない重症患者を抱え、常に設備と能力を上回る症例と向き合って——もとい、闘っている病院だった。

この地域を故郷とする善は、もちろんこの上鞍総合病院の実情を知っていた。そしてそんな無理難題のなかで切り盛りしている病院の薬剤師は、さぞ大変なのだろうと人ごとに思っていた。大学を卒業してから二年目の五月、まさか自分がその上鞍総合病院に転職することになるとは思ってもいなかった。

薬剤師の仕事というのは、一般的には処方箋に基づいた内服薬の調剤をイメージする人が多いだろう。それを基準にすると、病院で働く薬剤師の業務内容は幅広く複雑になる。

入院している患者の内服薬の調剤はもちろんのこと、点滴や注射薬剤の調製、抗がん剤のミキシング、入院患者の持参薬鑑別、退院薬の患者説明、そのほか担当病棟の薬剤在庫の管理、医師や看護師への薬に関する情報提供……つまり、院内で起こる〝薬〟が関わる事柄なら、すべて請け負っているとでもいえばいいだろうか。

病院で行う治療にはほとんどの場合薬が関わるため、それに伴って起こるハプニングや問題もあとを絶たない。だからこそ善がついて回っている朝希のPHSには、担当病棟からひっきりなしに電話がかかってきていた。患者が錠剤を嫌がっているが粉砕して服用してもいいのか、点滴の薬剤を混合したら白く濁ったがどうしたらいいか、感染症の種類によって消毒薬はどう使い分けるのか――

そうした様々な案件に対応するため、朝希は院内を駆け回っている。この病院に入職してようやく一週間になる善は、そんな朝希について回っているだけで毎日くたくたになった。

大胆というよりは慎重派で、要領がいいというよりは何事にも地道に取り組まねば身につかないのが善の気質だった。不慣れな業務をこなすなか、患者に投与する薬でミスを犯さないよう常に気を張っているのだから、くたくたになるのは当然といえば当然だ。ただ今日にかぎっては、そこに輪をかけて緊張していた。それは、これから成さねばならないことがあるせいだった。

病棟へ向かう階段を駆け上がりながら、善は白衣のポケットから腕時計を取り出して時間を確認した。それで足が鈍ったせいだろう。朝希が気づいてふり返った。

「疲れた？　階段移動ばかりで悪いけど、藤先生、たぶん六階のナースステーションにいると思うから。エレベーターは患者さん優先で時間かかっちゃって……」

言いかけ、急にはっとしたように朝希が声を高くした。

「そうだ、五十嵐くん、さっき倒れかけたのに連れ回してごめん。具合が悪かったら、薬剤部に戻って休んでる？」

「いえ、ちがいます、体はもう平気です」

善は急いで否定した。朝希は眉根を寄せて善を見る。

「でも、顔色が悪い気がするけど」

善は慌てて顔をそらした。自分の顔色が悪くなっている理由は他にあるのだが、それを言うわけにはいかない。すぐにごまかすための理由をさがした。

「これはたんに運動不足なだけです。病院の仕事って、めちゃくちゃ動き回るじゃないですか。おれ、前は小さな調剤薬局にいて、こんなに動き回ることもなかったから体力がなくて」

実際、一気に四階まで階段を駆け上がった今、息が上がっていたので、情けないことに嘘でもなかった。朝希はそれを見てとったらしく、少し休もうとでも言うように踊り場の壁に背をあずけ、話しかけてきた。

「そういえば五十嵐くん、前は薬局勤務だったって言ってたね。どうしてうちみたいな病院に転職を決めたの？　さっきも話に出たけど、当直もあるしお給料も高くないし、前の職場より大変じゃない？」

善はその質問をおかしく感じた。さっきは冗談っぽくそらせた話題に、この人はわざわざまっすぐに触れてくるのかと。そのため少し肩の力が抜けて、自分のことを語るのが苦手な善でも、するりと話すことができた。

「前は、高齢の薬局長が一人で切り盛りしていた小さな薬局で働いていたんです。

でもその薬局長の腰痛が悪化して、急に薬局が閉店になってしまって」

「そっか……それは残念だったね」

朝希が同情するように言う。それを受けて、善はつぶやいた。

「おれ、わりといつもついていないんです」

朝希が顔をあげ、いぶかしげにこちらを見た。その目を見返し、善はなるべく重みをもたせない声で続けた。

「前の勤め先が閉店になって、仕方なく転職先をさがしたら、実家から通える範囲で中途採用の募集が出ていたのがこの病院だけだったんです。だからここに来ました」

すると、朝希がちょっとだけ笑った。

「正直だね。ついていないからここに来たなんて。指導役の私には、建前くらい言えばいいのに」

「嘘はできるだけつきたくないので」

それは善の本心だった。そして善が子供の頃からできるかぎり守っている願掛けとも言えるものだ。オオカミ少年と逆の理論で、可能な場面でなるべく正直でいれば、いざ大事なときに、誰かに信じてもらえるのではないかと思うのだ。

それに病院の薬剤部に来てみて、よくわかったせいもある。ここにいる人たちは仕事に対する責任感も意欲もあって、身につけている知識もすごい。医学部に行けなかったことですっかりくじけ、意欲をなくし、最近まで小さな薬局で無難に仕事をこなしていただけの自分が、建前でも熱い言葉を装ったら、それは本当に頑張っている人たちに対して失礼になる気がした。

ふとあらためて、朝希が気づいたように言う。

「五十嵐くんは、あまり自分のことを話したがらないよね」

「そうですか?」

どきりとしたのは図星をつかれたからで、善は次の言葉が出なくなった。会話が途切れ、自分のために足をとめて話をふってくれた朝希に申し訳なくなり、善は話題をさがした。

「武原さんは、どうしてこの病院に就職したんですか?」

逆に聞き返してみた。実は前から訊いてみたかったことだ。

「一堂《いちどう》部長から聞いたんですけど、武原さん、国立大学の薬学部出身なんですよね。大学でも論文とか発表してて優秀だったって聞きました。国立の薬学部を出ている人って、企業や大学での研究分野に進む人が多いって聞きますけど、どうしてこの病院に?」

朝希は少し間をあけた。それから、ぽつりと言った。

「地元だから」

そのときの朝希の表情を見たうえで、善はただ頷いた。

「そうなんですね」

この人は、たまにこういう顔をするなと思った。いつもは迷いのない目で相手を見返しているのに、それを時々伏せて、他人に自分の内側をのぞきこませないようにする。武原さんもおれと一緒じゃないですかと言いたくなった。あまり自分のことを話したがらない。でも、それならそれでいいんじゃないかと思う。これは、たんに自己肯定したいだけかもしれないけれど。善は話題を変えた。

「足を止めちゃってすみません。先生への問い合わせができないと、調剤できませんよね。早く行きましょう」

そう言って先に階段をのぼりはじめた善の背中を、朝希はしばらく見つめていたようだった。けれどまた足を踏み出すと、彼女はすぐに善を追い越し、とてもしっかりとした足取りでどんどん先に進んでいく。朝希の一つに結んだ短い髪が動物の小さなしっぽみたいに揺れていて、善は情けなく息を弾ませながら、それにおいていかれまいと急いだ。


六階のナースステーションに藤医師の姿はなく、善たちは結局、今駆け上がってきたばかりの階段を引き返して二階の医局まで足を運んだ。

朝希のあとに続き、善ははじめて医局へ入った。医局は薄暗くしんとしていた。

一見誰もいないかのようだったが、よく見れば顔にタオルをのせ、ソファに斜めに横たわっている人物がいる。あれが藤医師だろうか。善が戸惑って朝希を見ると、朝希が頷いた。寝ているところに声をかけていいのか迷ったが、処方箋の疑義をはっきりさせなければ調剤ができないため、善は横たわるその人物に歩み寄った。

「藤先生、お休みのところすみません。先ほど抗生剤のことで問い合わせた――」

善がすべて言い切る前に、唸るような声が返ってきた。藤医師がゆっくりとソファから身を起こす。顔の上からタオルが落ち、磨かれた刃物のような目が善にすえられた。四十がらみのその医師は、顔のすべてのパーツが鋭く剣呑だった。そぎ落としたような細い顎に鋭い眼光、機嫌悪く跳ね上がった眉。黒髪は寝癖なのかそういうセットなのか毛先があちこちに跳ねている。医師というより極悪犯だと言われた方がまだ信じられる外科医は、息をのむ善を見て目をすがめた。

「誰だ、お前」

「……新しく薬剤部に入職した五十嵐です」

善はやっと声を出したが、内心は目の前に刃物でも突きつけられているかのように縮み上がっていた。そんな善に、藤医師は舌打ちする。

「さっきの抗生剤のことか。小姑みたいに細かいことで問い合わせしやがって。イガラシだかデガラシだか知らないが、薬剤部ってのはそんなに暇なのか？」

善は言葉が出なくなった。相手のいきなりの態度の悪さが、善の許容範囲を超えていた。

「暇ではないですが、処方箋の疑問点を解消するのが私たちの仕事です」

ばかみたいにぽかんとしている善の後ろで、朝希がそっと口をひらいた。

「メロペネムのように、多くの菌に効く広域スペクトルの抗生剤を乱用してしまうと、耐性菌が発生するリスクが高くなります。もし患者さんがそれで治ったとしても、その薬剤に耐性をもつ菌ができ、それが蔓延すれば将来的に使える抗生剤がなくなってしまう。そういう事態を懸念して、最近では広域スペクトルの抗生剤はできる限り最終選択肢として残しておくことが推奨されています。ですので、可能であれば三沢さんの抗生剤を再検討していただきたいのですが」

丁寧な口調で朝希は説得しようとしたが、藤医師は鼻で笑った。

「そんな風にご高説を垂れるなら、お前が処方を出せ」

「処方箋は医師にしか出せません。法律でそう定められています」

朝希が淡々と返すと、藤医師がいきなり両足で床をバンとたたくようにして立ち上がった。上背のある藤医師が殺気だった細い目で小柄な朝希を見下ろす。善はすぐにも朝希の腕を摑んで医局から逃げ出そうと思ったが、朝希は一歩も後ずさることなく相手を見返していた。藤医師が突然大きな声を出した。

「今苦しんでいる患者に有効だと思える薬を使うことの何が悪い。言ってみろ」

「それなら、他に効く薬剤があるかもしれないのにそれを調べないのはなぜですか？」

朝希は純粋な疑問を知ろうとするように投げかけた。藤医師は口をひらいたが、一瞬言葉が出なかった。その隙《すき》に朝希が落ち着いた声で続ける。

「お手数ですが、薬剤感受性検査のオーダーを出してください。原因菌への効果を調べずに当てずっぽうで抗生剤を使うのはよくありません。感受性検査のオーダーを出し、そのあいだに、タゾピペを使ってみるのはどうでしょうか。それから感受性検査の結果を見て確実に効く抗生剤を選択する。検査結果が出るまでに三、四日。中継ぎのタゾピペが効くかもしれないですし、効かなかったときには検査結果で判明した確実に感受性のある抗生剤にすぐに切り替えられます」

数秒の間のあと、藤医師は片手で寝癖のついた頭をくしゃくしゃにかき回した。それから、唐突に踵を返して背後のデスク前にどかりと座る。そこに備え付けられたパソコンを起動し、電子カルテをものすごい早さで操作しながら、またいきなり言葉を投げてきた。

「タゾピペの投与量を言え」

「三沢さんは腎機能が正常なので一回4・5グラムを一日三回です」

そんな緊張感のある朝希と医師のやりとりを、善は冷や汗をかきながら見つめていた。善は今朝希が即答した三沢さんの腎機能の値もわかっていなければ、訊かれた抗生剤の投与量も頭に入っていなかった。

「すみませんでした、全部代わりに対応してもらって」

医局を出てから、善は朝希に謝った。朝希は首を傾げるようにして苦笑する。

「いや、今回のは仕方がないと思うよ。調剤薬局のときは点滴の抗生剤なんて扱ってなかったでしょ。それに五十嵐くん、うちの先生たちにもまだ慣れていないしね」

たしかにあんなに態度の悪い医師には慣れていなかった。調剤薬局に勤務していたときも、電話で医師に問い合わせをしたことはあったが、あそこまでひどい対応をされたことはない。善は仕事がこなせなかった代わりに、せめてさっきのやりとりのなかで理解できなかったことを知ろうと朝希に質問した。

「藤先生、どうして検査のオーダーを出していなかったんですか？」

ああ、と先を歩きながら朝希が答える。

「面倒だったからじゃないかな」

善は思わず聞き返した。

「それだけですか？」

「うん。今回は先生の方が筋が通ってなかったでしょ？　だから説得できた。藤先生は、基本的に態度が悪いけど、こっちが筋の通ったことを言っていればちゃんと聞き入れてくれるから」

はたしてあれが聞き入れてくれたといえる態度だったのだろうかと、善ははなはだ疑問に思った。医者は変わり者やくせ者が多いとよく聞くが、あの藤医師もおそらくその部類だろう。

「まあ、先生のあの態度にも理由はあるよ」

朝希は小さく肩をすくめ、理解を示すような口調になった。

「藤先生、担当患者さんの急変でもう三日も病院に泊まり込んでるんだよ。昨日は研修医の先生と夜中に二十人の救急患者を診たっていうし。当直と外来の立て続けで、たぶんこの三日間、ろくに寝てないんじゃないかな」

「寝てないなかで夜中に二十人って……いまだにそんなことがあるんですか？　最近は働き方改革とかで、医師の勤務体制も調整してるって聞きますけど」

「研修医から徐々にね。でも働き方を改革したくても患者が減るわけじゃないし、そのしわ寄せがベテランの先生たちにきてる。医師不足の地方病院はそれが現状。医師や看護師は、少ない人数でいつも一刻を争う命のやりとりをしていて、余裕がないぶん臨機応変に対応しなくちゃならない。だけど臨機応変が過ぎれば秩序がなくなって煩雑になる。煩雑になったらどこかで必ずミスが起こる。それをなるべく起こさないようにするのが私たちの仕事」

割り切った口調で語る朝希の言葉を聞いていると、藤医師があれだけの態度を取ったのも同情の余地があるのかもしれないと思えてきた。本当は比較的まともな医師で、仕事環境のせいでたまたま荒ぶっていたのかもしれない。そう解釈した善は、ふと気になっていたことを思い出して尋ねた。

「そういえば藤先生って、どうして武士って呼ばれてるんですか?」

「うっかり間違ったことや筋の通らないことを言うと、バッサリ返り討ちにされるから」

諦めたようなほほえみを浮かべて、朝希が言う。

「武士先生に怒鳴られたら、出会い頭の事故だと思って」

「どういう意味ですか、それ」

「避けようがない凶事」

そんな凶事と渡り合って仕事をしていかなければならない病院という場所は、やっぱり恐ろしいところだと善は思った。

電子カルテには様々な情報が記載されているが、そこから情報を読み取るには知識が不可欠だ。たとえば薬剤師は、患者の薬歴を見ればその患者のだいたいの症状と病名、予測しうる副作用や注意すべき相互作用を頭に浮かべることはできる。けれどレントゲン画像やMRI、心電図の波形などについては専門外のため把握するのが難しい。

「五十嵐くん、ＭＲＩの画像がわかるの？」

すぐ近くから聞こえた声に善ははっとしてふり返った。朝希が、善の使っているパソコンを背後からのぞき込んでいた。善が動揺しながら見ていた患者のカルテを閉じたのとほぼ同時に、彼女はいきなりハイ、と何かを差し出してきた。それは、湯気の立ちのぼるインスタントの味噌汁だった。

「休憩時間くらい、ちゃんと休んでお昼食べて。じゃないと体が持たないよ」

「……ありがとうございます」

善はＭＲＩ画像と見比べていた医学書を閉じ、朝希から味噌汁を受け取った。朝希に促されて休憩室に移動する。休憩室には個人用のデスクがあり、昼食もそこでとることになっていた。

善は昼食を食べる気にはなれなかった。けれどもらった手前、味噌汁をすすってみると、じんわりと腹の底が温まってきた。朝希のデスクは善とちょうど背中合わせになる位置にある。そこで朝希は自分の弁当を広げながら話しかけてきた。

「五十嵐くんって、熱心だよね。隙《すき》があればずっと患者さんのカルテを見たり検査データの解説書を読んだりして。やっぱり病院なんてやめとけばよかったって後悔してるように見えたけど、私の気のせいだった？」

善は思わず味噌汁でむせた。おにぎりをかじりながらこっちをふり返った朝希は、「あ、やっぱり当たってた？」と責めるでも残念がる風でもなく言ってくる。たとえ善が病院をやめると言ったとしても、この人はあっさり受け入れそうだ。冷たいわけでも、優しくないわけでもないが、フラットすぎる彼女は少しだけ感受性が乏しいようにも思えた。

「……さっき、山吹さんが言っていたことですけど」

後悔していることを見抜かれていたなら、隠しても仕方がないと思い、善は考えていたことを少しだけ口にしてみることにした。

「薬剤師が主役にならないって話？」

朝希に聞き返され、善は頷く。

「病院で働いてみて、おれも山吹さんと同じようなことを考えました。おれたちは職能から医師に進言はできるけど、最終的な判断はすべて医師にゆだねられます。これはおれ個人の見解ですけど……山吹さんが物語のなかで薬剤師を主役にするのが難しいと言っていた理由は、おれたちの立場が、自分の意思で誰かを助けることができないからじゃないかと思うんです」

言いながら、やっぱりその点においてもこの職業は自分に似合いだなと思う。これまでの自分を鑑みれば、医者になるよりずっと身の丈に合っていると今では納得できた。ただ、病院というこの場所でそれを続けるかはべつにして。

朝希は口にしたおにぎりを噛み、ゆっくりと飲み込んでから言った。

「まあ、山吹はああ言っていたけど、やりがいはあるよ」

「やりがいって？」

少し黙ってから朝希が言う。

「傾きかけた運命を戻せるところ」

「なんですか、それ」

「なんだろうね」

朝希は眉をさげるようにして笑った。そしてこちらに背をむけ、またおにぎりを食べはじめる。この人は奇妙な人だなと善は思った。彼女自身は自分のことを理解してもらおうとは思っていないように見えるのに、こちらからすれば、澄んだ水をたたえる湖みたいに、底に何があるのかのぞき込んでみたくなる。

「そういえば、五十嵐くんってちょっと不思議な雰囲気あるよねって、看護師さんたちが噂してたよ」

「……はい？」

いきなり脈絡のないことを朝希が言ってきたので、善は気の抜けた声を出してしまった。

「顔つきはぼんやりして冴えないけど、よく見れば背が高くてすらっとしてるし、磨けば光るかもしれないタイプ。あと人は良さそうなのに何考えてるかわからないミステリアスなところと、時々立ちくらみを起こしているひ弱さが母性本能をくすぐる不思議系男子、だって」

朝希は笑って善の背中をたたく。

「男性の薬剤師って、手に職を持ってるぶん結婚相手としては優良らしいから。君に注目している看護師さんたち結構いるよ。よかったね、不思議系男子」

それは注目されているというより値踏みされているのではないかと善は思った。だからナースステーションであんなに視線を感じたのかと今さら納得がいく。ただ、自分が集める注目の理由がそれだけではないことを、善はちゃんと自覚していた。

「不思議っていうか……時々変な言動をしてるとかって不気味がられてますよね、おれ。それは知ってます」

朝希が一瞬笑顔を固まらせたのを見て、やっぱりなと善は思った。どんなに取り繕っても、所詮どこかからぼろが出てしまうものなのだ。

飲み終わった味噌汁のカップをデスクに置く。そこには、さっき善が白衣のポケットから取り出した腕時計があった。それに目を落としながら善は言った。

「今さっき、おれがカルテを見ていた患者さん」

「602号室の小林信子《こばやしのぶこ》さん？　今朝倒れかけた五十嵐くんのことを心配してくれた」

善が誰のカルテを見ていたのか、やっぱり朝希には一目でわかったようだった。

それならと、善は続けた。

「明日、退院予定なんですね」

「うん、オペ後の経過も順調だから」

「できないかもしれません」

告げて、善は立ち上がった。行動を起こすならそろそろだ。朝希に顔をむけて呼びかける。

「武原さん、コードブルーのかけ方を教えてもらってもいいですか？　今朝おれが病棟で倒れたときに、武原さんがしようとしていた院内緊急コール」

朝希が不思議そうに、小さな声で尋ねた。

「どうして？」

「もしものときのために、知っておきたいので」

やっぱり病院はやめようと善は思った。どうせやめるなら、この人にも、どう思われても仕方がない。


切迫した緊急放送が院内に流れている。通称コードブルーと呼ばれるそれは、院内で重症患者が現れた際に、医療スタッフをその患者がいる場所へただちに急行させるための救急コールだ。

トイレかどこかへ行って帰ってきたところだったのだろう。患者はベッドまで行きつかず、病室に入ったところで倒れていた。今朝はあれほど穏やかな顔つきをしていたその人は、今は床に横たわったまま、荒い呼吸のなかで苦悶の表情を浮かべている。この深刻な状況とは場違いに、つけっぱなしにされたテレビからは、平日の午後二時から放送される情報番組のオープニングが軽快な音楽とともに流れていた。

善はその患者を、ただ立ち尽くして見つめていた。緊急放送が開始されてから数十秒と経たない間に、招集された医師や看護師が次々と善を押しのけて患者に駆け寄る。患者に呼びかけ、脈を測り、慌ただしく処置をはじめた。その患者は、明日退院するはずだった602号室の小林信子さんだ。

善は到着した看護師長に、どういう状況だったのか尋ねられたので、たまたまこの病室の前を通ったら患者が倒れ、苦しそうにしていたからコードブルーをかけたのだと説明した。その間にも、医師や看護師たちが必要な情報を共有しながら小林さんに救命処置を施している。

「下肢骨折の術後、明日退院が決定していた患者さんです」

「DVT（深部静脈血栓）からの肺塞栓症だとしたらまずいですよ」

「担当の東野《ひがしの》先生は？」

「オペ中で……」

強い口調で医師たちから指示が飛び、一刻の猶予もなく看護師たちがその指示に従う。医師や看護師たちが患者へ生きるための処置を施しているあいだ、善は他にできることもなく、ただばかみたいに突っ立っていた。そのとき、人が押しかけた病室内に小柄な人物が飛び込んできた。おそらく薬剤部がある一階から駆け上がってきたのだろう。赤い大きなバッグを肩にかけ、息を弾ませて現れたのは、朝希だった。

「薬剤部です。緊急用の薬剤一式持ってきました」

朝希は言うなり赤いバッグを肩から下ろして開き、病棟用の救急カートの引き出しも開いて医師や看護師たちが薬剤を取りやすいようにサポートをはじめた。そういえばと善は思い出した。コードブルーがかかった際には、薬剤部から救急薬の一式を取りそろえたバッグを背負って急行するのが薬剤師の役割だと初日に教えられていた。そのとき、善と朝希の目が合った。彼女が驚愕したように目をいっぱいに見開く。善は、他にどうすることもできずにその目を見つめ返した。

さっき退院できないかもしれないと告げた患者が、いままさにこうして倒れ、そのそばに自分がいる――

彼女はきっと不気味に思っているだろう。でも、それはもう仕方のないことだ。善はそう自分に言い聞かせた。

救命の現場では、できることがない人間はいても邪魔になるだけだ。患者を発見したときの状況を説明し終えると、善は看護師長の指示で薬剤部に戻された。朝希は引き続き医師たちのそばで使用する薬剤の払い出しを行っていた。

善は指導役の朝希が戻ってくるまで、先輩の八城《やしろ》とともに調剤業務についていた。八城は三十代後半の男性薬剤師で、無口なうえに無表情な人だった。何を考えているのか読み取りづらい人ではあったが、少しして朝希が薬剤部に戻ってくると、めずらしく自分から声を発した。

「コードブルー対応お疲れ様。小林さんの容態どうだった?」

急変患者の小林さんは八城の担当患者だった。だからこそ内心では気にかけていたのだろう。朝希はさすがに少し疲れた顔をしていた。重そうな緊急用バッグを肩から下ろし、八城に説明する。

「先生たちの見立てでは、DVTからの肺塞栓症じゃないかと。すぐに緊急で造影CTを撮ることになったんですが、CT室に移ったところで心肺停止になってしまって……」

善は朝希の報告を、息を詰めて聞いていた。

「でも、すぐに心臓マッサージを開始して心拍戻りました。今は人工心肺の装着と抗凝固薬の投与を行っています。まだ油断できない状況ですけど、とりあえず薬剤の払い出しは一段落したので私は戻ってきました」

「肺塞栓……小林さん、術後のリハビリもきちんとやっていたのに。こういうことも皆無じゃないからＤＶＴは恐いな」

交わされる会話には、おそらく病名だろう略語が交じっていて、病院に来てまだ日が浅い善には半分ほどしか意味がわからなかった。けれど肺塞栓症が致死性の高い疾患であることは知っていたし、二人の硬い声や表情から、小林さんが今も危険な状況であることは読み取れた。

ふいに八城のＰＨＳが鳴った。それに応じて通話を切ってから、八城が言う。

「ごめん、病棟から呼び出しがきた。武原、おれの代わりに五十嵐と調剤業務に入ってくれる？」

朝希が了承すると八城は出ていき、調剤室には善と朝希の二人だけがのこされた。

朝希は黙ったまま、薬剤の種類と量を確認し、緊急用バッグに補充している。

「お手柄だったね」

いきなり朝希に言われて、善はとっさに何のことかよくわからなかった。少ししてから、患者を発見したことを褒められたのだと理解が追いつく。何か訊かれても曖昧《あいまい》にすりぬけようと考えていた善だったが、まさか労《ねぎら》われるとは思わず、戸惑った。

「気味悪くないんですか？」

善は、思わず言っていた。

「なにが？」

「おれのこと」

緊急用バッグを所定の棚に片付け終えた朝希が、まばたきをしながらこっちを向いた。

「なんていうか、一人で思い悩む思春期の少年みたいだな、とは思うけど」

「はい？」

わけがわからず面食らう善の横で、朝希はこれから調剤せねばならない幾枚もの処方箋に目を通していた。そうして、まるで授業でもするような口調で言い始める。

「ＤＶＴは、体の深くに存在する静脈に血栓が生じることで起こる病態。下肢の静脈に血栓が生じることが多くて、一般的にはエコノミークラス症候群としても知られている。そうして体の中で発生した血栓が、小林さんの肺に飛んで肺塞栓症を起こした」

彼女は、はっきりと言う。

「あなたがあの病態を引き起こしたわけじゃない。そんなこと、どうやったって人間には不可能」

めちゃくちゃ理詰めで理性的な見解だ。人間は正体のわからないものに対して不安や嫌悪を示すもので、実際、善は今日のように〝失敗〟してその行動を人目につかせてしまったとき、そういう視線を向けられてきた。だから、そうじゃないこの人がめずらしかった。善は調剤の手をとめて朝希の方をむいた。

「訊いてもいいですか？」

朝希がこっちを見る。朝希はいつも、善には見えていないものをまっすぐに見つめているような気がした。この人は自分が抱えている鬱屈に対して、どんな答えを返してくるだろうかと、試す思いで善は口にした。

「おれたちって、患者が薬を使用する前に、副作用が起こるかどうかとか、飲み合わせは大丈夫かとか、未来に起こりうる危険を予測して、患者に不利益がないように立ち回るのが仕事ですよね」

朝希は善の言葉を飲み込むように間をあけてから、頷いた。

「そうだね」

「でも、さっきのような場面に遭遇したとき、救命を行うことはおれたちにはできません。薬の知識はあっても、実際の処置はできないし、おれたちにはそういう力とか役割はない」

話している途中から、こういうひねくれた理屈っぽさが朝希に少年みたいとたとえられたのかと気づいたが、もう遅かった。しかも自分個人の問題を、薬剤師の仕事に置き換えている――そう自覚したものの、開き直って善は尋ねた。

「武原さんは、どういうモチベーションでこの仕事をしているんですか？」

朝希は手にした処方箋に目を落としたまま黙っていた。そしてしばらくしてから、善の方を見て言う。

「一般病棟入院中の山崎俊治《やまざきとしはる》さん、メトホルミンが処方されてる」

まったく的はずれな返しだった。しかも朝希は、その処方箋を善に見せ、「何が問題かわかる？」と問いかけてきた。善はちょっと戸惑ったものの、処方箋を受け取って確認した。朝希の担当する急性期病棟の患者だ。この患者について、これまで朝希とした会話を思い出しながら、善は答えた。

「メトホルミンは腎排泄型の薬剤なので、重度の腎機能障害患者に投与した場合、排出されずに副作用が発現しやすいです。たしか山崎さんは透析していますよね。だから投与禁忌です」

「うん」

朝希が頷く。彼女はその処方箋を見つめながら、言い始めた。

「医療において薬を選択するのは医師だし、私たちは口を出すことはできても、治療においての決定権はない。だから自分の意思で誰かを助けられないって、五十嵐くんは言ったんだよね。だけどそういうこととは関係なく、たとえばこういうものを見逃したら、私は悔いが残る」

目を伏せた彼女は、いくらか声を落として続けた。

「薬って、使い方次第で誰かを生かすことも殺すこともできるんだよね。使う側の知識と少しの秤量《ひょうりょう》のちがいで、その物質の呼び名が毒にも、薬にも変わるの。私がこの仕事を選んだのは、ただ、自分がそういうものを、負に傾けずに扱える人間になりたかったから」

ふと我に返ったように善を見て、朝希は少しだけほほえんだ。

それから彼女は、自分のＰＨＳから処方医に連絡をとった。副作用が起こる恐れがある旨を伝え、山崎さんの処方の変更を求める。その結果、メトホルミンは中止となり、代わりに腎機能に影響のないべつの薬へ変更するよう、医師から指示が出たようだった。ＰＨＳを切って、朝希がつぶやく。

「だから私は、できることをやるだけ」


十七時を過ぎ、処方箋の調剤がある程度落ち着いたところで朝希が言った。

「今日は最後に、救急部の薬剤補充をするから」

救急部はおもに救急車で運ばれてくる患者を治療する部署で、昼夜問わずに患者が来るうえに、命に関わる重症例が多く、使用する薬剤の在庫管理にはとくに気を遣わなければならない。薬剤部では一週間ごとの当番制でその仕事を持ち回りとしていて、当番の週には始業時と終業時に薬剤の在庫をチェックして補充をするのだと朝希が教えてくれた。

減っている薬剤のチェックはすでに朝希が終わらせていたので、その不足分の輸液や薬剤を抱えて、善は朝希と一緒に救急部へ向かった。

今は救急患者が運び込まれている様子もなく、処置室には医師も看護師もいないようだった。朝希が扉を開けてなかに入っていく。しかし善は唾を飲んでその場所へ踏み入るのをためらった。一度閉じたスライド式の扉の向こうから、いぶかしげに朝希が出てくる。

「どうしたの?」

「いえ、なんでもないです」

(この場所には入りたくない……)

けれど、そんなことは言えなかった。これも仕事なのだ。善は息を吸い込むと、なかば祈るような心地で足を踏み出した。

しかし処置室に入ったとたん、善は強いめまいに襲われた。ああ、だから嫌だったんだと善はすぐさま後悔した。病院は命の危機に瀕する人が多い。やっぱりこの場所を職場に選んだことは、自分にとっては無謀だったのだ。

耳をふさぎたかったが、物理的に聴覚を遮断したところで、それはまるで善に追いすがるように迫ってきた。命の危機に陥った人の、言葉にすらなっていない焦燥と不安と恐怖の声。それらは遠くから手を伸ばし、すがりつくように善に届く。そして真っ白になって何も見えなくなっていた善の視界に、一瞬の光景すらも、まるで閃光のように垣間見せるのだ。

〝どうして気管挿管しているのにサチュレーションが上がらないんだ〟

〝原因は〟

〝とにかくCTを〟

「五十嵐くん」

悲鳴のような幻聴を吹きとばすように、耳元で強い朝希の声がした。視界がもどったときには、善は腕に抱えていた輸液をすべて床に落としてその場にへたり込んでいた。

「どうしたの、また気分悪い？　大丈夫？」

のぞき込んでくる朝希の肩越しに、善は白いカーテンの引かれた窓を見た。その隙間から、柔らかな橙色をした西日が差している。これは——たぶん、もう時間がない。

「すみません……あと頼みます！」

善は急いで立ち上がると、まだふらふらしている足を踏みしめて処置室から駆け出した。

薬剤部に戻ると、善は自分のデスクにある治療指針の本を片っ端から開いた。同時に薬剤部専用のタブレット端末で限られた手がかりを入力してネットを検索する。そうしているうちに、救急処置室の薬剤補充を終えたのだろう朝希が戻ってきた。

「急にどうしたの……何調べてるの？」

顔をあげた善は、困惑した表情をこちらに向ける朝希を見た。この人なら、もしかしたら何かわかるかもしれない。あのとき見えた光景では、窓に橙色の西日が差していた。きっともう数分も時間がない。背に腹はかえられないか……善がそう迷っていたときだった。救急車のサイレンが徐々に近づいてくるのが聞こえた。善は迫り来るものに鳥肌が立つのを感じ、ついに朝希に言った。

「武原さん、気管挿管しても改善しないチアノーゼの症例って何かわかりますか」

「え？　ちょっと待って、なんのこと？」

朝希は面食らいながら、おそらく青ざめているのだろう善の顔をまじまじと見た。けれど、一蹴せずに訊き返してくれた。

「……他に情報は？」

「頭部からの出血があって、その血がやけに黒っぽく見えました……あとは、ハム」

「ハム？」

「ハムの工場のエプロンをしていて」

善がそこまで告げたとき、朝希はさすがに呆気にとられたような顔つきになっていた。その見知らぬものを見るような彼女の目に、善は話してしまったことを悔やんだ。踵を返してその場を離れ、薬剤部の奥にあるＤＩ室に入る。ＤＩというのは医薬品情報の英略語だ。ここには医療に関する様々な本が常備されている。

ＤＩ室の開け放たれたドアから、朝希がこっちを見ていることを感じたが、善は構わず、少しでも手がかりになるかもしれない書籍を手当たり次第に開いた。それしか、今の自分にできることがない。

医者じゃなくても――と、善は切実に思った。

主役になれるような人間じゃなくても、よかったのだ。とにかく自分がずっとなりたいものは、せめて誰かを助けられる人間だった。

そのとき、薬剤部に看護師が駆け込んできた。

「救急部です。至急薬剤お願いします」

「市川《いちかわ》さん」

その看護師は朝希の顔見知りのようだった。朝希が駆け寄って対応しはじめる。

「さっき到着した救急車の患者さんですか？」

「そう、頭部から出血がある患者で、洗い流すのに生食（生理食塩液）が足りなくなりそうだからもらいに来た。多めにちょうだい」

切迫した早口で看護師が続ける。

「その人、チアノーゼを起こしているんだけど、気管挿管してもなぜだか改善しないの。まだ原因が特定できていなくて、私はこれから検査科と放射線科にもいかなくちゃいけないから、わるいけど生食届けてくれる」

「わかりました」

朝希は答えて看護師を見送った。そしてふり返り、信じられないものを見たようなまなざしを善にむけてきた。善は唇をかんでうつむいた。しかし間があいたのは一瞬で、朝希は生理食塩液のボトルが並ぶ棚に駆け寄り、声を発した。

「五十嵐くん、生食のボトル出すから、それ抱えられるだけ抱えて救急部に走って」

「え」

「早く！」

「はいっ」

善は飼い主に解き放たれた犬のように朝希に従った。善が薬剤部を飛び出したとき、朝希は緊急用のバッグを開いて、中から何かの薬剤を取り出していた。

善が救急処置室に着いたときには、看護師たちと医師二人が緊迫した表情で患者の処置にあたっていた。対応している医師たちは二人ともまだ若く、一人は三十歳くらい、もう一人は研修医なのか、善とそう年も変わらないように見えた。

「どうして気管挿管しているのにサチュレーションが上がらないんだ」

「原因は」

「とにかくCTを」

その光景を前にしたとき、善は毎度のことながら背筋がぞっと冷たくなった。恐ろしく青白い顔をした、すでに意識もなくしているその患者の姿がそこにある。この場面を数分前に垣間見た自分がひどく奇妙で、気味が悪い。頭部を処置する医師たちに囲まれている患者は、四十前後くらいの男性だった。彼が身につけた緑色のエプロンは、頭部から流れ出た血によってほとんどがドス黒く染まっている。それでも、かろうじてその胸元に縫われた『三崎《みさき》ハム』という白抜きの印字は読みとれた。

「本当にハム工場の人……」

小さなつぶやきが聞こえた。いつの間にか息を切らせた朝希が横に立っていた。

彼女はいっとき善の顔を見上げた。それから息を吸い込むと、意を決した声音で「先生」と医師たちに呼びかけた。

「その患者さん、メトヘモグロビン血症の可能性はありませんか」

騒然としていた処置室が一瞬、水を打ったように静まり返った。若い医師たちが動きを止めて朝希を見た。

少しの間のあと、片方の医師がはっとしたように電子カルテが見られるパソコンに近づき、表示されているいくつかの数値に素早く目を通しはじめた。そう間をおかず、彼は声を出した。

「それだ。メトヘモグロビンの値が異常に高い」

研修医らしいもう一人が、頭部の処置をしながら言った。

「倒れていたって情報しかなかったですけど、それじゃあ亜硝酸塩か何かの中毒ですか？」

「いや、まだ頭部疾患の可能性が消えたわけじゃない」

二人の医師は早口で言い合ってから、年上の医師の方が朝希に尋ねた。

「うちの病院、メチレンブルーは置いてありますか？」

「あります」

朝希は医師たちのそばへ駆け寄り、手に持っていたメチレンブルーの薬剤アンプルを差し出した。再びその場がしんとしたのは、朝希があらかじめその薬剤を持ってここへ来ていたことに対する奇妙さからだろう。しかしそれも一瞬のことで、薬剤を受け取った医師は朝希に言った。

「僕はこの薬を使った経験がないんです。投与方法を教えてください」

「まず体温付近の温度で3分ほど振とうして溶解を確かめてください。投与量は体重1キロあたり1回1～2ミリグラムを五分以上かけて静脈内投与です。希釈液には50ミリリットルの5％ブドウ糖液を使用してください」

よどみなく答えた朝希に、医師は再び飲まれたような顔をしたが、すぐに周囲へ向けて指示を出した。

「メチレンブルーの投与準備お願いします。一応脳に疾患がある可能性もあるので、CT室に移動しながら投与で」

はい、と看護師たちが答え、処置が進んでいく。

善は自分の心臓の音を聞きながら、となりに立つ朝希を見つめていた。朝希はふっと息をつくと、急に善の白衣の袖を引っ張って踵を返した。

「邪魔になるから戻ろう」

そうあっさり言った彼女の横顔にあったのは、達成感ではなく、ただ役目を果たした安堵のようなものだけだった。


善が帰り支度を終えてロッカールームを出ると、職員通用口のそばに朝希がいた。外来の受付時間はとっくに終了しているため廊下はしんとして暗い。非常灯や自動販売機の頼りない灯りのなかにたたずむ朝希は、どうやら善を待っていたらしかった。

初めて見る私服姿の朝希は、ジーンズに白いトップス、ノーカラーのベージュのコートを羽織ったカジュアルな格好で、いつも縛っている髪をほどいていた。今そこに彼女が待っていたことに、善は少しだけ嬉しさを感じながらも大いにひるんだ。朝希はそんなこちらの感情などまったく知らぬげに近づいてきて、善を見上げた。

「今、外来の看護師さんが来て報せてくれた。あの患者さん、チアノーゼが軽減して回復してきたって」

聞いたとたん、善はほっとした。強ばっていた肩の力が抜ける。それを感じながら、気になっていたことを確かめた。

「それじゃあ、武原さんが持っていったあの薬が効いたってことですよね。結局、原因は何だったんですか？」

朝希は頷き、目を伏せた。善の訊きたかったことを察したように言いはじめる。

「亜硝酸塩の薬物を自分で摂取したんじゃないかって……患者さんの奥さんがそう話してる。最近工場の経営がうまくいってなくて思い詰めていたんだって。一応警察も入って調べることになったらしいけど」

「それって、自殺目的で服用したってことですか？」

「そういうことだね」

朝希は複雑そうな面持ちで肯定する。それでも声は割り切ったように淡々としていた。

「服毒自殺で救急搬送されてくる患者さんって、実はそれほど珍しくないんだよ。このあたりだと農業がさかんだから農薬だったり、あとは眠剤の大量摂取とか。ただ、亜硝酸塩の服毒っていうのはめずらしいけど」

そのとき善は、あらためて病院という場の特殊性を知った。服毒などという事例は、ドラマや小説の中だけのものだという気がしていたが、ここでは現実として受け入れられている。そういった症例に対峙し、知識と技術で挑まなければならないのが医療なのだ。そして今回は、朝希が患者の中毒の原因に気づいたからこそ救命できたのだろう。

ついさっき目の当たりにした朝希の言動を思い返し、善は不思議さをそのままにできずに尋ねた。

「よくわかりましたね。あの患者が亜硝酸塩の中毒だって」

先に職員用の通用口を出ていた朝希は、星がいくつもまたたく南の夜空を見上げていた。善が追いつくと彼女は歩き出す。それぞれの車が停めてある駐車場は病院の裏手で、ここから少し距離があった。歩きながら朝希はしばらく黙っていたが、ふいにそっと息をついて言った。

「メトヘモグロビン血症の患者は、特徴はあるけど見分けるのが難しい。患者が搬送されてきた段階で、最初にメトヘモグロビン値に着目する医者は少ないし、過去には原因不明のチアノーゼとして亡くなった例もある。珍しい症例だから解毒薬を常備している病院も少ないけど、うちはたまたま在庫があった。めったに使われないから、使用期限が切れそうになっていたくらいだけど」

そこまで淡々としゃべっていた朝希の声が、ふと少しだけやわらいだ。

「五十嵐くんのおかげ」

急に自分の名前が呼ばれたことにどきりとして、善は朝希の横顔を見た。

「あの患者さんが運ばれてくる前に、五十嵐くん、私に言ったよね。気管挿管していても改善しないチアノーゼの症例は何か。その患者はハム工場のエプロンをしていて、頭部から出血した血液が黒く見えた。ハム造りには亜硝酸塩がよく使われる。動脈血が黒くなるのはメトヘモグロビン血症の特徴。あらかじめ、それだけの情報をもらっていたから、あの短時間のなかでも疾患の目星がつけられた」

もしそうだとしても、その情報と疾患を結びつけられるほどの知識が朝希にはあったということだ。しかもこれほど稀な疾患を医師よりも早く見極めるなんて、今までどんな勉強や経験をしてくればできるのだろう。同じ国家資格を持つ薬剤師だとしても、自分には逆立ちしたって真似できないと善が考えていると、朝希が急に足をとめた。ふり返り、ねえ、と静かに尋ねる。

「五十嵐くんは、どうしてあの患者が運ばれてくることがわかったの？」

善は足を止めると同時に、息も止めていた。とっさに言い訳をあれこれと考える。その間中、彼女は自分の知らないことに対する答えを求める子供みたいに、じっとこちらを見つめていた。そのまっすぐな目を見たらなぜか力が抜けて、今まで誰にもうち明けてこなかったことを言ってもいいかもしれないという気持ちになった。

「信じてもらえないと思いますけど」

前置きし、吐息とともに善は言った。

「おれには、声が聞こえるんです」

「声？」

「少し先の未来から、命の危機に瀕して苦しむ人の声が聞こえるんです……そしてその声を聞いたとき、ほんの一瞬ですけど、未来の光景が見える。そういう現象をすべて含めて、おれは〝予徴《よちょう》〟と呼んでいますけど」

「予徴……」

朝希は今まで一度も味わったことのない食べ物を口にしたかのような顔をしていた。大きな目をさらにまるくしている。善はひるみそうになったが、言い出した以上、途中でやめることもできずに続けた。

「さっきも薬剤補充をしようと救急処置室にいったとき、予徴がありました。チアノーゼで運ばれてきた患者の苦しむ声が聞こえた。経験的に言うと、おれの予徴は数分から数時間後の未来に必ず起こるんです。だから……あの患者が運び込まれてくることを、おれはあらかじめわかっていたんです」

朝希は何も言わず、夜道の先をどこか茫然としたまなざしで見つめている。そんなことはありえないと一蹴されたくない善は、取り繕うよりも、さらに正直になろうと決めた。

「昼間の小林さんのコードブルーもそうでした」

善はうち明けた。

「おれ、今朝も倒れかけたでしょう。あのときも予徴を見たんです。小林さんの苦しむ声が聞こえて、一瞬、あの人が病室で倒れている光景が見えた。そのとき見えた光景のなかで、小林さんのそばのテレビ画面に、午後の情報番組のオープニングが映っていたんです。だからあの人が倒れる時刻も見当がついていた」

「それなら……」

ようやく声を出せるようになったというように、小声で朝希が言った。

「どうしてあらかじめ言ってくれなかったの？　小林さんが危ないってこと」

「信じましたか？　数時間後、あの人の命が危なくなるとおれが言ったとして」

聞き返すと、朝希は押し黙った。

「たぶん武原さんは信じなかったし、他の誰もおれの言葉に耳を貸さなかった。だからおれがもしあらかじめ騒ぎ立てていたとしても、結果は変わらなかったと思います。でも、そうでなくても……おれが見る〝未来の苦しみ〟というのは、すべて確定事項なんです。今までもずっとそうでした。その未来を回避するために行動を起こしてみても、絶対に変えることはできないんです」

それは善が今日まで生きてきて確信したことだった。昔は、未来から届く誰かの苦しみを知って、その誰かが苦しむ前に助けようとした。防ごうと何度もした。そのたびに、何をしても自分が予徴で見たままの未来にたどりつくのだ。

それを何度も経験するうちに、善は結論にたどりついた。自分が垣間見る未来というのは、どうあがいても今この時の延長線上にある。だからこそ決定事項であり、変えることなどできない。

善は予徴を見るたびに、まだ自分が十歳だった頃に味わった後悔と恐ろしさを思い出した。廃工場から担架に乗せられて運び出された一人の大人と、四人の子供たち。ぐったりとして動かず、被された毛布の下から白い手を力なくたらしていた。その光景が、今も目に焼きついて離れない。

「たとえ予徴を見たとしても、おれはその人が苦しむことを知りながら、いつも何もできないでいるんです。危機を予測しても、できることがない……」

何度もあがいて、失敗して、善はもう理解しなければならないと思うようになっていた。自分は誰かが危機に陥ることを知っていながら、いつもそれを回避させることはできず、無力感ばかりを味わう。その繰り返しの中で、なんとか自分を納得させながら生きていくしかない。

「苦しむ声って、助けてって声？」

ふと朝希が訊いてきた。顔を見ると、朝希は極めて難解な数式を理解しようと努めているかのような表情をしている。

「信じるんですか？　おれの言ってること」

善の方がむしろ信じられずに言うと、朝希はまばたきした。

「え、じゃあ嘘なの？」

「嘘じゃないですけど」

「だって、今日だけで二度も理論的には説明できないことがあった。それを理解するには五十嵐くんの言っていることを信じるくらいしかない。だからこそ致死率の高い肺塞栓症の小林さんも、助かったんだと思うし」

最後につけ足された言葉に、善は息をとめていた。今自分がどんな顔をしているのかはわからなかったが、ふり返ってこっちを見た朝希が、急にほほえんだ。

「小林さん、さっき意識が戻ったって。助かったのは発見が早かったから。これは奇跡的と言っていいくらいのことだよ」

善は胸にじんわりと広がる安堵のなかでしばらく黙っていた。それでも冷静になって考え、吐息とともに返した。

「それはきっと、はじめから助かる運命だったんです。小林さんが命の危機に陥ることは、結局変えられなかった現実ですし、おれはとくに何もできていません」

「どうして？　コードブルーをしたのは五十嵐くんでしょ？」

「そうですけど……」

歯切れ悪く言った善は、はじめて心の内のやるせなさを他人にぶつけた。

「助けてって声を聞いたなら、ちゃんと助けたいじゃないですか。死ぬほどの苦しみなんて味わわせる前に、助けたいじゃないですか。でもどうしたって、どんなに努力をしたって、そんなことはできないんです。未来は変えられないし、おれには力がない」

朝希はしばらく善の顔をまじまじと見つめていたが、急に口元に手をあてた。夜闇のせいでよくわからなかったが――善は眉をひそめた。

「武原さん、もしかして笑ってるんですか？」

朝希は肩を揺すって笑っていた。口元を覆っていた手をはずした朝希は、善がはじめて目にする、開け放したような笑みを浮かべていた。

「ごめん、なんていうか、五十嵐くんの下の名前……〝善〟って名前、ぴったりだね。そう思ったらおかしくなっちゃって」

どういう意味だろうと善は思った。この人は果たして本当に自分がうち明けたことを信じてくれたのだろうか？　ただたんに変なやつだと認定され、優しさから話を合わせてくれているだけなんじゃないだろうか？　そう考えてだんだん心配になってきた善に、朝希は言った。

「苦しんだとしても、人は案外もろくないよ」

深く、実感のこもった声だった。

「たとえ苦しむ現実は変わらなくても、君がその声を聞いたおかげで、誰かの苦しんだあとの未来は変わるのかもしれない」

善は目を伏せ、夜道を歩く自分の足元を見つめた。

「そんなのは、きれいごとです。今まで、助けられずに死なせてしまった人もいました」

善は言った。未来を知っていても誰かを助けられなかった自分は、その人を見殺しにしてしまったとも言えるのではないかと、ずっと思っている。いっそ見えなければ、知らなければどんなにいいかといつも思っている。けれど。

「おれは小心者で、どんなに無駄だとわかっていても、未来を知ってしまったら行動せずにはいられないんです。だからおれの人生は、ついていないと思うんです。どうしてか人の最悪の未来が見えるのに、ただジタバタあがいているばかりで、ドラマや小説の主役みたいにすっきりと誰かを助けることはできないんですから」

するとよどみなく朝希が返した。

「それでも、五十嵐くんはまっとうだよ」

その言葉は、びっくりするほど善の内側に響いた。

「いつも先が、未来が少しでもよくなるように精一杯行動してる。そうせずにはいられないからでしょう？　見えても見えなくても、未来ができるだけよくなるように行動するのって、普通のことだと思う。単純に、生きるってことだと思う。誰でも、きっとそうやって生きるしかないんだよ」


大学の頃に暮らしていた東京とはちがって、山間部の田舎であるこの街は夜道の灯りが少ない。その代わりのように広々とした農業用道路を、ようやく運転しなれた中古の軽自動車に乗って、善は自宅に帰ってきた。

家に着いたときには二十一時を回っていた。母親が用意しておいてくれた夕食を食べ終えると、急に一日の疲れが身にしみた。今日のように極度に疲れているときは、実家暮らしでよかったなと心底思う。以前の職場と比べると、病院勤務は疲労の度合いが桁違いだった。おざなりにシャワーをあびて、善は二階の自室に入った。

善は父と母、そして妹との四人暮らしだった。家族は良くも悪くもいたって普通で、善のように〝予徴〟を感じ取る能力などもっていない。そして、善にそんな能力が備わっていることすらみんな知らなかった。小さな頃にはこの力について親に伝え、信じてもらおうとしたこともあったが、その頃に善がうち明けたことを、両親は子供の成長段階によくある奇妙な思い込みだったと思っている。それは、善がある日を境に、そういったことをいっさい言わなくなったためだった。

だからこそこの特異な体質について、今さら他人に話した自分が善は意外だった。ベッドに倒れ込んで天井を見つめていると、この一週間、そばで見ていた朝希の横顔が浮かんだ。

命の危機を前にして緊迫する場面は、医療現場なら多かれ少なかれ直面する。たとえば今日のような状況になればなるほど、朝希はいつも恐ろしいほどの落ち着きを見せた。どういう生き方をしてきたらああいう人ができあがるのだろうかと、思わず考えてしまうくらいに。

（予徴を感じ取るおれよりも、あの人の方がよっぽど不思議だ……）

もともと頭が良く、薬剤師として優秀だということを差し引いたとしても、彼女の蓄えている薬学の知識は相当なものだと、今日あらためて思った。善があらかじめ情報を与えていたとはいえ、瞬時に患者がメトヘモグロビン血症である可能性を思いついてみせたのは、やっぱり異常のようにすら思える。だからこそ、あのときその場にいた医師や看護師たちも、一瞬静まるほど驚いていたのだ。

（しかもありえないのは、メチレンブルーの投与方法まで頭に入れていたことだよな……）

これに驚愕したのは善だけではなく、質問をした医師も、すぐさま投与方法を答えた朝希に面食らっていた。世の中に出回っている医薬品は数多く、その用法用量をすべて正確に頭に入れることなど到底不可能な話だった。しかも頻用されている薬剤はべつとして、現場ではめったに使用されない薬剤だ。普通の薬剤師なら、薬の添付文書などで調べてから回答するものなのだ。

まさか武原朝希は、すべての薬物の投与方法が頭に入っている？

善は一瞬そう考えたものの、それはないだろうと打ち消した。一週間朝希の仕事ぶりを見てきたが、いくら彼女でもときには知識が曖昧なものもあって、その都度文献で調べていた。そうなると、たまたまあのメトヘモグロビン血症の症例とその解毒薬に、もとから知識があったと考える方が納得がいく。

そんなことを考えながら、善は天井を見つめていた目を閉じた。するとずっと昔――まだ自分が子供の頃に見た、死の淵に追いやられた女の子のおそろしく白い顔がふっと浮かんだ。

　自分が予徴を感じることを、誰にも告げなくなったのは、間違いなくあの日からだ。あの日を境に、こわくて言えなくなったのだ。知っていたなら、なぜ助けられなかったのだと誰かに責められるような気がして。

　四人の子供と、一人の大人。夏の夕暮れ、廃工場から担架に乗せられて救急車へ運ばれていくその姿を、善は恐ろしさの中で見つめていた。担架から垂れ下がる白い手。すでに意識をなくし、心拍も停止している子供たちに駆け寄り、親たちがむせび泣いていた。

　善は、彼らがこうなる運命にあることを知っていた。大人に話して、その運命を変えようと努力したのだ。けれど、誰にも信じてもらえず、結果的になにもできなかった。そして、自分の予知したままの未来が無情にそこに現れた。

（あの子たちだって、生きていれば今頃大人になっていたんだ……）

　そう思うと今も胸が痛くなった。自分の力のなさが、彼らの命を途絶えさせてしまったように思えてならなかった。

　あの日、十歳だった善の目の前を、警察と消防、救急隊員が忙しなく行き交っていた。規制線が張られた工場に近づくことはできなかったが、彼らが交わす緊迫した言葉は善にも聞こえていた。善はそれを、予徴と現実とで二度聞いていたのだ。

〝原因は？〟

〝わからない。べつの場所でも大人が一人死んでいた。毒物の可能性も考慮しろと〟

〝子供三人は心肺停止。女の子一人が昏睡状態〟

あのとき、善は自分が食い止められなかった事件について、せめて知っておかなければと思った。十歳の拙い能力を限界まで使って情報を集め、掲載されている新聞を端から読み、懸命に理解しようとつとめたのだった。その際に苦しさの中でノートに貼ったいくつもの新聞の切り抜きの見出しは、今も目に焼きついていた。

『化学工場で起きた殺人』

『巻き込まれたのは無関係の子供たち』

『原因は工場で発生した窒素酸化物によるメトヘモグロビン血症』

そこまで思い出したとき、善は目を開け、ベッドから起き上がった。ふと、ある小さな可能性が頭をよぎったからだった。

今日、気管挿管でも改善しないチアノーゼ患者のことを聞いて、武原朝希があの短時間でメトヘモグロビン血症という疾患を考えた理由。たしか彼女は、善より二つ年上だと言っていた――その年齢と、彼女の知識に、もしも納得できる理由があるのだとしたら。

鼓動が早くなった善の脳裏に、再び子供の頃に見た、死の淵に追いやられた女の子のおそろしく白い顔が浮かんだ。

まさかと思いながらも、善は急いで本棚をさがした。この十五年間、見るのがつらくて一度も開いていなかったあのときのノート。表紙に題名もなにも書かれていないその大学ノートは、本棚の隅に追いやられるようにして今もあった。善はそれをさがし当てると唾を飲み、胸にこみ上げる苦さとともに開いた。

そこには十五年前に自分が集めたいくつもの新聞記事が、不器用に糊で貼られていた。善はまさかと考えを否定しながらも、あの事件に関するそれらの記事を端から読んでいった。十歳だったあの頃とはちがって、大人になり、さらに薬学部を出た善には、その事件について理解できることがかなり多くなっていた。そして今になって読み取れる事実に、善は背筋が粟立つのを感じた。

十五年前、あの事件で被害に遭ったのは五人。そのうち、工場の敷地内に入り込んで遊んでいた四人の子供のうち三人と、工場を所有していた男性一人が亡くなった。当時の記事には、亡くなった男性と三人の子供たちの名前が掲載されていた。しかし、ただ一人昏睡状態で発見され、一命をとりとめた女の子に関してだけは、当時の善より二つ上の十二歳という年齢以外、情報は記述されていなかった。

もう十五年も前の記憶で、ほとんどおぼろげにしか憶えていない。それでもたしか当時の善は、生き残った女の子について調べ、どこかでその名前を聞いて、事件の新聞の切り抜きの横に書き込んだのだ。

そこには拙い字で、こう記してあった。

〝たけはらあさき〟

2

普段の出勤時間より一時間も早く来ると、上鞍総合病院の薬剤部は、いつもの忙しない喧噪が嘘のように静まり返っていた。昨夜ほとんど眠れないまま出勤してきた善は、誰もいない調剤室に並んだパソコンの一つを起動させた。院内の電子カルテにアクセスするために、自分のパスワードを入力してログインする。

他人の過去を探るというのは、まるで重大機密を盗むような罪悪感がある。そう考えてびくびくしていたせいか、約束されたパターンのように背後で扉が開く音がした。ふり返った善は、眠たげな目をしたアリクイのような人物が、仮眠室からのっそりと姿を現すのを見た。のっぽでやせ形、銀縁の眼鏡。白髪が目立つ頭に寝癖をつけたその人物は、この上鞍総合病院の薬剤部長、一堂和彦《いちどうかずひこ》だった。

「あれ、五十嵐くん。おはよう」

ふわりとあくびをしながらのびをする姿は、頭部の白さが目を引くせいかやっぱりアリクイを連想させる。けれどその見た目の印象に反して、この部長のあだ名はカメレオンだと薬剤部の人たちが言っていた。

患者の薬を管理する薬剤部という部署は、処方を出す医師とそれを投与する看護師との間に立つことから、双方の苦情や文句がよく寄せられる。それはたいがい各部署長が話し合って解決するのだが、そういうとき、押しの強い院内の首脳陣たちを相手に、一堂部長はまるで風景に溶け込んだように気配を消してやり過ごすらしい。そんな能力に長けていることから、カメレオンとあだ名されるようになったという。その一堂部長が、腰をさすりながら困ったように笑った。

「いやあ、この歳で当直業務をすると、寝慣れていないベッドのせいで腰が痛くなってしまって。五十嵐くんは、ずいぶん早い出勤ですね。いつもこんなに早く来ているんですか？」

上鞍総合病院の薬剤部は、新しく善が入職したとしてもまだ人手が足りない。そのため普段は会議などで実務に加わることが少ない一堂部長も、五十代も後半になる体に鞭を打ち、体力的に厳しい当直のシフトに名を連ねていた。

嘘をつきたくない善は、とっさに当たり障りのない返答をひねり出した。

「いえ、いつもはもう少し遅く来ているんですけど、気になっていることがあって、調べ物をしようと思って早めに来たんです」

〝調べ物〟を入院患者の疾患や薬剤に関することだと受け取ったのだろう。一堂部長がしみじみと感心した顔つきになった。

「五十嵐くんが真面目な人でよかったですよ。うちの薬剤部にはもう慣れました？武原さん、優秀だから色々教えてくれるでしょう」

「はい。あの……」

その武原朝希のことを昨夜眠れなくなるほど考えていた善は、とっさに部長へ率直な質問をしてしまいそうになった。だが思いとどまり、ちがう質問に置き換えた。

「……部長って、どのくらい前からこの病院にいるんですか？」

「僕ですか？　僕は十年くらい前から。もともと東京の病院の薬剤部にいたんですけど、両親の世話をするのに故郷の三須々市に戻ってきたんです。そのときにここの薬剤部長にならないかって話をもらってね」

「じゃあ十五年前のことって……」

「十五年前？　なんのことですか？」

善は目をまばたかせる一堂部長の表情を見て、この人はあの事件について知らないのだと感じ取った。もともと東京にいたというのなら、当時のニュースなどで耳にしたことはあっても、今では遠い記憶となっているだろう。

探りを入れるのを諦め、善が話題を変えようとしたときだった。折よく一堂部長のもつ当直用のＰＨＳが鳴った。応対する部長の口ぶりから、急ぎの処方箋が出たらしいとわかる。のびをして息をつく部長に、善は思わず言った。

「おれも何か手伝いますか？」

部長はまるで飲み会のお酌を断るように手を振った。

「いいのいいの、今日の当直は僕ですから。どうぞ自分の仕事をしてください。それにしても、武原さんの言っていた通り、五十嵐くんは人がいい」

それは褒め言葉と捉えていいのか微妙な言い回しだと、善は思った。一堂部長が薬品棚の奥へ消えていくのを確認し、ほっとしながらあらためて電子カルテに向き合う。

気は咎めるけれど、きちんと確認をとるには、これが一番的確な方法だ。そう自分を説得しながら、善は電子カルテの患者検索画面を立ち上げて、〝武原朝希〟と入力した。

昨日運び込まれてきた患者の病態は、亜硝酸塩の摂取によるメトヘモグロビン血症だった。メトヘモグロビン血症という病態は、赤血球内のヘモグロビン中の核をなす鉄イオンが酸化され、酸素の運搬能力が失われた状態のことだが、それは亜硝酸塩の摂取の他に、気体である窒素酸化物の吸入でも引き起こされる。

そして十五年前、あの事件で四人が亡くなったのも、化学工場で発生した窒素酸化物によるメトヘモグロビン血症だった。

被害にあったのは、化学工場の社長である六十代の男性と、その工場の地下に入り込んで遊んでいた四人の子供たちだ。子供たちは稼働を停止していた工場を、勝手に遊び場にしていたらしい。同じバスケットボールクラブのチームメイトで、小学六年生の男の子二人、女の子二人。そのうちの三人は助からなかったが、女の子一人だけは意識を取り戻した。そしてその被害者たちが運び込まれた病院が、この上鞍総合病院だった。

原因である窒素酸化物は工場で発生し、社長の命を奪うとともに、通気口から地下の一室に流れ込み、そこで遊んでいた子供たちを巻き込んだ。警察は当初、窒素酸化物は工場で使用されていた化学物質の不慮の混合で発生したものだと認識していたが、のちのちその窒素酸化物は、工場の社長を殺害する目的で、ある人物が意図的に発生させたものだったとわかる。

それが発覚したのは、事件から数日後。犯人が自白文書を遺して自殺したことで明らかになった。犯人は工場の社長に私怨があった六十代の男だった。彼はこの事件に子供たちを巻き込むつもりはなく、自責の念にかられて自ら命を絶ったと遺書に記していた。そのためこの事件における世間の認識は、犯人が明らかになり、しかもその犯人の自殺により幕を閉じたものとされている。善のように、忘れられない関わりをもってしまった人間はべつとして――

検索して現れた武原朝希のカルテに、善は罪悪感にかられながら目を通した。

そこには、おそらく彼女が入職してからのものだろう、三年ほど前からの健康診断の記録しか記されていなかった。

緊張して息をつめていた善は、行き場のないもやもやを抱えて電子カルテの前に突っ伏した。

そもそもカルテの法的保存期間は五年なのだ。当時のデータがもう残っていなかったとしても、不思議じゃない。それでも、あの当時に自分が拙い力で調べ、ノートに書き記していた名前が本当にあの生き残った女の子のものなのか、きちんと確認したかった。なにせ十五年も前のことなので、その名前を自分がどこで耳にしたのか、善自身の記憶も曖昧で、確信がもてなかった。

いくら自分が脇役でも。あの事件を防ぐどころか、誰の目にもとまらないほど何もできなかったとしても。無関係だと目をそむけることはできなかった。朝希があの女の子本人だというのならなおさら、きちんと知っておきたかった。

善はその後も、インターネットや図書館で過去の記事をさがし、生き残った女の子について調べたが、彼女が武原朝希だという事実は確認できないままだった。しかしだからといって、あの凄惨な事件について本人に尋ねるのもためらわれる。そのため善の心境は行きつくところが見つからず、朝希に対してどんな顔で話せばいいのかわからないまま日々が過ぎていった。

そんな善の胸の内も知らずに、その日も、朝希は就業前から山吹と取り留めのない話をして笑っていた。

「だからね、薬をもし擬人化したら面白いと思うのよ。たとえばロキソプロフェンは人の痛みを和らげる能力を持つツンデレ系イケメンで、ほんわか癒やし系のレバミピドといつも一緒にいるの」

前のめりに自分の妄想を披露する山吹に、朝希がおかしそうに指摘する。

「ちょっと待って。ロキソプロフェンがツンデレっていうのはどこから来たの？」

山吹はまるで彼氏の話でもしているように目を輝かせていた。

「鎮痛効果があるけど胃痛を引き起こす副作用があるところ。でもそうして彼が意図せず傷つけてしまったものを、レバミピドがフォローして優しく癒やす」

「癒やすって、レバミピドの胃粘膜保護作用のことを言ってるの？　というか、擬人化って何？」

質問する朝希に、山吹は教える。

「擬人化っていうのは、人じゃないものを人間のキャラクターに模して表すこと。結構前から漫画とかで流行ってるけど、知らないの？」

「へえ、最近はそんなハヤリがあるんだね」

「何おばあちゃんみたいなこと言ってるの」

まったく響いていない様子の朝希に、山吹はあきれ顔をした。

「朝希って薬の知識はすごいけど、世の中の流行に関してはものすごく疎いよね。ちょっとは興味持ちなよ。五十嵐くんだって、朝希がこんなだと、一緒にいても話題が広がらなくて困るよね？」

いきなり話をふられたので善はぎょっとした。朝希のことが気になっている善は、二人の会話を意識して聞いてはいたが、それを悟られるのもばつが悪い。「なんの話ですか？」と精一杯とぼけて返してみたが、山吹はそんな善の反応には構わずに続けた。

「もし朝希に何か訊きたいことがあったら、多少突っ込んではっきり訊いた方がいいよ。じゃないと朝希、自分のこと全然話そうとしないんだから」

訊きたいこと——それなら善は、これ以上ないほど朝希の口から確かめたいことがあった。

「あの、武原さんって……」

しかしそんな話をこんな場所でできるわけもなく、思いとどまって善は他の質問をした。

「……趣味はなんですか？」

一瞬間をあけてから、山吹が吹き出す。

「何それ、お見合い？」

とっさにべつの質問に変えたせいでおかしなことを言ってしまった。善は後悔したが、それでも、朝希が山吹と一緒になって笑ってくれたのが救いだった。一通り笑い終えると、朝希はふと顎に手をやり、考えるような仕草をした。

「趣味……」

すかさず山吹が朝希の肩を揺する。

「ちょっと、なんで考えるの？　朝希、映画が好きなんじゃないの？　よく仕事帰りに一人で映画館にいってるくらいだし」

言われて朝希は、やや首を傾げるようにしながら肯定した。

「まあ、そうだね、映画はよく観にいく」

そのまま映画の話をはじめるかと思いきや、彼女は立ち上がってまったくべつの話題を口にした。

「五十嵐くん、私今日の午前中は感染防止対策委員会に出なくちゃいけないから、その間に倉持《くらもち》さんの内服薬の疑義、先生に確認しておいてもらってもいい？」

話題が急に変わって驚いたものの、善も頭を切り換えた。

「明日からの処方のやつですね。わかりました、やっておきます」

「じゃあ、なにかわからないことがあったらPHSに連絡して。これから私、高カロリー輸液の混注当番だから、無菌室にいるね」

そう言って、朝希はさっさと踵を返して行ってしまった。それを見送ってから、山吹は眉をしかめてこっちを向いた。

「全然乗ってこなかったな……映画は好きな話題だと思ったのに。ごめんね、話を盛り上げられなくて」

善はドキリとしながら聞き返した。

「なんでおれに謝るんですか？」

山吹はきれいな顔でにっこりとほほえんだ。その笑顔と妄想力がなんだか恐ろしかった。この数日、善が朝希をある意味で意識していたことに、山吹は気づいているのかもしれない。しかし山吹はそれには触れずに、いつも通りのマイペースで話を戻した。

「朝希ってまだ若いのに、なんであんなに物事を達観してるんだろう。そもそも朝希のプライベートって謎なんだよね。熱中するものとか、なにも持ってないのかな？」

「三年も一緒に仕事をしている山吹さんでも、わからないんですか？」

善がやや驚いて尋ねると、山吹は首をすくめた。

「朝希って、私の妄想話にも付き合ってくれるし、時々は一緒に飲みにいったりもするけど、何考えてるのかいまいちわかんないんだよね。確実にわかっているのは、彼氏がいないってことぐらいかな」

「……そうなんですね」

かわいい人だと思っていたので、彼氏がいないというのは意外だ。それから善は、いや、知りたいのはそういうことじゃないと思い直し、十五年前に自分が助けられなかったために死の淵で苦しんでいたあの子が、朝希と同一人物で間違いないのかあらためて考えた。

そもそも薬で命の危機に陥った人間が、わざわざそれを扱う職業を選んだりするのだろうか……？

それが理解しがたいところでもあり、確信が持てない要因の一つでもあった。

この病院の職務にもだいぶ慣れ、最近では朝希を伴わずに医局へ疑義照会に赴くことも多くなった。さっき朝希に頼まれた処方箋についての疑義を担当医に確認し、善が医局から出ようとしたとき、ちょうど入ってこようとしていた人物とぶつかった。善が謝ると、相手は善の顔を見るなり、いきなり言った。

「五十嵐」

若い研修医だった。その整った顔立ちには憶えがある。以前、亜硝酸塩中毒の患者が救急で運ばれてきたとき、対応していた一人だ。なぜ名前を呼ばれたのかわからないまま、善はとりあえず挨拶した。

「……お疲れ様です」

「お疲れ、じゃない。おれだよ。中学の頃同じクラスだっただろ」

善はしばらく固まって考えた末に、記憶のなかの幼い顔をした少年と、目の前の青いスクラブを身につけた精悍な研修医を一致させた。

「鈴本《すずもと》……？　鈴本快人《かいと》？」

鈴本はとたんに顔に笑みを広げた。

「そうだよ！　よかったー、忘れられてなくて。てかおれはこの前救急処置室でお前を見たときにすぐにわかったのに、五十嵐は対面しても気づかないんだもんな」

鈴本は中学三年のときのクラスメイトだった。あのときは今よりも小柄で細っこい少年だったが、サッカー部のレギュラーで、ノリが良く誰とでも話す目立つタイプで、しかもとりたてて勉強に躍起になっているところはないのに、常に学年トップの成績を誇るほど頭が良かった。冴えず目立たずの善とは正反対の人間で、同じ県立の高校に進学したが、クラスが一緒になったことは中三以降はなかったはずだ。

善は、なかば感心しながら言っていた。

「いや、むしろ鈴本、よくおれのことを覚えてたな。中学を卒業してからは、ほとんど接点なかったのに」

すると鈴本は呆れたような顔をした。

「あのなあ、おれたち、中三の受験の頃はわからない箇所を教え合ったりして、結構話をしてただろ。それに高校に進学してからだって、おれは顔を合わせればお前に声をかけてたぞ」

たしかに鈴本とは中三の頃によく話した記憶があった。そして善には、自分が懸命に努力をしてやっと理解した問題を、少し教えただけで鈴本がするりと理解してしまったという思い出ばかりあった。鈴本は善が逆立ちしてもなれないタイプで、自分とはかけ離れた存在だと思っていた。だから中学を卒業して以降は、鈴本から声をかけられてもただの社交辞令だろうなと感じて、あまり記憶にとどめていなかったかもしれない。

「まあ、忘れられてても無理ないか。五十嵐、昔から周りに興味がないというか……興味を持たないようにしていたもんな。愛想は悪くないけど、特定の親しい相手をつくらないようにしてたみたいだったし」

鈴本は的確に善の図星をついていた。ノリは軽そうなのに、妙に鋭い。あの頃、善が周囲からなるべく距離を取っていたのは、予徴を見る力があるせいだった。そしてそんな善が何より恐れていたのは、自分の周りの人たちに、命の危機が訪れる予徴を見ること――そしてまた助けられないことだった。誰かと親しくなり、近くにいる人間が増えるほど、その機会が多くなってしまうような気がして恐かったのだ。

「おれとしては、お前のそういう周りの流れにのらないところが面白いから、よく絡んでたんだけどな」

「面白いってなんだよ」

ため息交じりに苦笑した善に、鈴本は存外真面目な顔で返した。

「五十嵐さ、中学の林間学校のとき、ふざけて女子の部屋に遊びにいって行方不明になったやつを、何かあったんじゃないかって心配して一生懸命さがしていただろ。

それに文化祭のときは、隠れて酒を飲んでひっくり返ったやつを、見て見ぬふりできなくて介抱したり……そういうこと、よくやってたじゃん。普通なら心配させられた側が馬鹿を見たと思うようなことでも、お前は結果的に何もおこらなければ心底〝よかった〟って顔をしてさ。なんていうか、お前のそういうところ、おれには新鮮に映ったんだよ」

懐かしく思い出すように鈴本は語る。そんな風に言ってもらえるのはありがたかったが、善がそうして他人を心配し、四苦八苦していたのは、ただ単に、マイナス思考で臆病だったからなのだ。なまじっか誰かの〝命の危機〟しか予徴で見ないために、いつも悪い未来ばかり想像してしまい、そんなことが起こらないようについ右往左往してしまう。それが結果的に徒労に終わるとしても、悪い未来を見なくてすむのならその方がほっとする。

しかし、誰の目にもつかないところで、そうしてじたばたとあがいていた自分を、まさか見ていてくれたやつがいたとは。善は今さら少し報われたような心地になりながら鈴本に言った。

「鈴本が医学部を受けたって話は聞いていたけど、やっぱり現役で合格していたんだな。すごいな、本当に医者になるなんて」

「すごいって、お前だって医学部志望だったんだし、もしかしたら同じ立場になっていたかもしれないだろ……高校の卒業式のとき、噂で聞いた。五十嵐、国立の二次試験の日、交通事故に居合わせて入試が受けられなかったんだろ。運が悪かったよな……」

同情するように鈴本が声を落とす。その〝運が悪かった〟という言葉が自分に対する周りの見方だったとしても、実際はそれとはちがうのだけどなと、善はひそかに思った。

あの日、試験会場に行かずに交通事故の現場に居合わせることを、善は自ら選んだ。もっと言えば、あらかじめそれが起こることを予徴で知っていた善は、事故をくい止めようとその瞬間まで奔走していた。それでも結局事故は起こってしまった。

三台が絡む交通事故だった。そのとき善は、救急車を呼んだくらいで、目の前で怪我をして血を流している人たちに、何もできなかった。たまたまそこに居合わせた医師が、大けがをしたおばあさんに心臓マッサージをして蘇生させるのをただ立ち尽くして見つめていた。その人のように医師になることを決めて、今日まで努力をしてきたのに、そのための試験もすっぽかして、自分はここで何をやっているんだろうと、つくづく思った。

そんなことがあって気力がすっかり抜け落ちてしまい、善は医学部に行くのを諦め、滑り止めに受験して受かっていた薬学部に進学した。それからは極力、もう予徴を見ないように心がけていた。就職も極めて平穏そうな小さな個人薬局を選んだ。そのはずだったのだが……今はどういうわけか、病院という〝命の危機〟がありふれた場所にいる。

善は以前、患者に処置を施していた鈴本の姿を思い出した。それと同時に、そのとき医師たちに薬剤を手渡し、使い方を示した朝希の姿を思い出し、あまり力まずに言っていた。

「でも、結果的によかったと思ってる。おれにはたぶん、この仕事の方が向いていた。医者は自分の身の丈に合っていなかったような気がする」

鈴本は「そうか？」と問いかけるようにひとこと言っただけで、それ以上はもう掘り返そうとはしなかった。顔が良くノリも軽いので、一見軽薄そうに見えるものの、そういえばこいつは結構良いやつだったなと、善は今になって鈴本の印象を思い出した。

「おかげさまで薬剤部には世話になってるよ。医学部じゃ薬学部ほどには薬については学ばないから、大学出たての研修医じゃわからないことがよくあってさ」

屈託なく笑ってそんな風に言う鈴本は、医師という立場をまったく鼻にかけていないようだった。

「五十嵐、この病院に入職したのは最近だよな？　ここの薬剤部にはもう慣れた？」

そのとき、善はふと思いついて鈴本をあらためて見た。

「鈴本、あのさ、訊きたいことがある。薬剤部の武原朝希さんってわかるか？　あの人のことで何か知っていることがあったら教えてほしい」

もし朝希が十五年前の事件の当事者なら、この病院に長くいる医師のなかには、彼女のことを知っていて、話題にしている人がいるかもしれない。善はそう考えたのだが、鈴本はいっときじっと善の顔を見たすえに、予想外のことを口にした。

「もしかして、お前、その武原さんに惚れてんの？」

善はとっさに大きい声が出そうになったが、院内であることを考慮してどうにか抑えた。

「何言ってるんだ、こっちは真面目に訊いてるのに」

「さっきも言ったけど、お前が他人に興味を持つなんてめずらしいから。前の五十嵐なら積極的に関わろうとしなかった。おれのことだって言われるまで忘れてたくらいだしな」

きっぱり言われ、善はたじろいだ。鈴本は言い当てたことを悟ったように、中学の頃を彷彿《ほうふつ》とさせるやんちゃな目になって笑う。

「申し訳ないけど、おれは武原さんのことはよく知らないな。あまり話したこともないし。だけど武原さんって、この前、亜硝酸塩の中毒患者を一目で見抜いてた人だろ？　なんで一瞬で見分けたのか意味がわからなくて、あのときはちょっと鳥肌が立った」

やっぱりあの朝希の言動は、医者の鈴本から見ても特殊に映ったらしかった。善は小さく言った。

「……仕事はできる人なんだけど、いまいち摑みにくいというか、近づきがたい人なんだ」

善は複雑な心地で、昔見た死にかけた女の子の面影と朝希が重なるのか考えていた。そんな善をしばらく眺めたあとで、鈴本が急に言った。

「よし、わかった。おれはお前を応援する。その代わり、お前が武原さんと仲良くなったあかつきには、おれと薬剤部の山吹さんの仲を取り持ってくれ」

「はあ?」

善は思わず声を出していた。

「なんでそうなるんだよ」

「美人だろ、山吹さん。実は前から気になってたんだ」

どうやら本気で言っているらしく、鈴本は顔の前で手を合わせて「頼む」と思いのほか懸命に拝んでくる。このルックスで、しかも医者という誰もがうらやむ職業なのだから、おれの助けなんかいらないだろうにと、善はちょっとひがみながら返した。

「おれはまだ同僚に異性を紹介できるほど職場に馴染んでない。そういうのは自分でなんとかしてくれ」

「ひでえ、旧友の頼みを聞けないのか、ケチ」

鈴本の文句は、こいつは本当に医者なのかと疑いたくなるほど子供っぽかった。

おかしな方向にいく話を修正するため、善は咳払いをし、話を切り換えた。

「全然話が変わるんだけど、もう一つ、知ってたら教えてほしいことがある。今の電子カルテには入っていないくらい昔の患者の症例って、調べる手段はあるかな？」

なんでそんなことを訊くんだと鈴本に言われる前に、善は言える範囲の嘘ではない事情をつけたした。

「さがしている症例があるんだけど、電子カルテで検索しても引っかからないんだ。過去のものまでさかのぼれば、もしかしたら見つかるかなと思って」

期待せずに尋ねた善だったが、鈴本はあっさりと答えた。

「それなら、昔の紙カルテを調べれば見つかるかもな。この病院が電子カルテを導入する前の十年分くらいなら、まだ保管されてるし」

善はびっくりしながら聞き返した。

「紙カルテ？　それってどこにあるんだ」

善の食いつき方に驚いたのか、鈴本は面食らったように目をまばたかせた。

「地下の保管庫だよ。おれも今担当している患者の昔のカルテが見たくて、一度入ったことがある。普段は鍵がかかっているけど、症例検討のためって言えば、事務が鍵を貸してくれるぞ」

鈴本に礼を言い、善ははやる気持ちを抑えて事務所へ向かった。すると病棟へ続く廊下の角を曲がったところで、危うく人にぶつかりそうになった。患者だったらどうしようと善はひやりとしたが、そうではなかった代わりに、今の善には心臓に悪い相手だった。朝希が大きな目をまるくして善を見上げていた。

「五十嵐くん、こんなところにいた。医局に問い合わせに行ったまま戻ってこないっていうから、また苦戦してるのかと思って心配したよ」

善は内心でたじろいだが、平静を装った。

「処方箋の疑義照会はすみました。それより武原さん、感染防止対策委員会に行くって言ってませんでしたっけ？」

「議題が少なかったからもう終わった。だから、ちょっと早いけどお昼食べよう。今日は夜までに教えることがいっぱいあるから、午後は早めに調剤に入るよ」

「……夜？」

善はきょとんとしながら聞き返した。先に歩いていこうとしていた朝希がふり返る。

「もしかして、忘れてる？　五十嵐くん、今日初当直の日だよ」

忘れていた。そして思い出したとたんに血の気が引いた。この上鞍総合病院の薬剤部では、毎晩必ず薬剤師が一人常駐し、緊急の処方や薬の問い合わせに対応している。その当直業務では、普段なら二人で行う調剤と鑑査はもちろんのこと、不測の事態における対応もすべて一人でこなさなければならないという。同僚のベテラン薬剤師の人たちでも、かなり気力と体力を削るという話を善は前々から聞いていた。よりによって覚悟すべきその初日を忘れていた自分が、善は信じられなかった。

「あの、今さらですけど……おれに当直なんて務まりますか？　まだここへ来てひと月も経っていないですけど」

まったく自信が持てずに善が言うと、朝希はちょっと首をすくめてみせた。

「それに関しては……ごめん。本来なら、もう少し業務に慣れてから当直してもらうべきなんだけど、うちの薬剤部、本当に人が少なくて当直のシフトが崩壊寸前で。この前一堂部長に、五十嵐くんはもう当直できそうかって訊かれたとき、できると思いますって私が答えちゃったんだよね」

でも、と付け足し、朝希はよどみのない口調で言ってくる。

「いつもみたいに落ち着いて丁寧に仕事をすれば、五十嵐くんなら大丈夫だと思う」

「……ありがとうございます」

善はそっと言った。朝希がほほえむ。

「もしわからないことがあったら、夜中でもいいから私に電話して。あとで携帯番号教えるから」

朝希の言葉は、いつも妙にすっと胸に入ってくる。たとえるなら濁りのない水みたいだった。その内面をのぞきにくく、よくわからない人だとしても、彼女の言葉は、やけに信じられるから不思議だった。

その日の午後はいつも以上に慌ただしくなった。善は体験したことのない当直業務に備えて、朝希に教えられたことを頭にたたき込んだ。調剤と鑑査を一人で行うときの注意点、めったに使われないが緊急性の高い薬剤の保管場所と用法用量、夜間のコードブルー対応など……たった一人で対処せねばならず、頼れる人もいないとなると、朝希に仕事ぶりが認められたことを浮かれてはいられない。過去の紙カルテを保管庫へさがしにいく余裕すら、まったくなくなってしまった。

情報過多で頭が重くなったような気がしながら、善は夕方近くに朝希と病棟へ向かった。善の当直業務の説明で時間がとられてしまったぶん、病棟での仕事がたまっていたのだ。

抗がん剤投与中の患者の副作用について確認し、病棟に常備する薬剤のストック分を補充して、患者が服用する内服薬を個別のケースごとセットする。そうした仕事を二人で慌ただしく処理し終えると、今度は服薬を拒否する患者を説得してほしいと看護師に頼まれ、善は朝希とともに患者の病室へ向かった。

怒りながら「薬なんて効かねえ、飲まねえ！」と豪語する七十代の男性に、朝希は薬を服用する大事さを説き、理解を求めた。がなるように文句を言う患者にもまったくひるまず、根気強く説明する朝希に、善が感心していたときだった。隣のベッドに座って、イヤホンでラジオを聴いていたべつの患者とふと目があった。

細く小さな体つきをしたおじいさんで、その人も朝希が担当する患者の一人だった。名前は仁科小治郎《にしなこじろう》さん。八十五歳の消化器内科患者だ。

善は、騒がしくしてすみません、という意をこめて、仁科さんに目礼した。仁科さんはその意味を受け取ってくれたらしく、いいんだよ、とでもいうように笑って細い片手を振ってくれた。その瞬間だった。

突然頭を殴られたように視界がくらんだ。立っていられなくなるほどのめまいが襲いかかってくる。とっさに隣の空きベッドの方へにじり寄り、倒れる前に自分の姿が見えなくなるようにカーテンを閉めた。患者が見ている病室の真ん中で倒れるわけにはいかないと思ったのだ。そんな善に容赦なく、言葉の形を持たない強い声――苦しみや悲しみ、恐怖、悔しさ――それらが津波のように迫ってきて、あっという間に飲み込まれた。

(くそ……いやだ、見たくない)

そう思ってまぶたをかたく閉じても、それはいつも溺れた人が助けを求めてもがくような壮絶さで、善の視界をとらえる。

善は、酸素吸入器を口元にあてがわれ、医師から注射で薬剤を投与されている細く小さな人を見た。それは間違いなく、仁科さんだった。彼の周囲には、指示を口にする医師と忙しなく動き回る看護師だけがいる。カーテンの向こうからは洗われたような明るい日差しが差していたが、その光が無情だと思えるほど、仁科さんの表情は苦しげだった。閉じた両目から、耐えきれないように涙を流していた。

酸素マスクの下で、仁科さんの口元がわずかに動き、誰かを呼んでいるように見えた。弱々しく片手を上げ、行き場なく宙を彷徨《さまよ》わせている。まるで誰かに、助けを求めるように——

ふと、額にひんやりとした冷たさを感じた。

その感覚は心地よく、善の目の前にあった痛みを伴う光景は急速に小さくなり、やがてまぶたを閉じたときに現れる静かな暗闇になった。ひんやりとしたその感覚が、人の手のものだとわかって目をあけると、ちょうど朝希が善の額から手を離したところだった。

「大丈夫？」

朝希はベッドに倒れかかった善の顔をのぞきこんでいた。善がおざなりに閉めたはずのカーテンがきちんと閉められていて、その内側には彼女だけがいた。

「すみません、おれ……また倒れて」

善は言いつつ、ベッドからゆっくりと頭を起こした。頼りなく震えている足を踏みしめて、なんとか立ち上がる。

さっき見えた光景のなかでは、カーテンに差す光が白く明るかった。あれはたぶん、朝の光だ。だとすると、あとどれだけ時間があるのか。自分には何ができるのか。善がめまぐるしく考えながら、すぐに駆け出そうとしたときだった。白衣の袖を、朝希が摑んだ。

「待って」

ふり返った善に、朝希は落ち着いたまなざしで訊いてきた。

「謝らなくていいから、ちゃんと話して。また予徴を見たんだよね。何が見えたの？」

善はそっと息を吐いていた。これから起こる、自分の見た未来を尋ねてくれる人がいる。

そのことに、胸が締めつけられるほど安堵していた。

仁科さんのもとには、善も朝希とともに何度か訪れたことがある。

大腸がんが発見されたが、腎機能と肝機能の低下、そして年齢と体力的問題から、積極的な治療は選択できず、入院で経過を見ていた患者だった。高齢なこともあってがんの進行はゆるやかで、入院中も比較的穏やかな生活を送っていた。八十半ばともなれば認知症が進行している人も多くいるのだが、仁科さんは、その細く頼りない小さな体つきに反して、とてもしっかりしていた。自分の内服している薬は名前だけでなくその効果も用法もしっかりと頭に入れていて、病状を尋ねればゆっくりとだが理論的に語ってくれた。

新しく追加になった薬の説明に行くと、お世話をおかけします、と丁寧に頭を下げてくれる姿がとくに印象に残っている。その様子から、この人はいままでの長い人生を、他人に礼を尽くして生きてきたのだろうと感じとれた。そして、奥さんや娘さん家族が週に一度そろって見舞いにくるのを、いつもカレンダーに印をつけて心待ちにしていた。

それが善の知っている仁科さんという人の姿だった。

「おれが見た予徴の中で、仁科さんを治療していたのは担当医の先生ではなく、明日の午前中に病棟勤務のシフトになっている藤先生でした。それにおれは今まで、一日以上先に起こる未来を見たことはありません。だからおそらく仁科さんが急変するのは、明日の朝から昼までの間なんだと思います」

善が話している間、朝希は黙ったまま薬剤部のパソコンで仁科さんのカルテを見つめていた。

さっき手を振って穏やかに笑んでくれたあの人が、明日には酸素吸入器をつけられ、死の淵に立ち、涙を流しながら苦しむことになるなんて信じたくなかった。

それでも自分が見た光景は、否が応でも必ず現れる。目をそむけたくても、信じたくなくても、善自身が一番よくわかっているのだ。

何かしなくてはならない。あと少しの、自分だけに掲示された時間の中で、未来を少しでも変えるために。いつも不可能だけれど、今度こそは。不可能だからといって諦めることなどできなかった。でないと、なぜ自分にあの人たちの未来からの声が聞こえてくるのか、助けを求める声が届くのかわからない。またあのやりきれない悲しさと、悔しさを味わうことになる。

焦燥感にさいなまれる善にむけて、朝希が口をひらいた。

「仁科さん、ここのところ疼痛コントロールで使っている麻薬の量が増えていた。寝ている時間も多くなって、時々せん妄症状も出ていたし、食欲も落ちてる」

たしかに善も、仁科さんが瘦せたことには気づいていた。以前から細い人ではあったが、目が落ちくぼみ、腕や足は枝のように細くなって、いっそう頼りなくなっていた。善でもうっすらと感じていて、けれど言うのが恐ろしかったことを、朝希がはっきりと口にした。

「この人は、私たちにはもう手が出せない領域にいる」

善は息が詰まった。

「待ってください」

震えそうになる声を抑えて言った。

「それじゃあ、明日死ぬとわかっている人を、そのまま何もせずに見過ごせって言うんですか。もし今からでも何かしたら、あの人は、明日助かるかもしれないのに」

朝希は顔を上げて善を見た。落ち着いた芯のある声で言う。

「見過ごすんじゃなくて、見つめるんだよ」

善は口をひらいたが、言葉が出てこなかった。朝希の言っていることは医療者として間違ってはいないような気がした。患者の命を助けるだけでなく、患者の死を見守ることもまた、病院としての役割なのだ。それでも朝希があまりにも諦めよく、〝手が出せない〟と言ったことがショックだった。朝希なら、何か最悪の未来を覆す方法を一緒に考えてくれると思っていた。

沈黙が落ちたとき、善を呼ぶ声がした。調剤棚のわきから山吹が顔を覗かせる。

「五十嵐くん、そろそろ就業時間が終わるから調剤室に来て……どうしたの？　二人とも深刻な顔して」

「なんでもない」

朝希はすぐに山吹に返し、善の背を軽くたたいた。

「もう当直の時間になる。行かないと」


当直業務がはじまり、善は緊急で処方された薬剤の調剤、鑑査を忙しなく一人で行った。そうしているうちに、その日の仕事を片付けた薬剤部の人たちが、善にひやかしや励ましの言葉をかけながら帰っていった。それにいちいち笑って、あたりさわりなく返事を返すたびに、善は苦い思いがした。明日命の危機に陥る仁科さんのことが頭から離れなかった。

夜の間は、注射調剤室や無菌調製室などの使われない部屋は電気が消される。そうしていつもより薄暗くなった薬剤部で、善が次から次へと舞い込む処方箋を精一杯になってこなしていると、最後に、ロッカーで着替えをすませた朝希が戻ってきた。彼女は善に近づいてくると、小さなメモ用紙を渡した。こんなときでも朝希はこっちをまっすぐに見て、何事もなかったように言うのだった。

「何かあったら連絡して。頑張ってね」

そう言いおいて帰っていく朝希の後ろ姿を、善は知らない人を見送るような心地で見つめていた。

（山吹さんが言ってた通りだ……）

あの人は、どこか達観している。そう思いながら、メモに記された飾り気のない数字の羅列に目を落とし、善はそっとため息をこぼした。

結局、今日は古い紙カルテを確認にいくことはできなかった。だからまだ、彼女が十五年前の事件の生き残りだというたしかな証拠は得られていない。

あんな事件に遭遇した人は、どんな思いを抱え、どんな大人になるのだろうと善は考えた。

おれが助けられなかったあの女の子は、どんな人間になっているのだろう。

夜も十一時を過ぎると、入院患者は眠りにつき、急変患者も落ち着いたようで、新たな処方箋や、当直医からの薬剤関連の問い合わせもこなくなった。

今夜は今のところ、経験が浅い善でも対応できる範囲のことばかりですんでいる。微量のミスも許されない新生児への調剤や、急変患者へのモルヒネの投与量計算など、先輩薬剤師たちが戦々恐々としたという事例はありがたいことに起こっていなかった。

業務が落ち着いたところで、善は薬剤部の奥にある仮眠室に入った。仮眠室というのは、当直者が仮眠を取るためのベッドが用意されている部屋だ。この病院では、看護師などが交代制で行っている夜勤とはちがって、薬剤師が行う当直は、ＰＨＳの緊急の呼び出しに対応できれば仮眠をとってもいいことになっている。

ためしにベッドに横になってみると、今まで緊張で強ばっていた手足が鉛のように重くなっていることに気づいた。しばらく放心したように天井を見上げた善は、ふいに子供の頃、夜の病院を舞台にしたお化け屋敷に行って散々に泣いたことを思い出した。装飾がおどろおどろしく、手術室や霊安室はまるでのぞき込んではいけない異界のようで本当に恐かった。昔から〝命の危機〟が見える善は、〝死〟というものに敏感で、気が小さく臆病だった――いや、それは昔にかぎったことではないけれど。今でもお化け屋敷はもちろんのこと、ホラー映画や怪談話の類いは絶対に願い下げだ。

けれどいざこうして夜の病院にいてみると、不思議だけれどあのときのような恐怖は感じなかった。ここには本物の手術室も霊安室もあって、こうしている間にも亡くなる人が実際にいる場所なのに――

善はベッドから起き上がると、息をついた。そして再び白衣を身につけ、薬剤部の外に出た。はじめて歩く夜の病院は救急部以外灯りがついておらず暗かった。非常灯や自販機の光だけが頼りなくぼんやりと照らす廊下をたどり、善は病棟に向かった。

仁科さんがいる病室は四人部屋だった。看護師が見守りやすいようにしているのか、そのベッドは入り口の一番近くに位置していて、しかもカーテンが半分開いていたので、病室に入らなくても眠る仁科さんの姿を目にすることができた。

少しだけ口をあけ、ゆっくりと呼吸をして眠る仁科さんの横顔は、どことなく遠くまで旅をしてきた旅人のように見えた。頬はこけ、手足は細く頼りなく疲れ果てて見えるのに、連想させるのはなぜか枯れそうな古木ではなく、風雨を受けながらも大きく枝をのばした大樹だった。彼の命がこれまでに築いてきたものを感じさせた。

あと何時間かで、この人は死の淵に立つ。善のようにたかだか二十五年しか生きていない若造には、到底想像も及ばないほど壮大だっただろう人生の終わりを告げられ、両手いっぱいに抱えてきた大切なものと、別れなければならなくなるのだ。

それを知っていても、善には何もできなかった。

高校の頃、諦めずに医者になっていれば、こういうときに何かできる力があっただろうか？　カルテの意味も、病状も理解して、無慈悲に突きつけられる未来に、少しでもあらがうことができていただろうか？

けれど、今日鈴本に言ったことは本心だったのだと、善は思う。今の方が身の丈に合っている。おそらくどれだけ努力をしても、自分はきっと鈴本のようにはなれなかった。

仁科さんの眠る横顔を見つめながら、善は悟った。

幽霊よりもさらに自分が怖いのは、現実にあるものだ。予徴のときに感じるあの押し寄せる津波のような死への恐怖、苦しみや悲しみ――それを知っていても、何もできない自分自身だった。

調剤室のパソコンで仁科さんのカルテを開いたまま、善はいつの間にか意識をなくしていたようだった。脱いで脇に置いていた白衣のポケットでＰＨＳがいきなり鳴り出したため、はっと目を覚ました。

急いでＰＨＳの画面を確認すると、時刻は午前六時を数分過ぎたところだった。

善は慌てて着信に応じた。

『救急部看護師の市川です。さっき救急車で運ばれてきた患者さんの内服薬について調べてもらいたいので、これからそちらに伺います』

「わかりました。鍵を開けておきます」

善はそう返して通話を切ると、急いで白衣を羽織り、薬剤部の出入り口の解錠に向かった。薬剤部には使い方を誤れば人に害をなす薬剤も多くあるため、薬剤師の目がないときや夜間には必ず施錠しなければならない規則になっている。

善が鍵を開けていくらもしないうちに、市川という救急部の看護師が忙しない足取りでやってきた。市川は三十代半ばくらいの女性看護師で、朝希と顔を合わせるとよく世間話をしている人だった。急いではいても落ち着いた様子にはベテランの風格があり、運ばれてきた救急患者について、善にきびきびと説明をはじめた。

「矢島航《やじまわたる》さん、四十歳男性。嘔吐と意識混濁、血圧低下と低カリウム血症の状態でさっき救急搬送されてきました。自宅のテーブルにたくさんの日本酒やビールの缶があったということなので、アルコールを飲んだあとに倒れたみたい。朝方同僚の人が発見して救急要請したそうです。一応急性アルコール中毒を疑って今先生が処置をしています」

伝えられた情報のメモを取っていた善は、顔をあげて聞き返した。

「一応、というのは?」

「乳酸アシドーシスの所見と、血中アルコール濃度がそれほど高くないことから、他の疾患も疑われてるの。一人暮らしでご家族にもまだ連絡がとれていなくて、既往歴もよくわかっていない状態。何か薬を服用していなかったか、発見した同僚の人に家の中をさがしてもらったんだけど、内服薬自体は見つからなくて、出てきたのはこのおくすり手帳だけ」

市川はそう言って、持ってきた患者のおくすり手帳を善に渡した。

「おくすり手帳の内容を確認して、今言った症状の原因になっていそうな薬剤がもしあったら、先生に報告して。今日の救急医、東野先生なんだけど、ただでさえ整形外科の先生で、内科の薬はおれにはよくわからんって豪語してるから……お願いできる？」

市川がうかがうように善に訊いたのは、善がこういった対応をするのが初めてであることを知っているからだろう。善自身も不安だったが、新米でも薬剤師である以上は〝できません〟とは言えない。善は「調べてみます」と言って患者の手帳を預かった。

「何かわかったら、救急処置室に電話して」

そう言い置いて市川は足早に救急部へ戻っていった。前に朝希が、〝市川さんの忙しなさは患者の緊急性に比例している〟と言っていた。あの足取りを見る限りでは、患者の状態は今すぐ命に関わるというわけではなさそうだった。それでも、治療指針が立たないという面では切迫しているのだろう。

善はすぐに手帳を開いて内容を確認した。おくすり手帳には医療機関で処方された薬の内容と用法、用量、処方日数、その薬を調剤した薬局の情報などが記載されている。そうした情報と薬の知識があれば、患者がどんな疾患を患っていたのか、ある程度推測することができる。

善はまず一番最近の処方が記されたページを開いた。そして——眉をひそめた。その処方日は今から四ヶ月前のものだった。しかも内容は解熱剤、去痰薬が五日分。おそらく風邪をひいて単発的に処方されたのだろうと読み取れる。それより以前にさかのぼると、日にちがかなり過去に飛んで、春期の抗アレルギー薬や目薬などの処方があった。それはその時期に花粉症の症状があったことをうかがわせる。しかし情報はそれくらいで、何かの持病を抱え、継続して飲んでいる薬はないようだった。ただ、手帳のはじめの方、一年ほど前の処方で一つだけ気になるものがあった。

(この人、サルブタモールの吸入が処方されてる)

サルブタモールの吸入薬は、喘息の発作時に吸入することで発作を抑える薬剤だ。つまり、この手の薬剤が処方されたことのある患者は、発作が起きるほどの喘息を持病にもっている可能性がある。ただ、もし喘息の持病があるのなら、発作をあらかじめ抑えるために継続して服用している薬があるはずなのに、その記録がない。

(手帳の記録に漏れがあるのか？　でもそうなると、確実な情報がわからない)

善はそのとき、救急処置室に行こうかと考えた。自分が患者をひと目見て、その患者が今後どうなるのか——命の危機に陥る予徴があるかどうか、確かめに行くべきかと思ったのだ。

（だけど、もし予徴を見たとしても……おれにできることは変わらない）

すぐにそう考え直した。少しだけ速まっている鼓動を唾を飲みこんで落ち着け、再び手帳に目を通す。さらに読み取れる情報がないか、もう一度丁寧にさがしてみたが、それでもこれ以上わかることはなく、この事態に対する対処も思い浮かばなかった。

善は白衣のポケットから小さなメモ用紙を取り出した。飾り気もなく数字だけが羅列されたそれを見つめ、ため息をこぼす。

本当は頼りたくなかったなと思いつつ、自分の小さな意地よりも、患者の治療を優先させた。

電話をかけると、四、五回のコールのあとに朝希が出た。

『……はい、もしもし』と小さく応答した朝希の声は、なぜかいつもより頼りない。

「武原さん、朝早くにすみません。緊急入院した患者さんのことで、おれじゃ対処しきれなくて相談したいんです」

善が言うと、急に電話の向こうでなにか大きなものがドタっと床に落ちたような音がして、はっとした朝希の声が善の名前を呼んだ。

『五十嵐くん？』

善は瞬間、朝希がどうやら寝ぼけていたらしいことを察した。こんなときに、ちょっとかわいいと思いそうになった自分の頬を善はたたいた。しかしそんな必要もなく、朝希は次の瞬間にはもういつものしっかりとした口調に切り換わっていた。

『緊急入院の患者さんの件って、どんなこと？』

善が朝希に今の状況を説明すると、朝希はつかの間考えるように黙ってから声を発した。

『そのサルブタモール、ニシノドラッグが調剤してるって言ってたよね。もしサルブタモールが単剤で処方されていたら、ここの薬剤師が他に併用で使っている喘息薬がないか、患者さんに話を聞いているかもしれない。今からニシノドラッグに電話して、手帳に記載されている以外の処方について何か情報がないか、訊いてみるのがいいと思う』

朝希にそう言われ、善は腕時計を確認した。

「だけど、まだ朝の六時半ですよ。薬局は営業していないんじゃ」

『ニシノドラッグは二十四時間営業のドラッグストアに併設された調剤薬局だから、今も常駐の薬剤師がいるはず』

「わかりました、電話してみます」

善は朝希に礼を言って通話を切った。すぐにインターネットでニシノドラッグの電話番号を検索し、電話をかける。ニシノドラッグには朝希の言った通り常駐の薬剤師がいて、矢島さんが緊急入院したことを伝えると、薬歴を検索してくれた。すると、穏やかそうな口調の男性薬剤師が、いぶかるような声で善に告げた。

『この患者さん、十年くらい前からうちの薬局にいらしていて、サルブタモール以外の喘息薬も調剤していますよ。いつもおくすり手帳に貼る情報提供シールもお渡ししているんですけど、貼っていなかったのかな』

それを聞いて、善はすぐに頼んだ。

「すみませんが、そのお薬の情報を教えてください。あと喘息の薬以外にも、近日中に他に処方されているお薬があればそれもお願いします」

ドラッグストアとの通話を終えると、善は紙に書き取った薬剤の名称をあらためて見つめた。患者の矢島さんは、この近日中に二つのクリニックを受診し、そこでそれぞれ処方をもらっていた。内容は、中島《なかじま》医院という呼吸器内科からステロイドの吸入薬とテオフィリン、そして三浦《みうら》クリニックという内科からブロチゾラムという眠剤、抗生物質のエリスロマイシンと去痰薬のカルボシステインが処方されていた。

おそらく、中島医院には喘息の継続治療で通院し、三浦クリニックでは不眠と風邪についてでも相談したのか、眠剤と風邪症状の薬を出してもらったというところだろう。他にべつの薬局でもらっている薬がなければ、この五つが矢島さんの現在服用中の薬ということになる。善はさっき看護師の市川から聞いた患者の症状と、国家試験のときにこれ以上ないほど頭に詰め込んだ各薬物の薬効薬理、副作用を頭の中で照らし合わせた。

（アルコール服用後に倒れて……嘔吐と意識混濁、血圧低下と低カリウム血症、乳酸アシドーシス……）

善は急いで薬物辞典を開き、該当する薬剤の項目を確かめた。あまり自信はなかったが、矛盾しない病態が思い浮かんだ。

文献と自分の推測に相違がないことを確認し、善は一つ息をついて自分を落ち着けた。それから患者の服薬情報を書いたメモ用紙と、開いたままの薬物辞典を抱えて救急処置室に向かった。

救急処置室の扉を開けると、ちょうど中から出てこようとしていた人とぶつかりそうになった。筋肉のついた上背のある体格に無精髭をはやした人物。一見無骨な山男のようなその人が、整形外科の東野医師だった。

「ああ、薬剤部の」

東野医師は、善の顔を見るなり口をひらいた。

「ちょうどそっちに行こうとしていたところだ。矢島さんの薬剤情報、何かわかったか」

　がなるようなしゃべり方はこの医師の特徴だった。べつに怒られているわけじゃないとたじろぎそうになる自分に言い聞かせつつ、善は患者の薬剤情報を書いたメモを医師に渡した。東野医師は無精髭を撫でながらメモに落とした目をすがめた。低く唸ってから、再び善へ視線をむける。

「おれは整形専門で、内科系の薬は詳しくない。そっちでわかることがあるなら教えてくれ」

　善は乾く口のなかで、なんとか唾を飲み下して言った。

「この薬剤情報と患者さんの病状を踏まえると、可能性の一つとして考えられるのは、テオフィリン中毒です。テオフィリンの投与量は適正範囲内ですが、もし患者さんが多量のアルコールを服用していた場合、薬物代謝が阻害されて中毒症状が引き起こされることもあるので……」

　善がすべて言い終わらないうちに、東野医師はいきなり声を発した。

「はあ、テオフィリンか。それなら低カリウム血症と乳酸アシドーシスの所見にも矛盾しねえな」

　東野医師は、それからびっくりするほど思い切りよく「よしわかった」と手をたたいた。

「まずはテオフィリンの血中濃度の測定。それでドンピシャだったら輸液と活性炭投与、血液濾過透析あたりだな」

そう言って、くるりと踵を返してまた処置室へ戻っていく。善はその場に立ち尽くし、自分の提言で患者の治療方針が決まったことが空恐ろしくなってきた。「これはあくまで一つの可能性で、もしちがったらすみません」と言いたかったが、そんなことを今さら言えるわけもない。

善はつかの間迷ったが、思わず不安に突き動かされ、東野医師が閉めていった処置室の扉をもう一度開いた。医師に他に提言することがあったからではない。ただ、確かめるためだ。

医師と看護師たちに取り囲まれた男性が、ベッド上に横たわっている姿が目に映った。四十前後くらいに見えるその人は、意識を失い、顔色は蒼白だったが、善はそうした今の彼の姿を見つめ続けることができた。

患者から予徴が見えないことに善は安堵し、全身から力が抜けた。


昨夜ほとんど眠っていないからか、薬剤部に戻ってくると疲労感がどっと襲いかかってきた。鑑査台の椅子に腰掛けながら、さっき自分が医師にした提言は適切だったのか、善が考え込んでいると、ふいに扉が開いた。一瞬、また急患の報せかと善は身構えたが、入ってきたのは看護師ではなく、朝希だった。

「おはよう、当直ご苦労様」

彼女は白衣を身につけてはいるものの、まだ髪を結んでおらず、急いでここまで足を運んできた様子がうかがえた。善はびっくりしながら言った。

「武原さん、もしかしておれが電話したから来てくれたんですか？　まだ出勤時間よりもだいぶ早いのに……すみません」

朝希は本当に何でもないことのように、「大丈夫」と手を振る。

「私が住んでるアパート、ここから近いし、今日はどうせ早く来る予定だったから。それよりさっきの患者さんの件、どうだった？」

善は朝希に、先ほど調剤薬局に問い合わせてわかったことを説明した。朝希は髪をいつもの一つ結びにしながら、善が記録した薬剤情報のメモをじっと見つめ、医師に提言した内容まで聞いたうえで、口をひらいた。

「アルコールの過量摂取っていうのも原因として考えられるけど……この患者さん、テオフィリンと一緒にマクロライド系の抗生物質も服用してるね」

朝希に言われ、善は今になってそのことに気がついた。

マクロライド系の抗生物質は、テオフィリンの薬物代謝を阻害する働きがある。そのため併用するとテオフィリンの血中濃度が高くなるとされている。知識としては頭に入っていたことだが、さっきは慌てていたために、そのことを見落としてしまっていた。ミスに気づいて善は青くなったが、朝希は慌てることなく話を続けた。

「だけど、テオフィリンとマクロライド系抗生剤の併用は禁忌じゃなくて注意にとどまっているし、抗生剤の短期間の使用だったら薬局の薬剤師もドクターに疑義をかけずに調剤する場合はあるんだよね。この患者さんの状況を考えると、マクロライド系抗生物質とテオフィリンを併用していたところに、運悪く多量のアルコール摂取が加わって、テオフィリン中毒が引き起こされた可能性が高いと思う。もし私が対応したとしても、五十嵐くんと同じ意見を東野先生に伝えた」

朝希は顔をあげると、急にほほえみ、善の背中をたたいた。

「はじめての当直でこれだけ対処できれば上出来だよ。お疲れ様」

掛け値なしのねぎらいに善は嬉しくなったが、自分の対応に自信が持てず、先輩のお墨付きをもらってはじめてほっとできたことに、やや情けなくもなった。しかも抗生物質とテオフィリンの相互作用の件は見過ごしてしまっていたのだから、薬剤師としてはまだまだ未熟だと自覚せずにはいられない。善がそう反省していたときだった。

「おはようございます」

薬剤部のドアを開け、一堂部長が出勤してきた。挨拶を返してから、朝希が意外そうに問いかけた。

「部長、今日はかなり早いですね」

「午後から薬事会議があるので、その資料を作成するために早く来たんです」

そう答えた一堂部長は、いつものように寝癖のついた髪型をしていたが、いつにもまして神妙な目をしていた。白衣を羽織りながら近づいてきて、交互に善たちの顔を見た。

「五十嵐くん、当直お疲れ様。武原さんも、もう出勤していたならちょうどよかった」

一堂部長は、つとめて静かな声で言った。

「さっきそこで、一般病棟の梨田《なしだ》師長から聞いたんですが、消化器内科に入院中の仁科小治郎さん、容態が急変したそうです」

善は息を詰めた。昨日垣間見た仁科さんの姿を思い出し、全身がぞっと寒くなった。しんとした調剤室に部長の声が響く。

「担当医の先生がまだ来ていないので、たまたま早く出勤していた藤先生が代わりに処置をしているそうですが……状態がよくないらしいです。仁科さんは、武原さんたちが担当していた患者さんですし、様子を見にいった方がいいかもしれません」

善は朝希とともに、急いで仁科さんの病室へ向かった。まだ当直業務中だったが、部長が特別に代わってくれた。

善たちが駆けつけたときには、仁科さんは酸素吸入器を口元にあてがわれ、点滴を投与するいくつもの管につながれていた。口早に指示を出す藤医師と、忙しなく動き回る看護師たちが、この危機をどうにか乗り越えようと小さな仁科さんの周りを取り囲んで処置している。善は朝希とともに病室の前に立ち尽くしながら、その様子をただ見つめていることしかできなかった。いくら薬の知識があっても、こうした命の瀬戸際での処置となると、医師や看護師ほどにこなせる役割がないのだった。

カーテンの向こうは、白い光が差して明るかった。その光を無情だと感じるのは、朝日に照らされる仁科さんの表情がこのうえもなく苦しげだからだ。仁科さんは閉じた両目から涙をこぼし、酸素マスクの下で口を弱々しく動かしていた。誰かを呼んでいるかのように、まるで、助けを求めるように――

目の前にある苦痛をどうすることもできず、見ているのもつらくて、善は思わず目を閉じた。善は彼が直面するこの命の危機を知っていた。けれどやっぱり自分には助けられないし、なにもできない。その申し訳なさと罪悪感が、痛みを伴うほど善の胸を締めつけた。

ふいに、泣き声が聞こえた。善が思わず目をあけると、廊下の向こうからこちらへ駆けてくる仁科さんの奥さんと娘さんの姿が見えた。息を切らし、よろめきながら、善の前を通り過ぎ、病室に入っていく。

仁科さんの家族を案内してきた看護師に、梨田師長がそっと声をかけた。

「ご家族、間に合ったのね。よかった……お住まいが少し遠いから、もしかしたら無理かもしれないと思っていたのよ」

看護師が戸惑った声で師長に返す。

「それが……私たちは知らなかったんですけど、今朝なるべく早く病院に来るようにと、昨日のうちに仁科さんのご家族のもとへ連絡があったらしくて」

「連絡って、誰から？」

「担当の薬剤師さんからだそうです」

師長はいぶかしげにこちらに目を向けた。

「内服の減薬の話が出ていたから、その説明のためかしら……？」

しかしこちらに問いかけにくる前に、師長は看護師たちの手が足りないのを見て処置に加わった。そのため、問いただされることはなかったが――善は隣にいる朝希に目を向けた。朝希は何も言わないまま、ただまっすぐに仁科さんを見つめている。

仁科さんの家族はむせび泣いていた。奥さんも娘さんも、仁科さんに頑張ってと励ましつつも、もうこれが最後かもしれないと悟ったように、家族にしかわからない気持ちや感謝の言葉を語りかけていた。そうして二人で、仁科さんの枯れ枝のような細い手を、祈るように握っていた。

仁科さんは、もう呼びかけてもなにも答えなくなっていた。やがてふっと息をつき、悲鳴のような苦悶の表情を鳥肌が立つほどきれいにおさめて、息を引き取った。

仁科さんを見送り終え、病棟から薬剤部へ戻る途中で、善は階段を下っていた足をとめた。

「たとえば……死を予告する人間がいたとして」

朝希がふり返る。その場には朝希しかいなかったが、善は朝希にむけてというより、ひとり言のように口にしていた。

「結果的に告げられた人がその通りに死ぬなら、死を予告した人間は、告げられた側からしてみれば、死神と同じなんじゃないかと思うんです」

朝希は、しばらく考えるように黙ってから言った。

「だけど五十嵐くんは、見た予徴をいつも変えようとしているでしょう」

「でも、これまでに変えられたことは一度もありません」

力なく息をついて、善は自分の足元を見た。

「子供の頃から、こういうことがあるたびにいつも思っていました。たとえば医者とか、もっと優秀で、この力を持つにたる人間だったとしたら、できたこともあるのか。予徴で見たものは、おれじゃない他の誰かなら変えられるのか」

考えが悪い方にばかり転がっていくのは、いつものクセだった。けれど今日はとくに、当直業務で疲れているせいもあるのだ。仁科さんの〝声〟が今も耳に残って離れない。それでも、朝希までこんなマイナス思考につきあわせるのは嫌だった。だから善はなんとか笑ってみせた。

「神様はたぶん、間違えておれにこんな力を渡したんです」

善はそれだけ言って、薬剤部へ戻った。

薬剤部では、すでに他の同僚たちが出勤していて、ちょうど朝礼を始めるところだった。善はその場で当直中にあったことを報告し、まだやりかけの業務は日勤の人たちに引き継いで、ようやく長かった当直を終えた。

あまり働かない頭のまま片付けをすませ、重い体を引きずって帰ろうとしていたときだった。善は自分のデスクに、小さなメモが貼られているのに目を留めた。

そこには柔らかく丁寧な文字で、必要最低限の文面が記されていた。

〝今夜八時　みすずキネマ　よかったら来て　武原〟

みすずキネマというのは、三須々市の市街地にある古い小さな映画館だった。五十年前に建てられた煉瓦《れんが》造りの建物で、いつも旧作映画を一作品だけしか上映していないのだが、その昭和レトロな風合いから通い続けている客は多い。ある種の文化財のような扱いになっている映画館なので、善もその存在は知っていた。

家に帰り、眠って起きると、疲労感は少しだけましになっていた。それでもまだ頭はぼんやりとしていたが、善は車を走らせ、朝希の指定した映画館に向かった。

善は映画館の前で朝希が来るのを待った。けれど、約束の八時になっても朝希は現れなかった。仕事で何かトラブルでもあったのだろうかと心配しつつ、どうしようか善は迷ったが、その日の上映は八時からの一作品しかなく、それを逃せばここへ来た意味もなくなってしまう。善は仕方なくチケットを一人分買って中に入った。小さな劇場はすでに暗く、映画が始まっていた。

それは旧作洋画のリバイバル上映だった。善もテレビで放送されているのを見かけたことがある作品だ。ただ、きちんと観るのは初めてだった。修道院でシスターたちが賛美歌を歌うのだが、厳かな合唱がいつしかソウルやロックに成り代わり、その軽快な音楽とともに最後には物語がハッピーエンドに帰着するというストーリーだった。

最後まで思わず引きこまれて観たものの、今日のように人が亡くなった日に、朝希がこの映画を指定した意図が、善にはよくわからなかった。しかも誘った本人は不在ときている。意味深に映画に誘われたために、少し動揺していた善だったが、気が抜けたのと理解が追いつかないのとで、首をひねりながら映画館を出た。そのとき、後ろから軽い足音が近づいてきた。

「お疲れ。うちに帰って休んで、少しは疲れとれた？」

何気ない口ぶりで話しかけてきたのは朝希だった。善はびっくりして声をひっくり返らせた。

「武原さん?」

朝希は善の驚きにも気づかない様子で、苦笑を浮かべながら話す。

「この映画館、毎週ちがう映画のリバイバル上映をしていて、よく観に来てるの。今週は結構いい映画だったから、五十嵐くんも気分転換になるかと思って声かけてみたんだけど、当直で疲れてたよね。もし無理にこさせちゃったんだったらごめん」

善は混乱しながら、朝希と今出てきた映画館とを交互に見た。

「もしかして、武原さんも今の映画を観ていたんですか?」

「うん、五十嵐くんの二つ後ろの列にいた」

「だったら声をかけてください。同じ映画を観るなら、一緒に観ればよかったじゃないですか」

するとと朝希はむしろ驚いたように言ってきた。

「でもその状況は、五十嵐くんにもし彼女がいたら、よくないでしょう」

「彼女はいません」

善は思わず明確に言ってしまった。けれど朝希は気にしない様子でさらに言う。

「そうだとしても、最近は上司から飲みに誘ってもモラハラになるっていうし、こういうのもそうなるかと思ったんだけど」

「なりません」

「そう？」

朝希は目をまばたかせる。どうも相手に響いていないような気がしたので、善はわかりやすく言うことにした。

「双方の意思が一致していて、お互いが嫌じゃないなら、映画くらい一緒に観たっていいと思います。少なくとも、おれは誘ってもらったら嬉しいです」

すると朝希は、きょとんとした目をしながら「それならよかった」と言うのだった。せっかく本心を伝えたのに、こんな風に面食らった顔をされると、なんだかわびしい気持ちになってくる。

みすずキネマの前の通りは川沿いにあった。そこまで大きくはないが架かる橋があるほどの川幅で、川面は夜空の月を跳ね返してさらさらと流れている。どうやら朝希も車で来ているらしく、少し離れたところにある駐車場までの道のりを並んで歩いた。話が途切れたので、善は考えていたことを口にしてみることにした。

「あの映画、面白くていい作品だったけど、意外でした」

「意外って？」

聞き返した朝希に、善は目をむけた。

「なんていうか、武原さんはもっとミステリーとかサスペンスとか、そういうのを観ていそうなイメージだったので、意外だったんです。あれはどちらかといえば笑って感動できるコメディで、すっきりとハッピーエンドになる話ですよね。ああいう映画が好きなんですか？」

少し考えてから、朝希が答える。

「好きっていうか、よく観るよ」

その微妙な言い回しが善は気になった。

「昨日も山吹さんと話をしているとき、そういう言い回しをしてましたけど、どういう意味ですか？」

朝希は、しばらく黙ったまま月光を跳ね返す川に目をやっていた。やがて自分のなかの考えを整理するように、ゆっくりと言い始める。

「私が映画を観るのは、好きとかそういう気持ちより、もっと機械的な理由。気持ちを入れ替える作業みたいなもの。たとえばどうにもならない酷いことや悲しいことに遭遇したとき、この世界にはそういうものばかりが溢れているんじゃないかって思うことがある。そんな考えに心が傾く。だからそうじゃないものを見て、傾きをもとに戻すの」

朝希は前を見て続ける。

「私が映画を観るのは、悲しいことがあるのと同じくらい、この世界には救われる結末もあるんだって、頭にたたき込むため」

それから、ふと表情を緩めて、肩をすくめる。

「この前は映画が趣味みたいに言ったけど、私の場合、趣味とはちょっとちがうと思う。私には、何に対しても山吹みたいに熱量を注げるものってないんだよね。だから山吹には達観しすぎてるってよく言われる」

そんな風に言って笑う彼女を、善はむしろ、達観しているとは思わなかった。今日、善を映画へ誘った朝希は――仁科さんが亡くなった今日、映画を観にくることを選んだ朝希は、とても人間らしい人だと思った。

本当は、善は気づいていたのだ。

朝希は仁科さんが亡くなるという未来を、ただ受け入れたわけじゃない。彼女は仁科さんの家族を呼んで、臨終に間に合わせていた。善の見た予徴では、仁科さんは苦悶の表情を浮かべ、涙を流し、誰もいない虚空にむけて手を伸ばしていた。その未来は変わらず善の前に現れたが、その先の未来はちがった。

間に合った家族に手を握られ、声をかけられ、最後は苦痛も不安も悲しみもすべて手放した穏やかな顔をして、仁科さんは亡くなっていった。

こういう未来に対するあがき方もあったのかと、善は初めて知った。変えられない未来に打ちひしがれて嘆くばかりの自分とちがって、彼女は、たとえ同じ結末にたどりつくとしても、神様すら気づかないところで、意味と形を変えようとした。残酷でやるせない現実に直面しても、この人は、諦めず、しぶとく、あがく人だ。

そう思ったとき、善は心を決めていた。息を吸って問いかけた。

「武原さんは、十五年前、この街で起こった事件のことを覚えていますか？」

本当は十五年前のカルテをさがし、確認しようと思っていた。けれどそうして朝希があの女の子かどうかわかったとしても、だからどうなるというのだ。今さら善に何かができるわけじゃない。それなら、あのとき助けられなかったせめてもの代わりに、むしろできるかぎり誠実に、この人に向き合った方がいいと思った。何も言わず足を止めた朝希にむけて、善は続けた。

「ある工場で窒素酸化物が発生して、子供が三人、大人が一人亡くなった事件です。当時十歳だったおれは、あの日事件が起こることを、予徴であらかじめ知っていました。知っていたけれど、助けられなかった……そのせいで四人が亡くなって、一人の女の子が意識不明の重体になりました」

善は少し前を歩く朝希の、夜風にかすかに揺れる髪を見つめながら尋ねた。

「あのとき、たった一人生き残ったその女の子は……武原さんじゃないですか？」

朝希がふり返った。そのとき目の当たりにした彼女の表情は、はじめて見るものだった。

「――じゃあ、あのときの」

朝希は言いかけたまま、凍りついたように茫然としていた。しかしその動揺は短く、やがてささやくほどの小声で言いはじめた。

「私も、意識をなくす前に見たのを覚えてる……十五年前の事件の日、あの場所に小さな男の子がいた。その子が、なぜかずっと泣き出しそうな顔をしながら、救急車に運ばれていく私たちを見ていた。あのときの男の子が――もしかして、五十嵐くん？」

善は鼓動が速くなるのを感じた。そうです、おれですと、善が肯定するよりも早く、朝希は急に強い声になり、思いもよらないことを口にした。

「もし、あの事件をあらかじめ知っていて、止めようとしていたなら……五十嵐くん、事件が起こる前に工場へ行っていた？　そのとき、あのあたりで若い男の人を見なかった？」

朝希は善にまるで助けを求めるかのようにすがり、矢継ぎ早に尋ねた。善はわけがわからず戸惑った。

「若い男？　おれは見ていませんけど……それってひょっとして、犯人のことを言ってるんですか？」

けれどあの事件の犯人は、事件後に自白文を遺して自殺した六十代の男だったはずだ。若い男のはずがない。善はさらに尋ねた。

「どうしてそんなことを訊くんですか？」

朝希は何も答えないまま黙り込んでしまった。善は呼びかけた。

「武原さん」

それで我に返ったように顔をあげた朝希は、善の目をしばらく見上げたすえに、小さく言った。

「ごめん、帰る」

しかし踵を返した朝希は何かに躓《つまず》き、力なく地面に膝をついた。善は慌てて助け起こそうとした。

「大丈夫ですか？」

善の問いに、彼女は答えなかった。

「帰る」

朝希はそれだけ言うと、立ち上がってそのまま駆け去った。街灯の少ない田舎の街の片隅では、彼女の淡いベージュのコートが夜の向こうに見えなくなるまで、あっという間だった。

それをばかみたいに突っ立って見送った善の中では、今目にした朝希の横顔と、あの日青白い顔をして死の淵に立っていた女の子の面影が、完全に一致していた。

「やっぱり、あの子だったんだ……」

善はひとりそうつぶやくと、その場にしゃがんで頭を抱えた。

悪い未来に行きついたとき、いつも思う。もっとうまいやり方があったんじゃないか。それなのに、どうして自分はいつもこうなのだ。

彼女にあの日のことを告げ、その結果あんな顔をさせてしまった自分を蹴り飛ばしたくなった。

3

幼い頃は、時々襲ってくるめまいと、言葉にならない声、一瞬だけ垣間見る苦しむ人たちの姿——それらが一体何なのかわからずにいた。

ただ、予徴を見てしまった日には不安で恐くて、わけもわからずよく泣いた。それでも成長し、知識がつくと、自分が見るものについて推測を立てられるようになった。

一番のきっかけは、友達に借りて読んだ漫画だ。その漫画では未来を予知するという特殊な能力を持った主人公が、力を活かして周りの人を危機から救っていた。それを読んだときに、自分が時々見てしまう光景はもしかしたら未来のもので、しかもどうやら他の人には見えない特殊な力ではないかと気づいた。

そしてその主人公のようにならなくてはいけないと思った。未来に苦しむ人がいることをあらかじめ知っているのだから、その人を助けるのは当然だと、幼い善の無垢で曇りのない正義感が言っていた。要するに、憧れだ。漫画の中の主人公は胸がじんとするほど格好良かった。あんな風に強く、優しい人間になりたかった。

その年の夏休みは、高学年になって急に成績が悪くなったせいで、塾に行くことになった。善はあまり通ったことのない学区外の道を自転車で塾までかよった。その道すがら、暑い日差しが降り注ぐ午後に予徴を見た。

住宅街から少し離れた寂れた工場の前で、急なめまいに襲われ、善は自転車から転がり落ちた。

顔をあげた善は、普段はほとんど人気がないその工場の前に規制線が張られ、不安そうに近所の人たちが集まっている光景を見た。警察官や消防隊員が表情を険しくして〝毒物〟という言葉を発している。そして担架に乗せられ、救急車へと運ばれていく数人の子供の姿――そのなかの一人の女の子の顔が見えた。酸素マスクをあてがわれ、恐ろしく白い顔をしていた。まるで生きていない人のように。

善は急いで近くの交番へ駆け込んだ。勢い込んでおまわりさんをそこへ連れて行ったが、数日前に稼働を停止したという工場には人気がなく、子供たちの姿もなかった。これからここで大変なことが起こるのだと善は必死に説明したけれど、信じてもらえなかった。当時の善は、自分が見た一瞬の光景から、いつ異変が起こるのか、時間帯を予測することなどできなかった。

善はおまわりさんに家まで送り届けられた。

両親に叱られたが、それでも善は懸命に訴え続けた。すると、この子は時々変なことを言うと、母親に泣きながら心配された。それを目の当たりにして、もしかしたら自分はおかしいのかもしれないと恐くなった。

善は自室のベッドに潜り込み、得体のしれない恐怖から逃れるためにぎゅっと目を閉じた。

それから、数時間後のことだった。

遠くに響くパトカーや救急車のサイレンの音——善は胸が騒ぎ、家から飛び出した。自転車で再びあの工場までいくと、すでに規制線が張られていて、被害に遭った人たちが運び出されていた。

数時間前に自分が見たのと、寸分違わない光景がそこにあった。

小さな善は寒気がした。恐かった。涙が溢れ、震えがとまらないほど恐かった。

予徴で見る未来は大きく強く、善はあまりにもちっぽけで、なにもできなかった。

ただ運命というものの端っこに、無力感と罪悪感を抱えて、誰の目にもとまらずにぽつんと立っていただけだ。


上鞍総合病院の薬剤部には、地下に薬品庫がある。

打ちっ放しのコンクリート壁に取り囲まれたそこには、設置された棚にたくさんの段ボールが収められていた。それらは普段払い出されている薬剤の在庫や、万が一の災害に備えたストックで、患者の命をつなぐ薬剤が、絶対に在庫切れなどという事態にはならないように確保されている。だからこそ、棚は薬品の段ボールでいっぱいで、音はこもっているし人目に付きにくい。なるほど他人に知られたくない話をするにはちょうどいい場所だと、善は天井近くにある明かり取りの窓を見上げながら考えた。

今朝、職場で顔を合わせるなり、朝希は善に謝ってきた。

「昨日はごめん、逃げたりして。動揺して……」

潔くさげられた朝希の頭を、善は慌ててあげさせようとした。

「そんな。謝るならおれの方です。いきなりあんな話をして、動揺させてしまってすみませんでした」

善も頭を下げる。すると、それを見た朝希はようやく顔をあげて言った。

「頼みがあるの」

真剣な口調だった。

「十五年前の事件のことで、五十嵐くんが知っていることがあれば、全部話してほしい」

それで二人は薬品庫へ移動し、善は記憶しているかぎりの十五年前のことを彼女に話したのだった。お互い就業時間よりもかなり早く出勤していたので、幸い時間はあった。

善の話を聞き終えた朝希は、天井近くの小窓から入る光に横顔を照らされながら、ずっと何かを考え込んでいた。善はてっきり、朝希は当時のことを思い出し、感情を伴う言葉を口にするだろうと思っていた。たとえば悲しみとか悔しさ、怒りや、恨み――しかし彼女の口から発されたのは、そのどれでもなかった。

「さっきの話だと、五十嵐くんはあの事件があった日、おまわりさんを工場に連れて行ったんだよね。それが何時頃だったのか、覚えてる?」

予想外の実質的な質問に、善はちょっと面食らったが、精一杯記憶をたどった。

「時間、ですか? もう十五年も前のことだから、明確には覚えてませんけど……たしか午後からの授業のために塾に向かっていて、その途中で予徴を見たんです。だからたぶん、十三時とか、十四時くらいだったと思います。明るくて一番暑い時間帯だったし」

「そのとき、工場のそばで誰か見た?」

「いいえ……誰もいなくて、工場は静まり返っていました。だからこそおれは、イタズラで通報したんだと思われたんです」

善がそう言うと、朝希はしばらく思いをめぐらすように黙った。それから言い始めた。

「あの工場はもともと化学製品の製造工場で、一階にある反応釜で亜硝酸ナトリウムや塩酸を使って、アニリンから塩化ベンゼンジアゾニウムを製造していた。ひと月後には取り壊しが決まっていたから、工場の稼働は数日前に停止していたけど、反応釜のなかにはジアゾ化反応の際に発生する窒素酸化物が充満していて、社長がそれを知らずにマンホールを開けてしまったことで窒素酸化物が外へ流出して事件が起こった」

静かに理路整然と、朝希は当時の事件について語る。彼女の目は、息をのむくらいに研ぎ澄まされていた。

「事件が発覚した当初は、停止しているはずの反応釜の中に窒素酸化物が充満していたのは、稼働中に生成されたものがなんらかの要因で排出されずに残っていたためだと考えられていた。だけどその数日後に犯人が自殺して、発見された自白文書で、はじめてわかった。その窒素酸化物は、犯人が工場内での不慮の事故に見せかけるために、反応釜の中で意図的に生成させていたものだったって」

善はやや圧倒されながらその話を聞いていた。どうしてこの人はここまでの情報を知っているのだろう。これほど詳細な事件経過は、当時の新聞には載っていなかった。たとえ朝希が事件の当事者だからだとしても、当時、彼女はまだ十二歳だったはずだ。子供が知り得た情報とは思えない……そんな善の疑問をよそに、朝希はさらに語り続けた。

「その日、私たちはあの工場に忍び込んで、鍵が壊れた半地下の部屋に潜り込んで遊んでいたの。夏休み中、そこをこっそり自分たちの秘密基地にしていたから。反応釜はその半地下の真上にあった……発生した窒素酸化物は、通気口から流れ込み、私たちが行ったときにはすでに充満していた」

そこではじめて、朝希がわずかに声を硬くした。

「私たちが秘密基地へ行ったのは、十六時前。そのときにはもうすでに窒素酸化物が半地下の部屋を満たしていたことを考えると、ガスが発生したのは、それよりも前の時間帯になる。そして工場で亡くなった社長の死亡推定時刻は、十五時半前後。もしかしたら五十嵐くんが工場に来ていた頃に、犯人もあの場にいたかもしれない」

朝希は少しだけ身を乗り出した。

「人の気配はなかったって言ってたけど、どこまで確認した？　工場の敷地内まで入ってみた？」

善は当時の記憶を懸命に探った。その上でかぶりを振った。

「いいえ。あのときは、敷地内へは入っていません。一緒にいたおまわりさんが、工場の入り口から中に声をかけてみたけど、反応はありませんでした」

「……そう」

朝希はあてが外れたように目を伏せた。気遣って善は尋ねた。

「事件のことを調べているんですか？」

やや苦い表情を浮かべて朝希は頷いた。

「ずっと、気になっていることがあるの。ごめん、変なこと訊いて」

「いいえ。おれにできることがあればよかったんですけど……」

それきり話題は途切れてしまった。口をつぐんだ朝希は、それ以上はもう話さないように見えた。無理に聞き出すつもりもないので、善はそれでもいいと思った。

ただ、人目のある職場では、こうして二人であの事件について話せる機会はほとんどない。そう思うと、どうしても訊いておきたいことがあった。「あの」とためらいながら善は言った。

「武原さんは、おれのこと、どう思っていますか?」

朝希がまばたきをしてこちらを見返す。善はやや声を低めて続けた。

「……おれは十五年前のあの日、武原さんやその友達が命の危機に陥ることを知っていました。そのうえでうまく立ち回れず、助けられなかったんです。だから……もしいつか、あのとき一人だけ生き残った女の子に出会って、このことをうち明けたら、恨まれても仕方がないと思っていました」

朝希はしばらく善を見つめたまま、あまり反応を示さなかった。同僚たちが徐々に出勤してきたらしく、上の階の薬剤部からは、挨拶を交わす人の声や足音が聞こえる。朝希はそれらに耳を澄ませるように口を閉ざしていたが、やがて言った。

「私、はじめて予徴の話を聞いたときから、どうしていつも五十嵐くんが〝自分にはなにもできない〟って、ネガティブに考えているのか、よくわからなかったんだよね……たとえばこの前の小林信子さんみたいに、五十嵐くんが予徴を見て、行動を起こしたから助かった人もいるのに。でも、昨日ようやく身にしみてわかった」

朝希は自分の心のうちを探りながら、嘘なく語っているようだった。そっと息をついて、朝希は続けた。

「助けてもらえなかった方にしてみれば、どうしてって思うものだね。どうして私たちの運命は変えられなかったのか。小林さんみたいに、助けられる命もあるのだとしたら、なおさら――」

そのとき突然、薬品庫の外から声がした。二人が思わず口をつぐんでふり返ると、扉が開いた。そこから、いぶかしげな表情の山吹が顔を出す。

「二人とも、そんなところで何してるの？　荷物があるのにいないからさがしたよ」

そして二人の顔を見るなり、なにかひらめいたように手をたたいた。

「あ、もしかして、朝から逢い引き？　ごめん、邪魔して」

「そんなわけないじゃないですか」

慌てて善は大きな声を出した。それに対して、朝希はまったく動じずに笑った。

「まさか。朝から何言ってるの。たまたま早く来たから、五十嵐くんにも手伝ってもらって、在庫を運び出そうとしてただけ」

言いつつ、朝希はいつの間に持ち上げていたのか、生理食塩液のボトルが詰まった重い段ボールを善に渡してきた。それを受け取った善はちょっとよろめいた。

示し合わせたわけではないが、山吹が来たことで、二人は話を切り上げた。事件のことは、他人がいる前では語れない。在庫を運び出すという名目上、善たちは輸液の段ボールを持って階段を上がり、薬剤部へ戻った。そこで朝希が山吹に尋ねた。

「山吹、さっき私たちをさがしていたけど、何か用があったんじゃないの？」

するとそれまでどんな妄想を繰り広げていたのか、善と朝希を興味深そうな目で眺めていた山吹が「ああ、そうだった」と思い出したように表情を引き締めた。

「矢島航さんのことで、ちょっと五十嵐くんに確認したいことがあって」

善はすぐに思い当たった。

「おれが当直をしていた日に入院した、テオフィリン中毒の患者さんですね」

「そう。この人、整形の東野先生が最初に担当したこともあって、そのまま整形外科入院になったから私の担当になったの。それで、矢島さんのテオフィリンの血中濃度が上がった原因について調べてるんだけど、本人は過量服用はしていないっていうし、たぶん多量飲酒のせいだと思うのね。だけど一応、それを確認するのにかかりつけ医に連絡して、これまでのテオフィリンの血中濃度データを聞いてみようと思って。五十嵐くん、テオフィリンの処方もとって、どこの医療機関かわかってる？」

善は思い出して言った。

「処方もとは中島医院です。すみません、矢島さんの件、まだ薬剤鑑別報告書の作成が追いついていなくて。すぐに作って渡します」

すると、横から朝希が口をひらいた。

「そのことなら、もう中島医院に確認したよ。中島医院では、先週の受診日に矢島さんのテオフィリンの血中濃度測定をしていて、そのときはいつも通り、問題のない値だったって。それに、昨日矢島さんの同僚の人が家をさがして持ってきてくれたテオフィリンの残薬も確かめたけど、処方日からの服用分を差し引いて、ぴったりの残数だった。だから過量服用の可能性はないよ。薬をためておいて一気に飲むことも、処方してもらった先の分をまとめて飲むことも、していないと思う」

山吹は、話の途中から呆気にとられたように朝希を見つめていた。

「朝希、確認してたの？　いつの間に」

朝希ははっとし、すぐに言い添えた。

「当直の五十嵐くんから引き継いだときに、ちょっと引っかかったから。ごめん、山吹とも情報共有しておくべきだった」

「それはいいけど、朝希って、たまにあきれるくらい仕事早いよね」

朝希はちょっと不服そうな声を出した。

「あきれるって何。せめてもっと他の言い方してよ」

「だって朝希、時々自分の担当する患者以外の症例も率先して調べてるじゃん。気になる症例があっても、担当の薬剤師に任せればいいんだから、もう少し仕事に入れる力を抜きなよ。そんなだから世間の話題についていけなくて、今時ＳＮＳも知らない化石女子になるんだよ」

「化石って……その言い様はあんまりじゃない？」

二人の会話は小気味よく、善はそばで聞いているだけでも面白く感じた。朝希はとくに山吹といるとよくしゃべるし、表情が動く。普段働いているときの冷静で揺らがない朝希が、年相応の女性に見える貴重な瞬間だった。

しかし善はふと、以前山吹が、朝希は何を考えているのかよくわからないと言っていたことを思い出した。横にいる朝希の横顔を見おろしながら、彼女はおそらく山吹にも、他の誰にも、事件のことをうち明けていないのだろうと察した。

そういえばと今さら思い出した。昨日朝希が口にしていた〝若い男〟と言うのは、一体誰のことだったのだろう。

しかし業務がはじまってしまい、朝希と話す機会はもうなかった。

この病院に入職してからふた月近くが経ち、善もようやく業務に慣れ、当直やそのほかの仕事もある程度こなせるようになってきた。

善は担当患者も持つようになったが、もともと朝希が担当していたなかで受け持ちやすい患者を見繕ってもらって引き継いだため、まだ独り立ちしたとは言いがたい。それでも患者に担当の薬剤師だと認識され、薬についての相談を受け、治療に関与し、無事退院まで見届けると、ようやく〝仕事をした〟という実感が持てるようになってきた。

仁科さんの件以降、善はしばらく予徴を見ていなかった。いくら病院という場所だとしても、命の危機に瀕する人がそう毎日いるわけでないからなのか、それともできれば見たくないという善の願いが聞き届けられているからなのかはわからない。

〝予徴〟という力は、善にしてみれば、重い荷物のようなものでしかなかった。すすんで見ようなどとは絶対に思わない。もし誰かが欲しいと言えば、喜んで譲り渡そうと思う程度には、この力は自分にとってそぐわないものだと思っている。

――助けてもらえなかった方にしてみれば、どうしてって思うものだね。どうして私たちの運命は変えられなかったのか。小林さんみたいに、助けられる命もあるのだとしたら、なおさら――

あのとき言いかけられてそのままになってしまった朝希の言葉を、善は頭の中で何度も反芻していた。

善自身もそう思うから、きついのだ。


言葉にならない絶叫に、突然殴られたようだった。

命の危機に陥った人の恐怖と後悔、拒絶と嘆願。それはたとえ本人の意識が低下していても、善にしか聞こえない壮絶な声となって体中から発せられる。それにすがりつかれた善は、見たくない光景をいつも眼前に突きつけられる。

壁際の手すりに摑まり、なんとか倒れずにいる善の目の前を、医療スタッフたちがストレッチャーを押しながら慌ただしく移動していく。ストレッチャーに横たわっているのはまだ若い……善と同じ歳くらいの男性だった。蒼白の顔が、苦しみにゆがんでいる。

白衣をまとった医師――整形外科の東野医師が遅れてストレッチャーに駆け寄った。東野医師に看護師の一人が口早に報告する。

〝バイクの横転事故です。交差点を右折時に車と衝突したそうです〟

輸血のバッグを患者に追従させながら、切迫した声で告げたのは藤医師だった。

〝内臓出血に骨盤骨折です。とにかく輸血していますが……〟

〝まずいなこりゃあ……〟

彼らは足早に患者を搬送していく。そのさきにあるのは手術室だった。そこへストレッチャーとともに駆け込んでいく姿が、ふっとかき消えた。一瞬前までの物々しい空気感までが、まるで幻だったかのように霧散した。

今の善が目にしているのは、人ひとりいない手術室へとつながる廊下だった。さっきまで点灯していたはずの手術室の赤いランプが、今は眠ったように消えている。これから誰かの命の危機を迎え入れることなど、まったく予期していないかのように。

鼓動と呼吸を弾ませながら、善はそこに立ち尽くしていた。今日は手術の予定がないので、これから手術室へ薬剤の在庫チェックに向かおうとしていたところだった。唾を飲んで、善は考えた。

事故？　どこで？　いつだ。

今見た光景を反芻する。そのなかに時計や日の傾き、天候など、時間の予測をたてられるものがなかったか、善は懸命にさがした。しかし、この廊下には窓がなく、聞こえた会話や周囲の音からも、時間を推察できるものはなに一つなかった。唯一わかっているのは、苦しみにゆがんでいた患者の顔だ。若い男性だったが、どこの誰かはわからない。

（交差点での事故だと言っていたけど……どこの交差点だ？　患者の男性を見つけ出して回避させる？　いやでも、顔はわかっても名前がわからない）

善の頭にはそのとき、仁科さんのために動いた朝希の姿が浮かんでいた。自分が見た予徴は必ず現実のものになる。それでも、動くことで変えられる何かもあるのだとあのとき知った。しかし、今の善は——動くことすらできなかった。今回目の当たりにした予徴の光景だけでは、受け取れる情報が少なすぎた。

茫然と立ちすくんでいた善の胸ポケットで、突然ＰＨＳが鳴った。担当病棟のナースステーションからの着信だった。応答すると、慌てた声で看護師が告げた。

『５０３号室の倉本《くらもと》さん、抗がん剤の投与中に点滴が外れてしまいました。血管外漏出しています』

善はどきりとした。抗がん剤の血管外漏出は処置の早さが重要な緊急の案件だった。抗がん剤の種類や薬液の漏出部位の範囲などで対応が変わるため、この病院では、薬剤師がそれをすぐにチェックして医師に情報提供することになっている。

「担当の先生への連絡は？」

『連絡済みです。ただ、外来でナート（縫合）中なので到着まで数分かかると言われてしまって……五十嵐さん、至急来てもらえますか？　武原さんにも連絡したんですが、ＰＨＳがつながらなくて』

「武原は今、無菌室で調剤中なので対応できないと思います……」

答えながら善は、今見た予徴のことを思い、くちびるを嚙んだ。あの患者に対して打つべき手立ては、まだ見つかっていない。

「――すぐに行きます」

善は看護師にそう伝えた。急いで病棟へ向かいながら、あの患者が運び込まれるまでどれくらい時間があり、何ができるだろうかと、早鐘を打つ胸の中で考えていた。とにかく今は、できることをするしかない。

病棟での対応をできる限り早く終え、善は急いで予徴を見た手術室前へ引き返してきた。先ほど見た光景をもう一度詳しく思い出し、何かあの患者を助ける手立てを考えなくてはと思っていた。

焦った善は、ほとんど走るように手術室へつながる廊下の角を曲がり、そこで向こうから来た人と鉢合わせになった。相手は驚いた顔をした山吹だった。

「五十嵐くん。どうしたの、真っ青な顔して」

「……なんでもないです」

息も絶え絶えに善はそう言い、切り抜けようとした。けれど山吹は見逃してくれなかった。

「なんでもなくないでしょう。何をそんなに急いでるの？」

「おれ、手術室に行かないといけないんです」

詳しく話さないまま行こうとした善の腕を、山吹が捕まえた。

「待って。ダメだよ。今は」

山吹の厳しい声を聞いたのとほとんど同時に、善は、廊下の先にある手術室のランプを目にした。さっきは消えていたそのランプが、今は赤く点灯している。それを見たとたん、善は背筋が凍るのを感じた。

（嘘だろ。待ってくれ……）

山吹の声が、やけに遠くに聞こえる。

「少し前に交通事故の患者さんが運び込まれてきて、緊急手術になったから、今手術室には入れないの。救急部の看護師さんが教えてくれたんだけど、その人、かなり重体だったらしくて……さっき息を引き取ったって。これからご遺体を霊安室に移すと思うから、うろうろしない方がいい」

そのとき手術室のランプが消え、扉がひらいた。そこから、やけにゆっくりとした足取りの東野医師と藤医師、そして看護師たちが出てくる。最後尾の看護師二人が、静かにストレッチャーを押していた。

善には、それが予徴とはまるで正反対の光景のように見えた。ストレッチャーを運ぶスタッフたちは、さっきは物々しく手術室へ患者を運んでいった。それなのに今は打って変わって、ひたすら静かにゆっくりと出てくる。ストレッチャーに横たえられた患者も、予徴のなかでは苦痛に顔をゆがめていたのに、今は頭の先まで布をかけられているため表情すら見えない。

目の前を通り過ぎていく、二度と動かない患者を見つめながら、善は、どうすればよかったんだろうと考えていた。

もし仕事を放り出し、自分がなりふり構わず何か行動を起こしていたら、今ここにある現実は少しでも変わっていただろうか？　仮に運命が変わらなかったとしても……仁科さんのように、変えられた何かもあったのだろうか？

こんな力、どうして持って生まれて来たのだろう。

運ばれるわずかな振動のせいで、ふいに患者の手がストレッチャーから落ちた。その力なく垂れ下がった手を目にしたとたん、善はさあっと全身の血が引くのを感じた。

「五十嵐くん！」

山吹の声を聞いたのを最後に、視界が暗転した。


わずかな物音で、善は目をさました。白い天井と周囲をぐるりと取り囲む薄青いカーテン。体をつつむ清潔なシーツと上掛けに気づいた善は、自分が患者用のベッドに横たえられていることを悟った。見覚えのあるそこは、外来の点滴室だった。混乱しながら急いで起き上がったが、くらりとめまいがした。少し頭も痛い。額に手をあてて目を閉じ、めまいがおさまるのを待っていると、カーテンが開いた。

「五十嵐くん、目が覚めた？」

様子をうかがうように現れたのは、朝希と山吹だった。善は二人を見たとたん、現状を理解した。

「おれ、仕事中に倒れたんですね……すみません」

人にかけた迷惑を想像すると、マントルまで沈みたい気分になる。そんな善に朝希はやわらかく言った。

「一時的な血圧低下で倒れたんだろうって。研修医の鈴本先生が診察してくれた」

その横で、山吹が苦笑交じりに肩をすくめる。

「いきなり五十嵐くんが倒れちゃって、私が慌てていたら、鈴本先生が通りかかって五十嵐くんをここまで運んでくれたんだよ。丁寧に診察もしてくれたし、おまけに中学の頃の話も色々聞かせてくれた。鈴本先生って、五十嵐くんの同級生だったんだね」

何を話したんだ鈴本、と善は不安になった。鈴本は根本的にはいいやつなので、親切にしてくれたのは本当だろう。ただ、ずっと山吹と話すきっかけを求めていた鈴本だ。要領のいいあいつなら、この機を逃さず山吹と交流を深めようとしただろうことも容易に想像できた。

「五十嵐くんの目が覚めたら、念のためもう一度診察するって言ってたよ。鈴本先生、今日は当直で、さっき夜間外来に呼ばれて行ったけど、手があいたらまた来てくれるって」

朝希のその〝夜間外来〟という言葉に、善は耳を疑い、ベッド脇にたたまれた白衣のポケットから腕時計をさがして確認した。もう十九時を過ぎている。

「……本当にすみません。おれ、かなりの時間寝てたみたいで」

とっくに退勤時間は過ぎていた。二人はおそらく、善が目を覚ますまで薬剤部に居残ってくれていたのだろう。心苦しくなる善に、山吹はこだわりなく手を振った。

「べつに気にしなくていいよ。残ってた仕事を片付けていただけだから。それより私、倒れたときの五十嵐くんの様子が気になってて、そのことを聞いてから帰ろうと思ったんだ。五十嵐くん、あのときすごく取り乱していたけど、どうしたの？何かあったんじゃないの？」

何かあったかと言えば、大いにあった。ただ善は、そのすべてを話すことはできなかった。

「いいえ。ただ――人が亡くなったことがショックだったんです」

言えることだけ善は口にした。山吹はまばたきして善を見つめ、「そっか」と気づいたようにつぶやく。

「五十嵐くん、病院で働いてまだ二ヶ月だもんね。慣れていないからそんなにショックだったのかな……でも、これからだんだんと慣れてくると思うよ。病院で人が亡くなるのは、当たり前のことだから」

ふとしみじみと、物思いにふけるような口調になって、山吹は続ける。

「実際の医療現場は、ドラマみたいに患者の死に泣いたり、悲嘆に暮れることって、あまりないんだよね。泣いて途方に暮れている暇なんてない。次から次へと患者はくるし、やっぱり慣れていくこともある。次の日には笑っていたり、冗談飛ばしながら仕事したりするようになる。そうしないと仕事にならないし……でも、だからといって、悼んでいないわけじゃないいんだけどね」

息をついた山吹は、ふと無造作に後頭部でお団子にしていた髪をほどいた。きれいな黒髪が広がり、ふわりと爽やかな匂いがする。この光景と匂いは、おそらく上鞍総合病院の全男性スタッフが羨むたぐいのものだろう。しかしそんな仕草をしておきながら、山吹はまったくそれを意に介していない様子だった。ほどいた髪を振って立ち上がると、いきなり朝希と善に言った。

「じゃ、五十嵐くんも大丈夫そうだってわかったし、私はこれで帰るね」

髪をほどいたことで、急に仕事モードがオフにされたようだった。

「こういう日は、漫画やアニメで気分を換えるに限る。一刻も早く帰って時間を確保せねば。朝希、お疲れ様。五十嵐くん、お大事に」

山吹はそう言い残してさっさと点滴室を出ていった。あらためて善は山吹に対し、こういうマイペースな切り換えが本当に清々しい先輩だなと思った。

ふと気づくと、朝希と二人で取り残されていた。善はベッドサイドに立ったままの朝希に声をかけた。

「武原さんも、もう帰ってください。おれは鈴本が来るまで待っているので」

「私、今日は当直なの。ＰＨＳが鳴らなければ平気だから」

そう言った朝希は、手近なイスを引き寄せて、善のベッドサイドにすとんと座った。そして、あらためた声で言った。

「五十嵐くん、ひょっとして、倒れたのは予徴を見たからじゃない？」

善は息を詰めていた。朝希は、ただじっと善の言葉を待っている。

「さっき手術室で亡くなった、バイク事故の患者です……」

ささやくような小声で、善は話した。

「おれは、あの人がバイクの事故で運び込まれてくることをあらかじめ知っていました。現実に事故が起こるよりも前に、知っていました。でも、あの人が誰かも、いつどこでその事故が起こるのかもわからなかった。それで今回は止めるどころか、何か行動を起こすことすらできませんでした」

善はくちびるを噛んでから、正直にうち明けた。

「予徴は必ず現実に起こる。ときには、それを知ったおれが行動を起こしたことで、助かる人もいます。だけど、こんな風に、助けられないこともある。武原さんのときみたいに」

こんな弱音のような話を彼女にして、どうするんだとも思ったが、善には彼女しか話せる相手がいなかった。朝希も、それがわかっていて善に尋ねたのかもしれない。さっきの事故患者が亡くなったことは彼女も知っていたにちがいないのだ。

しかし善がおそるおそる見た朝希のまなざしには、責めるものはなかった。いつもの、事実を事実のまま受け入れ、これからどうするか考える目をしていた。朝希は少し間を置いてからぽつりと言った。

「この前は話が途中になっちゃったけど、私、あれから考えたんだ。自分の心がどう傾くか」

「傾く？」

善はよくわからずに朝希を見返した。朝希はほんの少しだけ笑う。

「私、時々そうやって考えるの。自分がどんな感情を選ぶかと、どんな風でいたいかを秤にかけて」

そこは選ぶのではなく、感情にまかせるのが普通なのではないかと善は思った。そこで一時休止して考えるという行為が、なんだか悠長でテンポがズレていて、けれど簡単には真似できない行いのような気がした。

「五十嵐くんは、予徴を見るという力があるせいで、他の人よりもずっと多く、誰かを助ける、助けないの選択を迫られているんだね。だからこそどっちを選ぶのか、常に神様に試されているみたい。前に五十嵐くんが自分でも言っていたことだけど、そういうものを見てしまう五十嵐くんは……やっぱり、ついていないのかもしれないね」

冷静に告げられた考察に、善は肩を落とさずにはいられなかった。

「あらためて誰かに言われると、結構つらいです」

しかし、朝希は真剣な顔を崩さなかった。

「でもついていないのは、五十嵐くんが助けることを迷わないからだよ。放っておいても何も感じなかったら、そんなふうに傷つかない」

だから、と朝希は一息に続けた。

「私は、あなたを恨まない。五十嵐くんを見ていたら、そんなふうには思わない。

それにもし——恨む相手がいたとしても、それは五十嵐くんじゃない」

あとにつけ足された言葉に、善は引っかかりをおぼえた。

「……誰か、恨んでいる人がいるんですか？」

朝希は頷き、ごく静かに言った。

「事件を起こした犯人」

とても当然の答えだった。それなのに善はなぜかどきりとしてしまった。朝希は場の空気を変えるように、声を軽くして話をもとに戻した。

「五十嵐くんって、仁《じん》に似てるんだよね。だから親しみを感じて、なおさら恨むとか、そういう気持ちにはならないのかもしれない」

急に引き合いに出された知らない名前に、善は当惑した。

「仁って、誰ですか？」

「うちの犬」

なんだ犬か……と善は思ったが、よくよく考えた。

（いや、犬？）

面食らう善に対し、朝希は感慨深げに続ける。

「犬とか動物って、愛情や慈しむ、いわゆる善と呼ばれる気持ちはあっても、人間とちがって悪意はないんだよね。誰かを助けたり、何かを守ったりするとき、理由がなく、本能で動くの。だからかな。見ていると感動する」

「それ、褒められていると受け取っていいんですか？　おれが誰かを助けようとするのが、まるで動物レベルの本能でやってるみたいに聞こえますけど」

善が指摘すると、朝希は今さら気づいたという顔になった。

「まあ、たとえだから」

確実にごまかすように言ったあとで、朝希は急に笑った。それは珍しく無防備な笑い方だったので、善は思わず彼女の顔に見入ってしまった。しかしとうの朝希は、まるでいまの一瞬が幻だったかのように、余韻もなく立ち上がった。

「じゃあ、私はそろそろ薬剤部に戻るね。当直してるから、もし何かあったら遠慮なく呼んで」

そうさっぱりと告げると、朝希は点滴室から出ていった。


電子カルテに向かって善の診察記録を入力しながら、鈴本はさっきからずっと肩を震わせていた。

「どこから聞いてたんだよ」

善は不機嫌に尋ねた。鈴本はにやにや笑いを浮かべた顔をこちらに向ける。

「お前が武原さんの飼い犬と同等に評価されたところから」

そんな鈴本の様子に、善はひそかに胸をなで下ろした。からかわれるのは不本意だが、それより前に彼女と話していた予徴のことや、十五年前の事件のことは、どうやら聞かれてはいないらしい。

鈴本がおかしがる声で言う。

「武原さんって仕事はかなりできるけど、面白い人だなあ。天然なのかな？　ちょっとずれてるっていうか、恋愛方面にはとくに鈍そうというか」

「鈍いというより……」

善は考え込みながらつぶやいた。

「あの人は、恋愛とかそういう物事に目をむけるより、もっと見つめているものがあるような気がする」

ふと気づくと、鈴本がじっとこっちを見ていた。しみじみと言ってくる。

「苦労するなあ」

「何が？」

「だってさ、あの人を見るお前の目って、いつもすげえ懸命なんだもん。五十嵐、本気で惚れてるんだろ？　武原さんに」

善はつい声が大きくなりそうになったが、息をついて否定した。

「ちがう。そういうんじゃない」

「じゃあ何なんだよ」

「おれはただ、あの人には、もうつらい思いをしてほしくないだけだ。恩人だから」

「恩人？　何か助けられでもしたのか？」

彼女に対する漠然としていた想いは、言葉にすると案外すんなりとまとまった。

「助けられなかったのに、あんなにまっすぐに生きて、大人になってくれていたから」

それきり善は口をつぐんだ。彼女と自分の関係は、それ以上のことは話せないので、もう何を聞かれても答えないつもりでいた。けれど鈴本は意外にも追及してこなかった。

「ふうん。よくわからないけど、そういう関係もあるもんなのかね」

それだけ言うと、あっという間に医者の顔に切り替わった。

「お前、よく倒れるっていうから一通り調べたけど、血液検査の結果も問題なかったぞ。今後も続くようなら、もう一度おれが精査するから、ちゃんと受診しにこいよ」

善は同級生の医師をつくづく見た。鈴本を見ていると、本当にできた人間というのはいるものなのだといつも思う。頭も顔もよく、相手をからかいはしても、本当に嫌がることはしない見極めのよさを持っている。いつだって転んで傷だらけでたくさんの恥をかきながら生きている善には、真似できない存在だった。からかわれた不快さなどすっかり押し流して善は言った。

「悪いな、こんな時間までつきあわせて」

「いいって。どうせおれも今夜は当直だったからな」

屈託なく返され、善はそういえばと診察室を見回した。隣の処置室には看護師が数人いるようで、話し声が聞こえていたが、鈴本以外の医師の姿は見あたらない。

「研修医って、もう一人で当直するものなのか」

感心というより、自分だったら不安でたまらないだろうなという畏怖の念を込めて善は言った。鈴本は笑って片手を振る。

「いや、まさか一人のわけないだろ。あと二人ベテランの先生たちが当直してるんだけど、今急性期病棟で急変患者が二名もいて、上の先生たちはその対応に行ってるんだ。だからどのみち、今の状況でお前の診察ができる医者はおれしかいなかったってわけ。まあでも、医者二年目のおれの見立てでは、たぶん大丈夫だから安心しろよ」

「安心していいのかわからない言い方だな」

善は肩をすくめて苦笑し、帰ろうと立ち上がった。診察室を出ようとしたところで、鈴本が言葉を投げてくる。

「今夜薬のことで困ったら、武原さんを頼らせてもらおう」

善はすかさず釘を刺した。

「仕事で話すならいいけど、くれぐれもあの人に変なことは言うなよ」

外来の待合室は、すっかり夜間体制になっていた。救急処置室の周り以外は消灯されていて、薄暗くしんとしている。

善はそのなかを、まるで足を引きずるようにゆっくりと歩いた。事故で亡くなった患者の姿を思い出すと、まるで冷たい水底に沈んだような心地になる。悲しさや、やりきれない悔しさとともに、なんで自分がこんな思いをしなければならないのだろうと、恨めしい気持ちがこみ上げてきた。

昔読んだ漫画のように、誰かを助けてヒーローになる憧れなど、今はもうない。賞賛されなくてもいい。それでも慎ましく生きていく生き方もあるということを、大人になった今は知っているし、その方が自分に合っているとわかっている。だからこそ、なぜ与えられたのかもわからないこの力は、善にとって負担以外のなんでもないのだった。

善が荷物をとりに薬剤部へ戻ろうとしたとき、消灯した廊下の先からぱたぱたと忙しなくこちらに近づいてくる足音が聞こえた。外来の看護師だった。誰も乗っていない車イスを押して、足早に外へ出ていく。なんとなくその姿を目で追っていた善は、そう間を置かずに看護師が戻って来るのを見た。さっきは誰も乗せていなかった車イスに、今は小柄な人物を乗せている。看護師はさらにもう一人、女性らしいシルエットの人物を伴っていた。夜間通用口から入って、善のそばを通り過ぎる。

どうやらその看護師は、足を怪我して受診した患者を駐車場まで迎えにいっていたらしかった。車イスに乗せられているのは、膝にタオルを巻いた十一、二歳くらいの女の子だった。包帯代わりの応急処置らしいタオルには、うっすらと血がにじんでいる。彼女に付き添っている女性は、おそらく母親だろう。

廊下をすれ違ったとき、善は車イスに身を縮めて座っている女の子の顔を見た。唇を固く結び、たまらなく不安げな青白い顔をしている。そのときだった。

怯えた声——後悔と不安のなかですすり泣くような声。その言葉を成さない声をつんざくように、突如、女性の取り乱したような叫び声が聞こえた。善は思わず息をのんだ。

自分のすぐ足元に、女の子が車イスから崩れ落ちて倒れていた。母親と思しき女性が取り乱した様子で駆け寄り、甲高い声で何度も女の子の名前を呼んでいる。けれど、女の子は応えない。彼女は長い髪を床に広げ、その上に投げ出された手足を細かく震わせていた。冷や汗をかき、意識が低下しているようだった。

善はすぐさま跪《ひざまず》いて女の子に手をのばそうとしたが、そこで気づいた。女の子の足に、真っ白な包帯が巻かれていることに。さっきは血のついたタオルで応急処置されていただけだったはずだ。それが一瞬にして、しっかりと治療が施されたものに変わっている。

（これは……予徴なのか。嘘だろ、また）

混乱する善の前に、外来診察室から鈴本が走り出てきた。すぐに倒れた女の子に呼びかけ、意識や呼吸を確認し、脈を測っている。鈴本が切迫した声でそばにいる看護師に指示を出した。

〝ナートで使った麻酔のアナフィラキシーかもしれない。血圧測って！〟

そんな鈴本に、母親がパニックになったようににじり寄った。

〝どういうことですか。処置を誤ったということですか！〟

〝血圧95の63です〟

〝血圧下がってないのか……じゃあ、なんで〟

〝手足に痙攣が出ています！〟

〝お母さん、この子てんかんの持病は〟

〝ありません！　もうこんな若い先生より、ベテランの先生を呼んでください！〟

母親が金切り声を上げた。鈴本は首をしめられたかのような表情になり、看護師に呼びかけた。

〝誰か、至急他の先生を――〟

〝だめです、今は急変患者の緊急対応で来られないと〟

これほど余裕をなくし、青ざめた鈴本の顔を、善は見たことがなかった。

善は壁際の手すりにすがりつき、どうにか倒れないでいた。くらんでいた視界が、霧が晴れるように徐々に通常の機能を取り戻していく。

早くなった鼓動のなかで、薄暗い待合室の先を見やると、あの女の子は、今は意識を失ってはいなかった。車イスにきちんと座ったまま、母親と一緒に明かりのついた救急処置室の中へ入っていく。彼女の足には、まだ血のついたタオルが巻かれていた。

今目の前にある現実と、予徴で見た光景との差異から、善は背筋を粟立てながら予測を立てた。

(たぶん、足の傷の処置が終わったあとに――あの子は急変する)

鈴本にわけを話して、女の子の体調変化に注意しろと警告しようかと思った。けれどそんなことをいきなり言ったところで理解してはもらえないだろう。それに何をしたところで、善の見た予徴は、必ず実現するのだ。

善は目をぎゅっと閉じた。喉の奥が詰まったような感覚になって苦しい。それでも善はさっき見たものを頭のなかで再生し、考え、歯を食いしばった。

泣きごとを言っても、腹が立っても、見過ごすことなんてできるわけがない。

あの女の子は命の危機に陥る。おそらく、研修医の鈴本だけでは対処しきれない事態になるのだ。医師ではない善には、倒れた女の子の病状もわからなければ、あの場にどんな助けが必要なのかも判断がつかなかった。それなら誰か、鈴本を助けられる人物をあの場に連れていくしかない。研修医の鈴本よりも知識と経験があって、女の子への対処ができる人間を。

病棟には他に二名の当直医がいるというが、予徴の中では緊急治療中だと言っていたから、急変患者のことを考えると、こちらに無理に引っ張ってくるわけにはいかなかった。そうなると——

身を翻した善は、走って医局へ向かった。息を切らせてたどりつき、ノックもそこそこにドアをあける。しかし室内の電気は消されていて暗く、誰もいなかった。退勤時間をとっくに過ぎているせいだろう。それでも、もしかしたら、担当患者の病状によって、まだ残って仕事をしている医師もいるかもしれないと思ったのだが。

「くそっ」

なんとしても、何もできなかったさっきの事故患者のようにはしたくなかった。いっそのこと理由をつけて、勤務医の非常時の連絡先に電話をして呼び出そうかとまで考えたが、患者が急変する事態がいつ起こるのか、正確にはわからない。医師が到着した時点でなにも起こっていなければ、医師は帰ってしまうだろうし、善は虚偽の連絡をしたとして、職場での立場がなくなるだろう。

そのとき、どこか遠くからかすかに声が聞こえた。

「先生、遅くまでお疲れ様です」

顔をあげた善は気づいた。窓の外からだ。急いで窓に飛びつくと、院内の見回りをしている守衛が誰かに頭を下げている姿が見えた。外は雨が降っていて、頭を下げられた人物は、今まさに黒い傘を広げて病院から歩き去ろうとしているところだった。傘に隠れる前に、一瞬だけ顔が見えた。その人物は——外科の藤医師だった。

善は踵を返し、二階の医局から階段を下って夜間通用口を抜け、外へ出た。外は降りしきる雨のせいで視界が悪かったが、善は緑色のアウターを着た藤医師の後ろ姿を判別した。急いで駆け出し、声を放った。

「藤先生、待ってください！」

ふり返った藤医師は、いつも不機嫌そうにすがめている目を驚くように見張った。雨に濡れることもかまわず、息を切らせて走りついた善の様相が異様に見えたのかもしれなかった。

「お前、たしか薬剤部の……なんだったたっけか？　デガラシ？」

思い出せないという顔をしている藤医師に、善は自分の名前を訂正するよりも先に言った。

「まだ帰らないでください。急患がいるんです」

それを聞いたとたん、藤医師は寝癖のついた髪をがしがしとかき回した。ため息を一つだけついて、踵を返して病院に引き返し始める。藤医師が訊く。

「誰が急変した。おれの担当患者か？」

善は言葉に詰まり、逡巡した。ここで適当な嘘をついてもすぐにバレるだろう。

「ちがいます……」

あの女の子がいつ急変するかわからない以上、すみやかに藤医師をあの場に連れていって待機させなければならない。しかしその正当な理由がとっさには思いつけず、正直に話すしかなかった。

「今、夜間外来に足を怪我した女の子が来ています。その子が、これから急変するんです」

藤医師は眉をひそめて足を止めた。

「これから急変？　何を言っているんだ？」

「今夜は急性期病棟で急変患者が二名もいて、夜間外来に対応しているのは研修医の鈴本先生だけなんです。ですがこれから、鈴本先生一人じゃ、対処しきれない事態になります」

藤医師は、理解しがたい文章を読むように善を見た。その顔に、みるみる剣呑さがにじむ。

「よくわからんが、その患者は、今はまだ急変していないということか？」

「はい」

「馬鹿にしてるのか」

怒鳴ると言うより唸るように藤医師は言った。

「していません。本当のことです」

負けずに善は声を強くした。

「馬鹿が。付き合ってられるか」

吐き捨てるように言った藤医師は、駐車場の方へ引き返していってしまう。善は急いで回り込み、藤医師の前に立ちふさがった。こんなふざけた申し出をされれば、誰だって怒るだろうと思いながらも、怒鳴られる覚悟で善は深く頭を下げた。雨水が髪をすっかりぬらし、水滴をつくっては落ちていく。それを見つめながら、善は嚙みしめるように頼んだ。

「お願いします。もう少しだけ院内に残っていてください」

藤医師がどんな顔をしているのか、頭を下げ続けている善には見えなかった。だが数秒の間のあと、盛大に舌打ちされたのはわかった。

藤医師は、急にアウターのポケットから携帯電話を取りだした。善がおそるおそる目をあげてみると、藤医師は苦虫を嚙みつぶしたような顔つきでどこかへ電話をかけていた。それはどうやら院内の救急処置室直通の番号らしかった。藤医師は善に試すような視線をむけながら、自分の名前を名乗り、通話をスピーカーにして通話相手の看護師に質問した。

「そっちに今、足を怪我した女児が来ているというのは本当か?」

唐突に尋ねられたせいだろう。少し驚いたような看護師の声が答えた。

『はい、来ています。今当直の鈴本先生がナート中です』

「どういう患者だ」

『マグカップを落として割った際に、膝に裂傷を負った十二歳の女の子です』

「何か、急変しそうな兆候があるのか?」

看護師は、不思議議そうに間をあけた。

『いいえ。意識もありますし、基礎疾患もとくにない子です。怪我のせいか、ずっと口数は少ないですが、足の傷もそんなにたいしたことはなくて』

そこまで聞いたところで、藤医師は問答無用で通話を切った。再び盛大に舌打ちする。

「馬鹿馬鹿しい!」

どけ、と善を押しのけ、そのまま駐車場へ向かっていく。善は慌てて追いすがり、もう一度止めようとした。

「待ってください、お願いします! もう少しだけ院内に残っていてください」

藤医師は善の手を振り払った。それ以上ひと言もしゃべるなという気迫で善をにらむ。

「お前、明日脳外科で診察受けろ。妄想症状があるとでも申告するんだな」

「待ってください……！」

しかし善にはそれ以上、藤医師を引き留めることはできなかった。

立ち尽くした善は、自分ではどうにもできないのだと考えた。こうやって他人に、助けてくれとすがることしかできないのだ。


薬剤部のドアをあけて入ると、普段冷静な朝希でさえぎょっとした顔をした。

「五十嵐くん？　どうしたの」

白衣のまま濡れそぼった自分の姿は、それほどみじめで異様なのだろうと善は思った。

すでに二十一時を過ぎて、新たな処方箋も出なくなったらしく、朝希の当直業務は落ち着いているようだった。手が空いていた朝希は、すぐに自分の当直用の荷物からタオルを持ってきて善に渡した。しかし善はそれで体をぬぐうよりも前に、朝希に予徴のことをうち明けた。他にどうすることも思いつけず、朝希の助言を求めにきたのだ。けれど、善が予徴で見た女の子の急変について伝えても、朝希は首を横に振るだけだった。

「ごめん、五十嵐くんが予徴で見た情報だけじゃ、私もその女の子の病状がなんなのか、どう対処すべきなのかはわからない」

「武原さんでも……ですか」

朝希なら何か対処を思いつくのではと一縷《いちる》の望みをかけていたので、善は落胆せずにいられなかった。

「やっぱり、知識と経験のある医師じゃないと、その子がどういう病状なのか判断するのは難しいと思う」

「そうだとしても、鈴本だけじゃ対応しきれない様子でした……」

言いつつ、善は他に何かできることがないか必死に考えを巡らせた。身の置き所もなく立ち上がる。

「他の先生方が残っていないか、院内をさがしてきます。もしかしたら、まだ帰っていない先生がいるかも――」

善が言いかけたときだった。外来の待合室から、取り乱したような叫び声が聞こえた。

全身がぞっと冷たくなり、善はすぐに薬剤部から飛び出した。待合室に行きついたときには、すでに女の子が車イスから崩れ落ちたように倒れていた。

女の子のもとに、診察室から出てきた鈴本が駆けつける。鈴本は女の子の症状を素早く診ていた。そのうえで看護師に指示を出す鈴本に、母親がパニックになったように叫んだ。

「どういうことですか。処置を誤ったということですか！」

「血圧95の63です」

「血圧下がってないのか……じゃあ、なんで」

「手足に痙攣が出ています！」

「お母さん、この子てんかんの持病は」

「ありません！　もうこんな若い先生より、ベテランの先生を呼んでください！」

母親が金切り声をあげた。そのとき、朝希が遅れて追いついてきた。彼女は善の横で思わずといったように小さく声をもらした。

「本当に全部、五十嵐くんが言った通りになってる……」

それはけして賞賛ではなく、むしろ恐ろしさを含んでいるように聞こえた。善だってそうだった。本当にいつもいつも、この瞬間に立ち会うと恐ろしくなる。

余裕をなくした声で、鈴本が看護師に呼びかけた。

「誰か、至急他の先生を――」

「だめです、今は急変患者の緊急対応で来られないと」

たぶん、自分が何をしようとも、運命はそれをあざ笑うように変えられないのだと善は感じた。十五年前のあの日のように。死んでしまった事故患者のように。

もう、逃げ出したい。でも、それもできない。何か、何か、何か――自分に、できることはないか。

そのとき、いきなり善は後ろから突き飛ばされた。よろめいて前のめりに倒れた善を尻目に、その人物は何食わぬ顔で倒れた女の子のそばにしゃがんだ。

「落ち着け。どんな状況だってやることは変わらない。まず処置室へ移動しろ。それと詳細なバイタルチェック！」

鈴本にしかり飛ばすように指示を出したのは、藤医師だった。鈴本はそれを認識して目を見張った。

「藤先生。まだ残っていたんですか？　もうとっくに帰ったと思ってました」

言いつつ、鈴本は急に何かの呪縛が解けたように行動し始めた。女の子を抱え上げ、処置室へ運んでいく。藤医師は鈴本の質問には答えず、横について歩きながら女の子を観察し、きびきびと診断していった。

「脈、呼吸、ある程度の血圧はあるから蘇生処置は必要なし。このまま意識が戻らなければ、ルート確保してアイウエオチップスに則り意識消失の精査——だが、発汗に頻脈、顔面蒼白、痙攣、意識消失……鈴本、まずは血糖値測ってみろ」

処置室のベッドに患者を寝かせながら、鈴本は驚くように藤医師をふり返った。

「まさか低血糖を疑っているんですか？　基礎疾患のない十二歳の子供ですよ」

「知るか。目の前のバイタルサイン見ろ、それがすべてだろ」

ばっさりと切り返された鈴本は、言われた通り看護師に指示を出した。看護師が血糖測定器で女の子の血糖値を測る。その結果に、鈴本は信じられないような声を出した。

「なんで、こんな低血糖」

「うるせえ、ぐだぐだ言う暇があったら動け馬鹿が。原因よりもまずは処置だ」

藤医師が口悪くそういったときには、朝希はもう動いていた。処置室に駆け込み、薬品棚から数種類あるブドウ糖液のうち一つを取り出して看護師に手渡す。病名がわかれば、処置に使う薬もおおかた決まってくるため、朝希は予測してその薬剤を用意したのだ。まだ経験の浅い善には真似できないことだった。

藤医師が指示した薬剤は、朝希が予測した通りのものだった。朝希から薬剤を受け取った看護師がすばやく準備をして鈴本へ手渡す。鈴本は落ち着いてそれを患者に投与した。

女の子のバイタルサインは、しばらくして回復の兆しをみせた。

それを見たとたん、善の強ばった背中からようやく寒気が引き、足の力が抜けた。


患者が医師たちの手で快方に向かい、他に自分たちの役目がないとわかると、善と朝希は薬剤部へ戻った。朝希は、もう一度善にタオルを押しつけて言った。

「早く濡れた白衣を脱いで、体も拭いて。そのままじゃ風邪引く。ただでさえ人手が少ないのに、五十嵐くんに休まれたら業務が回らなくなって困る」

善は朝希に言われるがまま白衣を脱ぎ、大人しく水のしたたっていた髪をふいた。

一日に二度も予徴を見たせいか、精神的にも肉体的にもどっと疲れていた。朝希はもう一枚タオルを持ってきて、善の脱いだ白衣のポケットに入っていた医薬品集やペンなどの水気を丁寧に拭き取りはじめた。

「藤先生、もうとっくに帰ったと思っていたのに、まだいたんだね」

善は白衣の下に着ていた冴えないTシャツ姿のうえ、髪もぼさぼさになっていたが、それを気にする気力もないまま返した。

「それは、おれが藤先生を呼び止めたからです。帰らないでくださいって」

すると朝希が、思わずといったように「うそ」と口にした。

「あの武士先生が誰かの頼みを素直に聞いたんだ。なんて言って引き留めたの？　自分が納得しなければ、他人の言うことなんて絶対に聞かない先生なのに」

「なんて、と言われても」

善は首をすくめた。

「未来に起こることを話したんです。正直に……」

「ちょっと待って。それ、まずくない？」

朝希は手を止め、善の顔を見た。

「五十嵐くん、予徴のことはあまり人に知られたくないんでしょう。そのことを藤先生に問い詰められたら、どうやって説明するの？」

「それはそうなんですけど……切羽詰まっていて、つい」

あのときはなりふり構っていられず、後先考えず行動してしまったのだ。しかし朝希の言っていることはもっともで、善はよく切れるメスのような藤医師の目を思い出し、ちょっと身震いした。それでも、なんとか笑ってみせた。

「でも、たぶん大丈夫ですよ。藤先生は、おれにそこまで興味なんか持たないと思います。頭のおかしなヤツの言ったことが、たまたま実現した、くらいにしか考えないんじゃないでしょうか。予徴で未来の光景を見たなんて話、あの先生が信じるわけないですし」

その瞬間だった。薬剤部の扉が、まるで蹴破られでもしたかのように大きな音をたてて開いた。

善と朝希は飛び上がるほど驚いてふり返った。すると、本当に扉を蹴り開けたのだろう——開け放された入り口に、両手をアウターのポケットに突っ込み、片足をあげた格好のままこちらをにらみ据えている藤医師がいた。

藤医師は何も言わないまま薬剤部のなかへ入り、善と朝希がいる鑑査台の方へ近づいてきた。まるで標的を見つけた殺し屋のようだ。固まった善を見据えた外科医は、今にも斬りかかってきそうだった。そんな藤医師の気を引くように、勇敢にも朝希が話しかけた。

「お疲れ様です、藤先生。さっきの女の子の容態はどうですか？」

「回復して、意識も戻った」

藤医師は端的に答えた。その間も善のことを不穏ににらみつけている。

「ダイエットがしたいがために、ばあさんの血糖降下薬をこっそり飲んでみたんだと。それで低血糖だ。足の怪我も、低血糖になってふらついてマグカップを落としたのが原因だった。あとのことは鈴本でもなんとかできるだろ」

「そうだったんですか。でも、回復してなによりです」

朝希はいつものように平然と切り返しながら、善に目で帰るように促していた。

そんな朝希の配慮に甘え、善は何気なく立ち去ろうとした。

「あの……じゃあ、おれはこれで帰ります。お疲れ様でした」

「ふざけるな」

藤医師は善の目の前に立ちはだかり、獣が唸るような低い声で言った。

「さっきの現象はどういうことだ。お前、どうしてあの女児が急変することをあらかじめ知っていたんだ。おれが納得するように説明しろ」


本当のことを告げたところで、絶対に信じてもらえないだろうと善は思った。だからといって、すぐに気の利いた作り話を思いつけるわけでもない。窮地に追い込まれた善は、ほとんど開き直るような気持ちで藤医師に〝予徴〟のことについて説明した。朝希は当直業務中だったため、時々来る電話や処方箋に対応していたが、その間にも心配そうにこちらの様子をうかがっていた。

善が話を終えると、藤医師は片手で寝癖のついた頭をがしがしとかき回した。続けて、頭痛がする人のように額に手をやり、天井を仰ぐ。そして吐き出すように言った。

「お前の言い分は、信じがたいほど馬鹿げている」

善はいくらかむっとした。

「それでも、事実です」

薬剤師としてはまだ自信がないため、仕事ではこの医師の前でいつもへどもどしてしまう善だった。だが今は確かなことを言っているのだからその必要はないはずだ。当直業務に区切りがついたらしく、朝希がこちらに近づいてきた。藤医師はそんな朝希と善を交互に見てから、手近にあったイスを引き寄せ、ドカリと座った。

「お前には幻覚や妄想の症状がある。脳外科にいけ」

目元を指でもみながら、藤医師は極めて不機嫌な声で続けた。

「最初はそう思ったんだ。しかしその妄言が現実に起こり、おれはそれを目撃した。これは事実だ。それに、さっき薬剤部の扉の外でお前らの会話を聞いていたが、嘘や妄想だとしたら、お前らがあんな風に会話するのも理にかなっていない。おれは他人は信用しないが、自分の見たものと聞いたものは信じるクチだ」

ものすごい持論。しかも盗み聞きしていたことをこんなに居直って言うとは。

「信じてくださるんですか？」

警戒しながら善は尋ねた。しかし藤医師はそれには答えず、善の顔を眺めて、いきなり質問を投げてきた。

「お前の、その〝予徴〟とやらは、いつからあるんだ？」

善はどういう主旨の問いかけかわからず、ちょっとためらったが、答えた。

「生まれたときからだと思います。物心がついた頃にはすでにありました」

「きっかけに心当たりは」

「……何も」

すると、今まで黙っていた朝希が口をはさんだ。

「先生も、こういうことに興味を持たれるんですね」

「どういう意味だ」

不機嫌に聞かれても、朝希は意に介さなかった。いつもの疑義照会のときくらい周りが言いにくいことをずばっと言った。

「患者でもない、ただ同僚として働いている人を相手に、藤先生がそんなに関心を寄せるとは思いませんでした」

時々朝希はこういう怖いもの知らずの発言をする。善は藤医師がまた怒鳴るのではと思ったが、今は鼻を鳴らしただけだった。

「おれはただ、自分の納得できないものには我慢がならないタチなだけだ」

藤医師は再び鋭い視線を善に向け、さらに問いかけてきた。

「家族歴は？　同じ症状が出ているやつは、お前の親族のなかにいるのか」

症状とは……なんだか問診みたいだなと考えながら、善は大人しく首を横に振った。

「いえ、おれ以外には、予徴を見る人間は家族にいないし、親戚にいるという話も聞きません」

善は正直に言った。それなのに藤医師は舌打ちした。

「役に立たない返答ばかりしやがって。おれは不思議をそのままに受け入れるファンタジー的思考に腹が立つ性分なんだ。物事には、ほとんどの場合きっかけや原因がある。お前は、その妙な症状を自分で解明しようとしたことはないのか？」

「考えたことはありましたけど、わからないことだったので……」

善は叱られた子供のように首をすくめた。指摘されればその通りだが、善はとくに小説や漫画などのファンタジー的設定に腹は立たない方だ。だからというわけではないが、善はこの予徴という力の不思議をつきとめようとしたことはなかった。そもそも追究したところで、確実な答えが出ることはないだろうと思えたし、それにこうして他人に相談したり、意見を聞く機会も、これまで一度もなかったのだ。

「生まれつきの症状だというのなら、先天性の可能性が高い。ならお前の遺伝的要因を探るのが手っ取り早いだろ。だからこうして聞いている」

藤医師の頭の中では、善はもはや何らかの症例になっているようだった。彼は観察するように善をじっと見たすえに、ふとそばのイスにかけて干していた善の白衣に目を留めた。

「お前の家は、寺なのか」

「はい？」

藤医師は、白衣の胸ポケットにつけられたネームプレートを顎で示した。

「下の名前、なんか珍しいだろ。善行の善」

ああ、と善は納得した。珍しい名前だと言われることは時々あったが、寺の子かと訊かれたのは初めてだ。たしかに仏教的な名前かもなと思いながら善は言った。

「この名前は、父がつけたんです。だけどうちは寺でもなんでもない一般家庭ですよ。父も、今は一般企業の会社員をしていますし」

「今は、というのはどういうことだ」

「もともとは、消防士だったんです。といっても、消防士として働いていたのはずっと昔の話で、仕事をしていたのもこの地元じゃなく神戸だったそうですけど」

善はそのときふと、昔、父から言葉少なに語られたことを思い出した。

「おれが生まれる前の年に、神戸で震災があったと聞いています。そこでの活動を最後に、父は消防士をやめたらしいです」

するど藤医師が、思い当たったように口にした。

「阪神・淡路大震災か」

「はい」

時期と地域だけで、藤医師はすぐに結びついたようだった。当時の瞬間を、その目で見ているからだろうか。善にとっては生まれる前のことで、震災というと実際に肌で感じた東日本大震災の方が記憶に深く刻まれているのだが――

善はだいぶ前、まだ自分が子供だった頃に父親から聞いた話を久々に思い返した。

「当時、父は消防士として、震災の凄惨な現場で毎日活動していたそうです。そのときのことは、今になってもあまり詳しく話そうとしませんけど、亡くなった人をたくさん見たと言っていました。父は、ある全寮制の高校の敷地で救護活動をしていて、そのとき、寮で被災した高校生たちが、周りのお年寄りや怪我を負った人たちを懸命に助けているところを見たんだそうです。体力があって動ける彼らは、傍目には活気づき、率先して周りをサポートしていたそうですが、実はその高校生たちの家族も、まだ安否がわからないという状況だった。それでも周りを助けようと、精一杯動いていた彼らの姿が、父はどれだけ時が経っても忘れられなかったらしいです」

そこからは自信なく、口ごもりながら善は続けた。

「父が言うには……そのときの高校生たちの行動を言葉に表すとしたら、おそらく、それは人がもつ精一杯の強さで、〝善〟と呼ぶべきものだったんじゃないかと。それで、のちにおれが生まれたとき、彼らの姿を思い浮かべて、この名前をつけたそうです」

こんな風に語っていると、とても大層な名前のように思えてくる。完全に名前負けだし、プレッシャーにもなる。予徴を見たとき、いつだってそれを放っておけないのは、この名前とそのエピソードがのしかかってくるせいかもしれないと善は思った。有り難い名前だし、父の気持ちは受け取りたい。けれど、自分が予徴を見る体質をもって生まれたこととセットで考えると、やっぱりついていないと思ってしまう。誰かの危機を見なかったことにしてすませることなど、許されない気がするからだ。

「……そういえば、うちの家系って、代々ついていないんですよね」

善は急に思い出し、ぽろりと口にしていた。

「聞いた話では、うちの父方の曽祖父も、大きな震災――関東大震災で被災しているそうです。曽祖父は医師だったらしいんですが、建物の倒壊や火災に巻き込まれた患者が大勢運び込まれてきて、けれどほとんど助けることもできず、そのことが生涯忘れられなかったと聞いています。それに加えて、祖父も十二歳の頃、東京大空襲で凄惨な体験をしたらしいです。焼け出されてなんとか生き延びましたが、多くの人が炎のなかで焼かれて亡くなっていく地獄のような光景を見たと言っていました。そして父は消防士として、阪神・淡路大震災に居合わせています」

自分で話していながら、なんだが胸の奥が寒くなる心地がした。善はごまかすためにちょっと笑った。

「うちの家系は、代々、歴史的な震災や戦災に居合わせているんです。これはむしろ、ついていないなんてレベルじゃないかもしれませんけど……」

すると朝希が、共感するように頷いてから、思いがけないことを言った。

「それはむしろ、運がいいと言えるのかもしれないね。そんな中を生き抜いてきたんだったら」

言われた善は、目からうろこが落ちる思いだった。そんな発想もあるものなのかと。

それなら、自分が予徴という力を持って生まれたことも、発想の転換はできるのだろうか。人の不幸な場面に介入せざるを得ないことを、言い換える言葉があるのだろうか？

善はそこでやっと藤医師の存在を思い出してはっとした。藤医師は極めてコワイ目をしてこっちを見ている。少なくとも善には、目の前の相手をどんな角度からばっさり斬ろうかと、検分しているように見えた。

「すみません、こんな話はとくに関係がなかったですね」

謝った善の言葉を、藤医師が打ち消した。

「いや、関係がないかはわからん」

うっすらと無精髭の生えた顎に手をやりながら、藤医師はいきなり、まったくべつのことを話し始めた。

「こういう研究がある。マウスにある匂いをかがせ、その後痛みを伴う電流を流す。特定の匂いをかがせたあとで、マウスにとっての恐怖経験を繰り返させるという実験だ。すると、そのマウスの子、孫の代では、その特定の匂いをかいだだけで、電流を流さずとも恐怖を感じる個体が生まれたという。これは、一説には外界からの刺激によってＤＮＡに傷がつき、その個体に他のマウスとは異なる何らかの変化が起こったからだと言われている。それが子供、孫にまで受け継がれるあいだに、ＤＮＡの傷は修復されないまま決定的な変化となり、子孫の代になって一生の体質を決定づけた」

善は、あまりぴんと来ないまま藤医師を見返した。

「おれの予徴が、それと同じ現象かもしれないということですか？」

藤医師は、自分で言っておきながら「それは知るか」と返した。

「ただ、今のお前の話を聞いて、そのマウスの実験が頭に浮かんだというだけだ。お前のその〝ついていない〟家族歴では、他より多くの凄惨な体験や恐怖体験をしている。その時々で、お前の祖先のＤＮＡが傷を負い、それが積み重なって、他とはちがう何らかの変化をおこした。その結果がお前なのかもしれない——そういう仮説は立てられる。お前のソレは、誰かの命の危機を予測して、どうにかしようとする防衛能力だろ」

言われてみれば、危機を事前に知るという行為は、それを回避するための能力ともとれる。しかしとうの善には実感などなく、納得するのは難しかった。父や祖父、そして顔もしらない曽祖父が味わった苦難、ＤＮＡが傷を負うほどの体験が、その記憶を持たない自分に引き継がれ、能力を形作っている……そう言われても、妙な心地にしかならない。

藤医師は、そんな善をつくづくと眺めた。

「お前のＤＮＡを調べたら、どんな結果が出るんだろうな」

まるで興味深い実験体を見るようなまなざしに、善は震えた。しかしそんな善の様子には気にも留めず、藤医師はイスの背もたれに背中を預けて話を続けた。

「人間のことは、とうの人間でもよくわからん。だが、たしかに生き物ってのは、困難を越えるために進化をする。こうしている現在も、困難を味わった親から生まれた子供の世代には、今のおれたちにはない何らかの力が備わっている可能性はある。過去には叶わなかった、切実な思いを具現するために」

過去の切実な思い。その言葉が善の身のうちに響いた。もし藤医師の仮説が正しいのだとしたら、それはどういうものなのだろう。世の中では時として壮絶で過酷な事象が起こる。平和なときには想像もできなかったような残酷で乗り越えがたい出来事が。それを味わった父や祖父たちが、その胸に痛切に抱いたこととは、何だったのか。

想像してみたとき、善はとても重たい気持ちになった。それは、疑問というかたちをとって善の口からすべり出た。

「でも、たとえばおれが予徴として見た光景――未来とか、運命とかいうものに逆らって誰かを助けようとしたとして、それが果たしていいことなのかは、よくわかりません。予徴を見て動いた結果、たしかに助けられる人もときにはいます。だけど、一方でおれがうまく動けなかったときには助けられない人もいる。その人たちからすれば、そんなのは不公平じゃないですか」

するとあ医師がふっと鼻で笑った。

「医療だってそんなもんだろ」

身を乗り出し、試すように善の顔をのぞく。

「それならお前は、今ここに命に関わる怪我や疾患を抱えた患者がいたとしたら、どうする。助けることを迷うのか？」

「……え？」

「薬剤師だろ。どうするんだ」

それは、考えるまでもないことだった。

「助けます」

「そういうもんだろ。仕事だからな」

藤医師は、とても大事なことを乱暴に投げてよこすように言った。

「仕事ってのは、特殊能力だ。そして医療ってのは、とくにその特殊性が強い。能力を持っているやつは、良心とか、ちっぽけな正義感とか、罪悪感で逃げられなくなるんだ。失敗してもうできないと思っても、どんなに恐ろしい感染症を前にしても、治療を施す相手が殺人犯でも自殺者でも、とにかく向かっていかなきゃならなくなる。知識と技術という、他のやつらが持っていない特殊な武器をもたされているからな」

足を大きく投げ出した粗野な格好で、藤医師は言う。

「薬剤師として他人を救うことを迷わないなら、おまえの予徴とかいうのも、同じ括りだろ。他のやつが持っていない力があるから、仕方なくやらずにはいられないんだ」

そのとき、善のなかでなにかがすとんと腑に落ちた感じがした。そんな善の心境など知ったことかという態度で、藤医師は寝癖のついた髪をがしがしとかき回して、あくびをした。

「まあ、納得はしかねるが、推論がたてられたから今回はいいとする。おれは帰る。明日も朝からオペなんだよ。やりたくねえけどな。疲れるわ、面倒だわ、責任は重い」

両足で乱暴に床をたたくように立ち上がって、藤医師はのそのそと薬剤部を出ていった。朝希が折り目正しく「お疲れ様です」と声をかけても、ふり返りもしなかった。

善は、奇妙な医者だと思いながらその背中を見送った。呆気にとられたような心地でふり返ると、朝希も同じ様子だった。目が合ったので、ためしに善は訊いてみた。

「武原さんは、今の話、どう思いました？」

この人の考えを聞いてみたかった。調剤台の片付けに取りかかりながら、朝希は少しの間考えをまとめるように黙ってから、意見を言い始めた。

「たぶん、五十嵐くんのお父さんが見た高校生たちの姿っていうのは、強くて正しいってだけのものじゃないと思う」

善は予徴に関する藤医師の仮説について訊いたのだが、朝希はそれについてではなく、ちがうことを言ってきた。しかし善は、口をはさまず聞いていた。

「逃げ出したいくらいだけど、それでも動かずにはいられない、それくらい弱くて不確かで、でも切実なものなんじゃないかな」

それを聞いた善は、急に肩の力が抜けた気がした。

朝希は、あらためてこちらに視線を向け、目をまばたかせた。

「五十嵐くん、なんで笑ってるの？」

「いや……何でもないです。すみません」

腕で隠していたけれど、どうしても緩む口元は抑えきれなかった。危うく泣きそうになるのではと思うくらいに笑っていたのは、救われた心地がしたせいだった。

気づけばもう二十二時を過ぎていた。善は濡れた白衣を通勤用のリュックにしまい、帰る支度をした。当直業務が一段落した朝希は、自動分包機の清掃をしている。機械を布で拭いている朝希の背中に、帰る前に善が声をかけようとしたときだった。ふと手をとめて、朝希が言った。

「医療って、不思議だよね。それを胸に掲げていれば、命に対して心が決まる。迷わずにすむ。さっき藤先生の話を聞いていて、あらためて思った。だから私は、医療者になったのかもしれない」

こちらに背をむけたままの朝希の顔が善には見えなかった。けれどかすかな声の変化を感じとって、善は帰ろうとしていた足をとめ、聞き返した。

「どういう意味ですか?」

ふり返った朝希は、強ばった表情をしていた。

「五十嵐くんは、もしかしたら知っているかもしれないけど、十五年前の事件のとき、私はこの病院に入院していたの」

いつもと同じ落ち着いた口調だった。しかし朝希はそのあと、善が予測しなかったような、とんでもないことを語り始めた。

「あのとき私は、友達をみんな亡くしてしまって、一人だけ生き残ったことが申し訳なくて、ずっと恐かった。友達のご両親がどれだけ悲しんでいるのか知って、自分が生きていることが苦しかった。それで現実から逃げ出すみたいに、勝手に病院から抜け出したの。あてもなく街の中を彷徨って、駅前の大勢の人が行き来する歩道橋の上から、何も考えられないまま車が行き交う道路を見下ろしていた。そのとき、後ろから声をかけられた」

「声……？」

朝希は頷き、何かの呪文のように、ゆっくりと告げた。

〝辰川《たつかわ》のように、君も僕を必要とするなら、いつでも教える。さがすのはパナケイアだ〟

朝希はこわいほど落ち着いた口ぶりだった。その声の冷たさは、彼女の記憶にあるものをそのまま表しているようで、善は背筋が寒くなった。朝希は続けた。

「すぐにふり返ったけど、雑踏の中だったこともあって、私に声をかけてきた人の顔は見えなかった。だけど立ち去る後ろ姿は見た。若い男の人だった。私に声をかけてきた時期と、〝辰川〟というあの事件の犯人の名前を口にしていたことを考えると、あの男の人は、事件のなんらかの関係者だったんじゃないかと私は思ってる」

善は驚きの中でしばらく黙った。なんとか頭を働かせて声を出す。

「でも……待ってください。あのときの事件の犯人――辰川は、武原さんが意識を回復した頃には、もうすでに自殺していましたよね？」

「うん」

朝希は頷き、小声で続けた。

「それに、辰川は六十代の男性で、若い男の人じゃない」

「だったら、その人は事件の犯人ではないはずですよね」

戸惑いながら善は言ったが、朝希は黙ったまま否定も肯定もしなかった。

「……警察には、その若い男のことは話したんですか？」

「言ってない。たった一言、私が聞いた声だけじゃ、何の手がかりにもならないから。自分でも夢や幻聴だったんじゃないかって思ったこともあるくらいだし。だけど、私はずっとあのとき言われた言葉が忘れられなかった」

そこまで淡々と話したところで、はじめて朝希の顔がほんの少しゆがんだように見えた。感情を極力抑えこむように目を閉じて、彼女は続ける。

「前に五十嵐くん、どうして私がこの病院で働いているのかって訊いたよね。私は、そのことが忘れられないからこの病院にいるの。私は、当時子供だったということもあって、新聞や各メディアには被害者として名前や顔は載せられなかった。名前と顔を一致させた上で〝私〟が被害者だと認識していたのは、警察と、そしてこの上鞍総合病院の職員だけ。そして、本来なら入院しているはずが、あのときイレギュラーに病院を抜け出していた私を見つけて、声をかけられたのは、その状況をいち早く知ることができた人物。そう考えると、当時この上鞍総合病院の職員だった可能性が高い」

一つ静かに呼吸をして、朝希は天井を仰いだ。

「医療は特殊能力。それって、薬も同じだと思う。そのかたちは使い方によって変わる。使う側の知識と少しの秤量のちがいで、呼び名が毒にも、薬にもなるの――私は、自分を命の危機に陥れたものが何か知るために薬学部に進学した。それでわかったことがある。十五年前の事件の犯人は〝辰川〟という男で、もう判明しているし亡くなっている。だけどそのとき彼が発生させた毒は、知識のない人間では、作り出すのはもちろん、それで他人を殺そうという発想に至るのも難しいはずのものだった」

そこで言葉を止め、朝希は善を見た。その目はまっすぐに、何かを問いかけるようなまなざしをしていた。

「もしもその毒を使うことを、作り出すという知識を、辰川に与えた人間がいたとしたら？」

4

　ようやくついた眠りは、水の中に沈んでいるような心地がした。どこか冷たく、息苦しい。そこからふわりと浮上する。

　朝希が目をあけると、カーテンの隙間から橙色の弱い西日が差していた。当直業務を終えて昼に帰宅し、シャワーを浴びてから少し眠ったものの、体の疲れはとれておらずまだ頭がぼんやりしている。昨夜は善にあの話をうち明けたことで、昔のことを思い出してしまい、仮眠をとる時間はあったが一睡もできなかった。そのせいか、今日になってもまだ切り換えがうまくいかない。

　それでもそろそろ準備をしなくてはと、ベッドから起き上がった朝希は、すぐ目の前に黒い物体が鎮座しているのに気づいてびっくりした。黒い柴犬が、何かを期待するまなざしで一心に朝希を見上げている。そうだ、と朝希は思い出した。今日は仁を実家から預かっているのだった。

「おまえのこと忘れてた。ごめん、もう夕飯の時間だね」

　仁はほとんど吠えないかわりに、何か要求があるとだんだんと近づいてきてひたすらに見つめる。控えめなのか気が小さいのかはわからないが、無駄吠えしないという点で飼い主としてはとても有り難い犬だった。だからこそこうして実家の家族が旅行に行くときなどは、朝希も気軽に自分のアパートで預かることができている。

一心不乱にドッグフードを食べはじめた仁に、朝希は少し笑い、テレビをつけた。十八時を過ぎた時間帯だと、今日はどんな事件が、殺人が、自殺が――どのチャンネルもそういうことを伝えるニュース番組ばかりやっていた。

ニュースやワイドショーを見るのは苦手だった。かといって、それらをまったく見なければ世間の動きを何も知らないままになってしまうし、ニュースの中には仕事柄知っていなければならない医療関連の情報もあるので、なるべく見るようにしている。最近はSNSでも世の中の動向を知ることはできるけれど、朝希はそちらも苦手でほとんど使っていなかった。

ニュースは、自分が当事者だった事件が報道されていたことを思い出させる。それにSNSは、人の様々な感情で構築されているツールに思えて、常にフラットに生きたいと思っている朝希には不向きだった。

だから朝希は世の中の流行をあまり知らない。それで同年代の山吹からは、よく〝世間知らずのおばあちゃん〟とからかわれるのだけれど、それも仕方がないと諦めている。

朝希は目を覚ますために顔を洗い、着替えて簡単に身支度を整えた。時間まで少し余裕があるので、片付けをしておくべきかと部屋を見回したが、この部屋にはほとんど物がない。前に山吹が遊びに来たときには「信じられないほど潤いがない！」

と驚かれた。「朝希、映画が好きだし、ＤＶＤとかたくさんあるのかと思ったのに」。朝希にとって映画を観るという行為は、時々思い立って映画館にいくだけで充分だった。ときには気に入る作品に出合うこともあるけれど、それを手元に置いて何度も観ようとは思わない。

窓を開けると、夜の澄んだ空気が部屋に入ってきた。このあたりは避暑地というだけあって、七月に入ったとしても、夜になれば過ごしやすい涼やかな気温になる。朝希はまだ夜を迎えたばかりのほの明るい空を見上げ、いつものくせで南の山際にあるはずの星座をさがした。見つからないうちに、呼び鈴が鳴った。

オートロックを開錠して玄関のドアを開けると、おぼつかない顔をした善が立っていた。

「あの、武原さんって、実家暮らしじゃなかったんですか？」

開口一番、そんなことを言う。来てくれたことを労おうとしていた朝希は、とっさに口から出す言葉を切り換えた。

「実家は三須々市内だけど、通勤時間が長くなるのが面倒で、病院の近くにアパートを借りたの」

「一人暮らしってことですか？」

「そうだけど」

そんな会話をしているうちに、隣の部屋に住む女性が挨拶をしながら通り過ぎた。

善は気まずげに後ずさりした。

「いいんですか？　おれが部屋に入っても」

朝希は善の挙動の意味がわからず目をしばたたいた。

「どうして？　とくに問題ないよ。そもそも家に呼んだのは私だし」

朝希が言うと、善は眉を寄せながら下げるという変な顔になった。

「あ、そうだ。でも一つ」

朝希が気づいて言ったとき、ドアを開ける朝希の足元から仁がぬっと顔を出し、控えめにワンと吠えた。朝希はいそいで仁をたしなめ、のけぞっている善に苦笑をむけた。

「今この子を実家から預かってるんだけど、犬平気？」

善はなんだか気が抜けたように肩を落とした。

「犬は好きなので、そうですね。とくに問題ないです。おじゃまします」

朝希がコーヒーを淹れるあいだ、善は朝希の部屋をじろじろと見回すこともなく、よくしつけられた忠犬のように静かに座って待っていた。職場の後輩を犬にたとえるなんて、たとえ心の中だけでも失礼だなと朝希は思ったが、彼のそばで大人しく座っている黒柴の仁とセットで見れば、どうしてもそう感じてしまう。

黒髪の短髪に、きりりとした眉――それだけ見れば鋭さや気の強さを思わせるのに、彼の黒い瞳はいつも周囲を気遣うように見回しているので、外見的な印象は人が良くやや気弱そうだ。朝希がコーヒーのお盆を持っていくと、「手伝いましょうか」と慌てて寄ってくる。その仕草も、今まさに同じように朝希の足元に寄ってきて、こちらを見上げている仁とそっくりだったので、朝希は少しだけ笑いそうになった。

これからする話はとても笑えるものではないので、強ばっていた心を少しでもほどくことができて、有り難いと思う。

コーヒーをテーブルに並べたものの、二人とも口をつけようとはしなかった。善は、朝希がマグカップと一緒にテーブルに持ってきたものを真剣なまなざしで見つめていた。その分厚いノートから朝希に視線を移し、「見せてもらってもいいですか?」と確認する。

朝希が頷くと、善はコーヒーに手を伸ばすよりも先にノートを開いた。そうした行動から、彼が十五年前の事件の詳細を知ることを本当に望んでいたことが伝わってきた。

朝希はあえてノートは見ず、コーヒーの透き通る黒さを見つめたまま口を開いた。

「最初の方は、当時の新聞の切り抜きが貼ってある。そのあとに手書きで書き込まれているのが、私が成人してから、警察や事件の起きた工場関係者、被害者の遺族の人たちに話を聞いて調べたこと」

朝希は昨夜、この十五年間、誰にも言わずにいたことをはじめて善に話した。自分に声をかけてきた若い男の存在だ。信じてもらえないのではと思ったが、善は疑うことなく信じてくれた。そして声をかけてきた男と、あの事件について、詳しく話を聞きたがった。

こんな話は外ではできない。だから朝希は善を自宅に呼んだのだ。

善は確かめるように当時の新聞の切り抜きに目を通し、やがて朝希の手書きの文字が書かれたページにたどりついた。朝希は、そこに書いてある内容を声に出して説明した。

「あの事件を起こした犯人は、辰川靖夫《やすお》。事件当時の年齢は六十二歳で、職業は着物の絵付職人。被害者である工場の社長――松原毅《まつばらつよし》さんとは、小学校時代の同級生だったみたい。そして二人の間には、金銭トラブルがあった。発端は、工場の経営がうまくいかずに行き詰まっていた松原社長が、土地の売買を辰川に持ちかけたこと。その売買が、暴力団組織が裏にある詐欺で、それに巻き込まれた辰川は店と財産を失い、周囲からの信用も失って絵付師の仕事すらできなくなった。自分の財産だけでなく、一生をかけて培ってきた仕事まで奪われたことで、辰川は松原社長を恨んで犯行を起こした」

善は丁寧に朝希の書いた文面を目で追っていた。しばらくしてから、ぽつりとつぶやく。

「おれも、この事件に関しては新聞や雑誌を読みあさったりしてそれなりに調べていました」

「……そうだったの？」

聞き返した朝希に、善は頷く。

「やっぱりあの事件のことは忘れられなかったので。あのとき、おれは何もできませんでしたが、だからといって無関係でもいられなかったんです」

ノートから目をあげ、善は朝希を見つめる。

「上鞍総合病院に入職して、武原さんがあの女の子かもしれないって思ってからも、新聞やネットでずいぶん調べ直しました。だけど犯人については、ここまで詳細に知ることはできなかった。武原さんは、どうやってこれだけの情報を集めたんですか？」

朝希は当時のことを思い出した。あの頃の強い感情が胸によみがえる。

「私は当事者だから」

それでも今の朝希は、淡々と理論立ててあの事件を語れるくらいにはなっていた。

「ただ一人……生き残った被害者として、知る権利はあるし、希望すれば警察も関係者の人たちも協力してくれた。それにたぶんもう解決済みということもあって、この事件については、とくに隠匿する必要もなかったみたい。自分が納得できるまで情報を集めさせてもらうことができた。だからこの辰川靖夫という人が事件を起こしたということは、やっぱり間違いがない事実なんだと思う。ただ――」

そこで善が、朝希の言いたいことを先取るように、そっと声を出した。

「〝辰川のように、君も僕を必要とするなら、いつでも教える。さがすのはパナケイアだ〟」

朝希は善の口から出たその言葉に息をのんだ。あのときの男の声と、悪意のない善の声では比べるべくもないが、若い男の人の声でそれを再現されると、さすがに胸がざわつく。善はそんな朝希の心境には気づいていない様子で話を続けた。

「武原さんにこの言葉をかけてきた男というのは、いったいどういう人物だったんでしょう。言葉の意味合いから考えても、その男があの事件に何らかの形で関わっていたのではという武原さんの推測は、おれも間違ってはいないと思いますけど……」

善はうかがうように朝希に尋ねた。

「その男については、何かわかりましたか？」

朝希はゆっくりとかぶりをふった。

「何も。何年も調べているけど、事件の関係者に、あの声の主らしい人は一人もいなかった。だけど……事件を調べ返すうちに、べつの疑問が出てきた」

「べつの疑問、ですか？」

「辰川靖夫という人についての疑問。私はそれがどうしても気になって、大学二年生の夏に、辰川靖夫の奥さん――正確には、元奥さんということになるけど……その人を訪ねて、直接話を聞きに行ったの」

「行ったんですか？　直接？」

善が急に声を大きくした。善の驚きは朝希もわかるものだった。犯罪の被害者が加害者の家族を直接訪ねるというのは、常識外れで大胆すぎる行いだろう。朝希も、社会人になった今だったらきっともう少しためらっていた。それでもあの当時、朝希は二十歳にようやくなったばかりで、理論と合理性ですぐに物事を進めようとしてしまうクセが、今よりもさらにひどかったのだ。

当時の自分の無鉄砲さを思い出し、少し大人になった朝希は苦い思いでほほえんだ。

「素朴で常識的な、いい人だった。別れた旦那さんの起こした事件を自分のことのように抱え込んでいて、私、泣きながら何度も謝罪された。加害者の家族と被害者という関係だけど、その人のことは全然恨む気持ちにはなれなくて……むしろ、私が訪ねていったせいであのときのことを思い出させてしまって、申し訳なくなったくらい」

朝希は、自分の声が徐々に強ばっていくのに気づいた。大概のことは冷静に乗り越えられるようになったとしても、やっぱりこのことはまだ、身構えずには語れないのだと自覚する。息を一つついて、朝希は話を続けた。

「私はその当時、あの事件には真犯人がいて、辰川靖夫は何らかの事情で他人の罪をかぶって自殺したんじゃないかという推論を立てていた。だけど、奥さんから辰川の話を聞いて、彼が自ら犯行を行ったということは、きっと事実なんだろうと思った。自殺の状況からしても他人が関与した形跡はいっさいない。そのことは警察で確認できたし、なにより辰川は犯行に及ぶ前に、長年連れ添った奥さんに一方的に離婚を切り出していた。〝おれはもうお前にはふさわしくなくなる〟と……奥さんも、そんな風に身辺を整理していた辰川の言動を思い返して、松原社長を殺したのは辰川なのだろうと納得していた。ただ、その方法についてだけは、違和感があったと話してくれた。〝あの人らしくない〟と」

「らしくない……」

善が口の中で確かめるようにその言葉を繰り返す。朝希は唇を湿して、さらに続けた。

「辰川は、中学卒業と同時に職人になるための修業に入っていて、それほど学歴がなかった。本人も、〝おれは勉強はからきしだ、学をつけるくらいなら腕一本で生きていく方がましだ〟と言っていたというし、たまに医師から処方される薬にもまったく無頓着で、飲まないような人だった。薬嫌いというよりは、興味がなかったと奥さんは言っていた。奥さんが言うには、〝あの人が、工場の薬品を利用してあんな事件を起こしたというのが、今でも信じられない〟って」

朝希は自分の気持ちが高ぶらないよう、語る声を意識して抑えた。

「私も、そのことが疑問だった。確固たる恨みを抱いた人間が、未知であやふやな領域に踏み込んで、そんな手段で人を殺めるかなと。辰川の奥さんは、犯行の直前、離婚するまで一緒に暮らしていたというけど、辰川が薬学や化学関連の本を入手したり、調べたりしていた様子はなかったと言っていた」

「……それで武原さんは、誰か他に、辰川に犯行の手段についての知識を与えて、殺人を幇助した人間がいるんじゃないかと考えたんですね」

あとを引き取って善が言った。そこに納得した響きがあったので、朝希は少しほっとした。善は膝の上に乗せた両手を握り、それを見つめながら切り出した。

「さっきも言いましたけど、おれもこの事件のことは忘れられなくて、当時の新聞を色々と読みあさったりしていました。それである程度は理解した気になっていたんです……だけど薬学部を出たあとで、またあらためて同じ情報に目を通したら、見えてくることがちがった」

顔をあげ、善は率直に言った。

「あの事件を実行するには、事故にみせかけるために、反応釜で起こっていた化学変化、それに必要な薬品、窒素酸化物の特性や発生条件――そういった知識がなければ、できなかったはずです。もし犯人の辰川靖夫が自白文書を遺して自殺していなければ、あれは単なる工場の不備が原因で起こった事故として片付けられていたんじゃないでしょうか。それだけ完璧な犯行をしたのに、辰川靖夫という人に、そういった知識がまったくなかったというのなら、それはたしかに不自然だと思います」

善は今、職場の後輩としてではなく、一人の薬学的知識がある人間として意見を述べていた。いつも自信なさげで控えめだが、この後輩は言うべきときはしっかりと意見を言う。だからこそ、善は朝希にまっとうな質問をしてきた。

「このこと、警察には話したんですか?」

朝希は目を伏せてかぶりを振った。

「あの事件の犯人は辰川靖夫。それはきっと間違いがない事実。犯行も、辰川一人で行っていたことが、現場の状況や遺書からはっきりしている。事件の被害者である私が今さら騒ぎ立てたとしても、たんなる精神不安からくる妄想と思われるだけで、再捜査をするようなことにはならないと思う。ただでさえ、これはもう十五年も前のことだから」

朝希はすべて言わずに言葉を切った。善はそっとつぶやいた。

「世間から見れば、あれはもう昔の事件ということなんですね」

そのひと言は、彼にとっては昔ではないのにと言外に言っているようだった。

朝希は、自分がなぜ善にこの話をする気になったのか今さらわかった。朝希は今まで誰に対しても、事件のことを自分から話題にしたことはなかった。家族にもそうだ。それなのに善にうち明ける気になったのは、彼があの事件の同じ当事者、同じ立場だからだ。彼は朝希を含め、被害に遭った社長や朝希の友人たちを助けられなかったという罪悪感を持っている。それは自分だけ助かってしまったという朝希の罪悪感と、たぶんよく似ている。抱え込まずにいられなかった罪の意識に苦しんで、じたばたしてきた朝希のように、彼もあのときのことを、今も重石にしているのだろう。

善がノートの続きに目を通すあいだ、朝希は膝に顎を乗せてきた仁の頭を撫でていた。やがて、善が口を開いた。

「一つ、気になることがあります」

すべてに目を通したらしく、ノートを閉じてから、善は問いかけた。

「武原さんに声をかけてきた若い男——その男が言っていた〝パナケイア〟というのは、何のことなんでしょう。このノートには、書いていなかったんですけど」

「それは、私にもよくわかっていない」

朝希は、仁を撫でていた手を止めて携帯を操作した。そこには、ネット上で、〝パナケイア〟という言葉を検索して出てきた画面を善に見せる。ギリシャ神話のある一場面を描写した絵と、その解説が書かれていた。

「パナケイアという言葉自体は、調べてみたらギリシャ神話に登場する癒やしの女神の名前だった。医学の神アスクレピオスの娘たちのうちの一人で、その名前には、〝すべてを癒やす〟という意味がある。現代でも、〝万能薬〟の意味で使われている言葉。ギリシャ神話の神様としてはわりとよく知られている名前みたいで、言葉自体は世の中でたくさん使われている。検索してみると、引っかかるものも多くあった。だからこそ、あの声が言っていた〝パナケイア〟が何を意味しているのかは今もわからないまま」

二人の会話はそこで途切れた。疑問はあるのに、それをたどる糸口が見つからないのだ。朝希のもとを離れた仁が、善のそばにいって匂いをかいでいる。善は考えを巡らせる目をしたまま、仁の顔を手で包み込むようにして撫でていた。犬が好きというのは本当のようだった。

「〝さがせ〟って言っていたんですよね。その声の主は」

そうつぶやいて、善はしばらく黙った。それから言った。

「おれも、さがします。手がかりは少ないですけど、その人物は少なくとも十五年前にこの街にいた。もしかしたら、今も近くにいるのかもしれない。それに武原さんの言うように、あの当時上鞍総合病院にいた人間だとしたら、地道に調べていけば何かわかるかもしれません」

善の目は真剣だった。それを見たとき、朝希はさらにあることを善に言おうか迷った。だが口を開きかけたところで、思いとどまった。確信を得るまでは自信がないし、これこそ恐ろしい妄想のようだったからだ。

朝希が何も言えないでいるうちに、善はふと自分の腕時計に目をむけた。沈黙が続いたこともあって、そろそろ潮時だと思ったのだろう。切り上げるように立ち上がった。

「今日はおれの頼みにこたえて色々話してくれて、ありがとうございました。武原さんにとっては話したくないこともあったかもしれないのに。もう遅いですし、そろそろ帰ります」

玄関に向かおうとする善のあとを、仁がしっぽを振りながらついていく。仁の頭を撫でて廊下に出ようとした善が、急に立ち止まった。

「武原さん、もしかして夜眠れていないんですか？」

善の視線の先には、棚の上に置かれた淡いピンク色の錠剤があった。それが睡眠薬だということは、薬剤師なら一目でわかる。朝希はとっさに時々飲むくらいだと言おうとしたが、すでに内服済みの部分が目立つシートを見れば、頻繁に飲んでいることはわかるだろう。朝希が返事に窮していると、善は急にこちらに向き直って言ってきた。

「おれじゃ頼りないかもしれないですけど、話があれば聞きます。できることがあれば何でもします。だから、何かあったら言ってください」

朝希はすぐに断った。

「いいよ。そんなの」

遠慮ではなく、本心からの言葉だった。

「前にも言ったけど、私は五十嵐くんのことは恨んでない。だから、私に対して罪悪感なんかもたなくていい」

「罪悪感じゃありません」

意外なほどきっぱりと善は言った。

「おれは、この十五年間ずっと、あのとき一人だけ生き残った女の子はどうなったんだろうって考えていたんです。あんな事件に巻き込まれて、友達もなくして……あの子は、どんな大人になっただろうって。そうしたらその人は、職場で医者にも物怖じせずにバンバン意見を言って、命のやりとりがかかわる場面では誰よりも冷静に対処して、亡くなっていく人からも目をそらさずにいる、しっかりとした人になっていました。職場で出会って、おれが尊敬した先輩が、その女の子だったんです」

そこまで一息に言ったものの、善は急におぼつかない表情になった。「だから、何と言うか……」と、眉根を寄せて懸命に考えている。それからふと、言うべき言葉がやっとわかったように声を出した。

「ありがとうございます」

朝希はまばたきも忘れて善を見ていた。善は妙にすっきりとした表情になって続ける。

「武原さんは、おれのネガティブな予想に反して、ちゃんと生きていてくれた。まっすぐに生きていてくれた。だからそのことに報いるために、おれも、今度こそちゃんと助けたいって気持ちがあるんです。あの十五年前の事件が、まだ本当の意味で解決していないなら、おれもそれを解消したい。これは同情や罪悪感なんかじゃなく、あの事件を十五年間引きずってきた、おれ自身のけじめです」

その声は決然としていて、朝希が何を言っても意志を曲げることはないようだった。いつも自分に確信がなく、聞き分けの良い後輩である善が、こんな様子を見せるのははじめてだった。

「……わかった」

朝希は気づいたときには言っていた。半分は気圧されたのかもしれない。それで納得したように、善は玄関から出ていこうとドアを開いた。そこでふとふり返り、この夜初めて笑った。

「武原さんは、理詰めで説得すると納得してくれますよね」

そのままドアが閉まるのを、朝希はなんだか豆鉄砲をくらったような気分で見ていた。善を見送った仁が名残惜しそうにクゥンと鳴いた。

無菌調剤室のクリーンベンチに座って、ガラスの向こうに差し入れた手元を注視する。ボードに貼り付けた注射処方箋に則ってアンプルから注射器で薬液を吸引し、輸液に混注する作業は、とにかく集中力が必要だった。薬剤によっては手順を変えただけで沈殿などの化学変化を起こしてしまうものもある。それにこの混注作業では、同時に患者の年齢、血液データ、それに対する投与量の妥当性、内服との重複がないかも、常に間違いなくチェックしなくてはならない。

朝希が調製した輸液と空アンプルなどを照合し、鑑査を行っているのは山吹だった。処方箋の薬剤名や用量をぶつぶつつぶやいていた山吹は、その作業を終えたとたんに大きくのびをした。

「オッケイ、鑑査も問題なし。さすが朝希。作業は丁寧なのにめちゃくちゃ早く終わった」

山吹は、ミスを起こしてはいけない作業はとことん集中するが、区切りがつけばとたんにしゃべりはじめる。仕事中の私語は控えるべきだと眉をひそめる人もいるが、朝希は山吹のこうした切り替えの早さが好きだった。仕事中だからといってずっと張り詰めていれば疲れてしまう。メリハリがある方が仕事も楽しく、効率的にできるというものだろう。山吹はできあがった輸液をきびきびと運び出しながら、生き生きと口も動かしていた。

「昨日は五十嵐くんが調製、私が鑑査の割り振りだったんだけど、五十嵐くん、調製ミスが恐くて何度も確認しながらやってたから、朝希の倍は時間がかかってたんだよ。それで終わってから私に時間とらせちゃってすみませんって、しょぼくれた顔して謝るの」

そう話す山吹はおかしがってはいたが、批難しているようには見えなかった。朝希はやや慎重すぎるきらいがある後輩のしょんぼりとした顔を思い浮かべながらフォローした。

「技術が必要な作業は慣れだから。初めのうち手際がわるいのは仕方ないよ。早さよりミスがない方が患者さんにとってはいいことだし」

「そうはいっても、うちらの業務は他にやることも多いから手際も重要でしょう。せっかくの若くて貴重な労働力なんだから、彼には立派に育ってもらわないと」

厳しい意見を言っているようで、山吹も善の成長には期待しているのだと朝希は思った。善のように地道で真面目な人間は、おそらく薬剤師には向いている。その善のことについて、無菌調剤用のガウンを脱ぎながら、山吹が何気なく口にした。

「そういえば五十嵐くんって、ちょっと不思議だよね。仕事の要領はよくないけど、どうにかコツコツこなしていくから、問題も起こさなくて目立たないキャラなんだけど——時々、妙に人目を引くときがあるっていうか」

「そう?」

朝希はとっさに同調せず、わからないという顔をした。しかし山吹はてきぱきと白衣に着替えながら続ける。

「最近、院内で急変患者が出たとき、よく五十嵐くんが居合わせてるでしょう。そのせいで一部の看護師さんたちの間では、彼、〝トラブルくん〟って呼ばれてるらしいよ。〝トラブルメーカのトラブルくん〟」

「……何それ。ひどくない？」

朝希が思わず言うと、山吹は意外そうにこちらを見た。

「へえ、怒った。誰に対してもフラットにしか付き合わない朝希が」

その言われようは心外だと朝希は思う。

「私だって、自分の後輩が理不尽なことを言われていたら腹を立ててるよ。たとえ五十嵐くんが患者の急変時に居合わせていたとしても、それで助かっている場合もあるんだから、そんな言い方はないでしょう」

「朝希と五十嵐くんって、べつに恋愛の意味じゃなくても、一緒にいると特殊な雰囲気があるよね。共通点はないのに、ちょっと似てるというか」

この同僚はいつも突飛な妄想ばかりしているようでいて、時々鋭い。朝希がどう切り抜けようか考えていると、さらに驚く言葉を投げてきた。

「一昨日、朝希が当直だった夜も、遅くまで二人でいたんでしょ？」

「なんで知ってるの？」

尋ね返してしまってから、朝希は思わず自分の口を手でふさいだ。

「あたった。一昨日の夜に低血糖を起こした女の子のこと、五十嵐くんが翌朝の時点ですでに知ってたから、そう妄想していただけなんだけど」

山吹は、形のきれいな唇から歯をのぞかせて笑う。

「朝希ってたまに迂闊《うかつ》っていうか、素直だよね」

「またそれで勝手に妄想の翼を広げないでよ」

「約束はしかねる」

とはいえ山吹は、妄想はしても詮索はしないでくれるのだった。だから朝希にとって、山吹は一番付き合いやすい同僚なのだ。その山吹が、ふと思い出したように朝希に教えた。

「そういえば、その女の子――浅野優香《あさのゆうか》ちゃん、食欲不振と軽い脱水症状があるから少し入院して様子見るって。五十嵐くんの担当になってたよ」

朝希はガウンを脱ぐ手を止めた。あの子は、低血糖が改善すれば入院せず帰るだろうと思っていたが――

「……五十嵐くん、その子のところにもう初回面談に行ったたって？」

「どうだろう。昨日は病棟業務の時間が長かったから、もしかしたら行ってるかもしれないけど」

朝希は白衣を羽織ると、なるべく早く無菌調剤室の片付けをすませて、病棟へ向かった。

担当病棟のナースステーションへ着いてすぐ、朝希は救急薬の在庫チェックをしている善に声をかけた。

「五十嵐くん、ちょっといい？　一昨日入院した浅野優香ちゃんのことなんだけど」

善がふり返る。朝希が息をかすかに弾ませていることに気づいたらしく、目を見張った。

「どうしたんですか？　もしかしておれ、何かやらかしました？」

今日善と話をするのはこれが初めてだったが、善は昨日のことを持ち出すそぶりはまったく見せなかった。朝希はそのことにほっとしながら、少し笑ってみせた。

「そうじゃないんだけど、ちょっと気になることがあって。あの子のところ、もう初回面談には行った？」

「昨日、行くには行ったんですけど」

善は困ったように頭をかいた。

「あの子、全然話をしてくれなかったんですよね。おばあさんの血糖降下薬を勝手に飲んだこと、ご両親にかなりきつく叱られたみたいで、なんか緊張――というか、怯えているみたいでした。おれも薬剤師って名乗ったからか、薬のことでまた叱られると思ったようで警戒されちゃって」

朝希はすばやく考えを巡らせた。善に尋ねる。

「ご両親、今日は病院に来てる？」

「共働きの家庭で、昨日はお母さんが仕事を休んで来ていたみたいですけど、今日はどうかな……武原さん、あの子のご両親に何か話があるんですか？」

「ご両親じゃなくて、彼女本人と話がしたくて」

こんなことをして意味があるのだろうかとも思う。焦ってここに駆けつけてきたのも、いつもの自分らしくない。そう思うものの違和感をそのままにしておくことはできなかった。朝希は善に頼んだ。

「本当は五十嵐くんの担当している患者だけど……ごめん。少し彼女と話をさせてくれない？」

「いいですよ」

やや訝りながらも、善は了承してくれた。そのまま二人で浅野優香の病室に向かおうとしていたときだった。朝希は善の背後で、看護師たちがちらちらとこちらを見ながら何か話していることに気づいた。彼女たちは声を落として他愛なく笑っていたが、その会話のなかに〝トラブルくん〟という言葉が聞こえた。

朝希は彼女たちのもとへ行き、何を話していたのか訊こうとした。そんな朝希の腕を、善が摑んだ。びっくりしたような顔をしていた。

「武原さんって、冷静だけど時々大胆ですよね」

朝希は善を見上げて言った。

「だって、あんなこと言われたままにしていいの？」

「仕方がないです。おれがトラブルの起こる場にいつも居合わせるのは本当のことだし。こういうのは昔から慣れているんで。それに、もうどう呼ばれたって気にしないことにしたんです。あだ名が〝死神〟にさえならなければ」

善のそのときの言い方は、けして捨て鉢なものではなく、どこか腹をくったものに聞こえた。朝希は意外に感じ、つい思ったままを口にしていた。

「いつもはもっとネガティブじゃなかった？」

「考え方を変えることにしたんです。武原さんのおかげで」

「私？」

「あと、藤先生」

自分が何をしたのかについてはよくわからない朝希だった。ただ、いつも周囲に怒鳴りちらしている藤医師と並んで言われたことは、あまり嬉しくないと思った。

浅野優香のいる病室は、急性期病棟の端に位置する個室だった。個室は通常入院費が割高になるが、小児科病棟が満床という病院側の事情と、短期間で退院する見込みがあることから、その部屋を一時的に使用することになったらしい。

ノックをして病室へ入ると、ベッド上でスマートフォンを見ていた優香がぱっと顔をあげた。水色のパジャマを着た、ほっそりとした女の子だ。身長はおそらく小学六年生女子の平均くらい。背中まである長さの髪を青いシュシュで一つに結んでいる。朝希はそんな彼女の目を見たとたん、なるほどと思った。たとえば野生の小動物が捕食者を警戒するような怯えが、優香の目にはあった。小学生の女の子にこんな目を向けられては、善のような大人の男性は気まずくて引き下がらずにはいられなかっただろう。

病室に両親の姿はなく、優香は一人きりだった。善はこちらを警戒するように見る優香に対し、やっぱり気まずそうだった。それでも彼女の担当として、懸命に笑みをつくりながら話しかけた。

「こんにちは、薬剤師の五十嵐です。今日は同じ薬剤師の武原と一緒に来ました。昨日はあまり話せなかったので、今日はもう少し話をさせてもらいたいんですけど、今いいですか？」

優香はじっと善を見て、そして朝希を見た。しばらく黙っていたが、ふいに答えた声は意外にもはっきりとしていた。

「今日、うちの親は仕事で来ていないんですけど、私でいいんですか？」

善がちらっとこっちを見たので、朝希は小さく頷いて前に出た。善のように敬語にしようか迷ったが、親近感を持ってもらうために、あえてそうしないことにした。

「浅野さんのわかる範囲のことを答えてくれれば大丈夫だよ。病院での治療にお薬を使うとき、知っていないといけないことがいくつかあるから、教えてもらいたいの」

優香はあまり乗り気ではなさそうだった。手の中のスマートフォンを手放そうともしない様子から、彼女がべつのことに気を取られているのが伝わってくる。それでも優香は渋々了承した。

「……わかりました」

朝希は、彼女の気持ちが変わらないうちに質問を始めた。

まずはこれまでの既往歴、市販薬の使用、食物や薬でアレルギーが出たことがあるか。そういった質問は薬剤師なら誰もが初回面談で患者に確かめるものだ。治療に必要な質問だと受け取ったらしく、優香も素直に答えてくれた。ただこういった情報は、朝希たちはもうすでに優香の母親から聞いていたが、朝希はあえてもう一度尋ねていた。

「浅野さん、食事は一日三回ちゃんと食べてる？」

「はい。うちのお母さん、ご飯はちゃんと食べなさいって言うから」

「うん、それはいいことだよ。最近は朝ご飯を食べない子も多いから」

「そういえば、食べないで来たって言ってる子も、学校にはいます」

少し警戒がほどけてきたのか、優香ははい、いいえ、以外にも情報をつけてしゃべるようになってきた。朝希はやわらかく言った。

「退院後に、毎回の食事のあとで飲むお薬も出るかもしれないから、これからもできるかぎりちゃんと食べてね。それと、浅野さん、今は食欲がなくてあまりご飯が食べられていないから、体重が減ってしまっているけど、入院前のもとの体重がどのくらいだったか、覚えてる?」

「えっと……」

首をすくめて優香は返した。

「正確にはわからないです。あまり体重計に乗っていなかったから。たぶん四十キロくらいだった気がします」

真面目に思い出そうとしているようだったが、優香の返答は自信なさげだった。朝希は「わかる範囲でいいよ」と笑ってみせた。

ふと、朝希は優香の手元に目をやった。淡い緑のケースに入ったスマートフォンが今もそこにある。朝希は、話の接ぎ穂になればと思い、尋ねてみた。

「もしかして、誰かからの連絡を待ってたの?」

だから携帯を手放そうとしないのだろうかと思ったのだ。すると、優香はとたんに表情を硬くした。

「そうじゃないです。連絡は……誰からも来ません」

「……そうなの？」

朝希はそっと聞き返した。すると優香は、朝希の目を見て言った。

「もう治療とは関係ないことですよね。答えなくてもいいですか？」

きっぱりとした拒絶だった。そのひと言で、気が強くしっかりとした彼女の内面が垣間見えた。これは彼女の方が正しい。朝希は「そうだね、ごめん」と大人しく引き下がった。

優香が沈黙したので、ここまでかなと朝希は思った。礼を言って切り上げようとしたとき、今度は逆に優香の方から質問してきた。

「……お姉さんは、どうして薬剤師になったんですか？」

ふと口をついて出た、素朴な疑問のようだった。急に切り換わった話題に朝希がきょとんとすると、優香は慌てたように理由をつけたした。

「うちのお母さんが、将来は薬剤師になれってよく言うから」

最近、子供が将来つく職業として薬剤師を希望する親が増えているという話は、朝希も聞いたことがあった。女の子も手に職を持っていれば、とりあえず安定して生きていけるというのが理由らしい。薬剤師は、たしかに今は就職にはさほど困らないが、生涯年収はそれほど高くはないし、大学六年間の費用もかかれば、勉強という労力も大いにかかる。おそらく本人にやる気がなければ、なかなかつらい業種ではないだろうか。そう考えながら朝希は聞き返した。

「浅野さんには、将来の夢はあるの？」

優香は、急に途方にくれたような顔つきになった。

「前はあったけど……今はわかりません」

小さな声で優香は答えた。未来が見通せないでいるような彼女の目に、朝希はちょっと共感した。私もその気持ちを知っていると思った。そういえば、自分がこの職種を選んだのは、ちょうどこの子と同じくらいの頃だった。

「私が薬剤師になろうと思ったのは、薬が恐かったからだよ」

朝希は教えた。隣にいる善も聞き入るように、じっとこっちを見つめているのが感じられた。

「人の体に入った物質が毒になったり、薬になったりする。それってちょっと、魔法みたいでしょう。だから得体が知れなくて恐かった。目に見えない物や、知らないことが恐かった。でもある日ふと思ったの。それなら、その仕組みを知れば恐くなくなるんじゃないかって。しかもその知識を使って誰かを助けられたら、負けない人間になれる気がした」

話に引きこまれたように、優香は敬語も忘れて問いかけてきた。

「何に負けないの？」

「理不尽なことや、自分の弱さ」

優香は少し時間をかけて、朝希の言ったことを飲み込もうとしているようだった。

しばらく、何も映していない携帯の黒い画面を見つめていた。それから、ささやくような小声で、また敬語に戻って言った。

「お姉さんだったら、もし自分が悪いことをしてしまったら、そのあとどうしますか？」

朝希はよどみなく答えた。

「反省する。次はしないように」

「それだけですか？」

優香はちょっとあてがはずれた顔をした。けれど朝希は揺るがなかった。

「それが大事でしょう。あとは、もう間違えたりしないようにするには、どうすればいいのか考える。どんな自分になればいいのか」

優香はじっと朝希の顔を見つめていた。彼女はしばらく口をつぐんだすえに、いままでのはっきりとした物言いとは裏腹な、頼りない声を出した。

「お姉さんは……〝おちみず〟って、何かわかりますか？」

朝希は善と目を合わせた。善が首を振る。朝希も正直に言った。

「ごめん、わからない。それは何？」

優香は何か言いたそうだった。けれどそのあとは携帯を握りしめたまま凍りついたように口を閉ざしてしまい、何も言わなかった。

優香の病室をあとにして、朝希は廊下の隅で立ち止まった。周囲に人気はなかったが、なるべく声を落として善に話した。

「あの子は、頭がいいと思う。少なくとも、ダイエット目的で不用意に薬をのむようなことはしない子に見えた」

「おれも、しっかりした子だなとは思いましたけど……」

善は困惑しながら優香の病室をふり返った。

「でも、本人がそう言っているんです。ダイエットしたくて飲んだって」

「だけど少なくとも、あの子は本当のことは言っていなかったよ」

朝希はその点については確信していた。

「もし本当にダイエットしたくて悩んでいたなら、頻繁に体重計にのって、自分の体重くらい把握しているはず。じゃないと不自然。なのにあの子は自分の体重が正確にわからないと言っていたし、そこに嘘はないみたいだった」

善は目が覚めたようにまばたきした。

「言われてみれば、たしかにそうですね。それならあの子は、どうして嘘なんか――」

そのとき、いきなり朝希のＰＨＳが鳴った。薬剤部の八城からだった。朝希が応答すると、普段は無口な八城が、めずらしく余裕のなさをにじませた声で言った。

『武原、もし手が空いてたら、外来に救急搬送されてきた患者の薬剤情報を聞きにいってくれないか？　至急の処方箋が多すぎて、今調剤業務についてるメンバーだけじゃ手が回らないんだ』

「わかりました、行きます」

優香のことは気になったが、朝希はひとまず頭を切り換えた。

「患者情報をお願いします」

『患者は司波勲《しばいさお》さん、八十三歳。自宅で意識消失状態で発見されて、救急搬送されてきた。痙攣と不整脈の症状で現在治療中。至急の検査でカリウム値がかなり低かったらしくて、その原因追及のために普段どんな薬を常用していたか調べるように、循環器の渡瀬《わたせ》先生から依頼が来てる』

「了解です。ご本人はお話しできる状態ですか？」

『いや、不整脈が悪化していて、ちょっと危ない状態らしい……患者のお孫さんで、司波涼平《りょうへい》さんという人が付き添って来ていて、救急隊員の指示でおくすり手帳や常備薬は持ってきているみたいだから、その人に確認してみて。それと』

調剤室はよほど立て込んでいるらしく、八城の声の後ろでは薬剤の問い合わせだろう電話のコールがひっきりなしに鳴っていた。口早に八城は続ける。

『五十嵐にも、病棟業務にゆとりがあったらこっちに助っ人にくるように伝えて』

ＰＨＳを切ったあと、朝希は八城から告げられたことを善に伝えた。善も、こうした急な業務変更があることにはもう慣れたようだった。

「わかりました。おれは病棟の救急カートの薬剤補充だけすませたらすぐに調剤に入ります」

「うん、私は外来に行くから、あと頼むね」

朝希は六階にある病棟から一気に階段を駆け下りた。患者が危険な状態であるなら、なるべく早く情報を収集して医師に報せた方がいい。八城から得られた患者情報を反芻《はんすう》し、その家族からどんなことを訊くべきか考えを巡らせながら、外来へ到着した。

外来のもっとも奥のブース。救急処置室の周辺は、淡いブルーのユニフォームを身につけた救急隊員たちの姿があり、物々しい雰囲気だった。受診に来た外来患者たちも、心配そうな視線をそちらに向けている。苦痛の声や騒がしさがなくても、しんと張り詰めたような独特の空気感が、そこで命のやりとりが行われていることを周囲に悟らせるのだ。

朝希は患者の家族である司波涼平の姿をさがした。顔はわからないが、八十三歳の患者の孫だというなら、おそらく若い人だろう。

朝希がほどなく目を留めたのは、救急処置室の閉ざされた扉の前で立ち尽くしている一人の男性だった。ジーンズにグレイのTシャツを着ただけの格好で、身なりを整える余裕もないまま家から飛び出してきたという風貌に見えた。背は高かったが、近づいてみると顔つきはまだかなり若く、手足や首筋の細さには少年っぽさが残っている。二十歳にいくかいかないかくらいだろうか。その途方に暮れたような表情のせいで、余計に幼く見えた。

「司波勲さんのご家族の方ですか?」

朝希が声をかけると、彼は肩をびくっと震わせ、紙のように白い顔で朝希を見た。

「……そうです」

彼が患者の孫である司波涼平で間違いないようだった。朝希はさっそく本題をきり出した。

「薬剤師の武原といいます。司波勲さんのお薬のことについて、少しお話を聞かせていただきたいのですがよろしいでしょうか」

涼平が頷いたので、朝希は彼を近くの待合席まで誘導した。顔から色をなくした涼平は極度に動揺しているように見え、まずは落ち着かせなければと思い、朝希はできるだけ柔らかな声で涼平に話しかけた。

「勲さんが普段服用されているお薬と、おくすり手帳をお持ちですか? 勲さんの病状を把握するために、見せていただきたいのですが」

待合席に座った涼平は下を向いたまま、しばらく反応がなかった。聞こえなかったのだろうかと朝希が思った頃、ようやく手にさげていた紙袋から、手帳と薬の入ったビニール袋を取り出した。

「これです」

受け取った朝希は、まずおくすり手帳に目を通した。手帳はよく管理されていて、日付と処方日数から貼り忘れがないことが読み取れた。薬を見れば、患者が患っている疾患もおおよそ見当がつけられる。どうやら司波勲は高血圧、てんかん、うっ血性心不全、認知症の疾患を抱えていたようで、内服している薬は十種類ほどだった。

処方の記録を見る限り、高血圧とてんかんに関しては、おそらくだいぶ前からの持病で、近藤《こんどう》神経外科という医院をかかりつけにしていたらしい。そして半年程前に、おそらく心不全の症状が現れたのだろう。そちらは三浦《みうら》クリニックという医院で治療することになったらしく、そこから心不全の薬が処方されていた。さらにそのひと月後、認知症薬も追加されている。

朝希はそのなかのある薬に目をとめた。心不全改善のために排尿を促すループ利尿薬だ。三浦クリニックからの処方で、ひと月ほど前に、べつの利尿薬から切り替わるかたちでこのループ利尿薬の投与が始まっていた。

(これが、カリウム値が低くなっていた原因かな……)

朝希はそう推測した。

ループ利尿薬は、副作用としてカリウム値が低くなることがある。八城からの情報によれば、患者の司波勲はカリウム値がかなり低値になっていて、不整脈もその結果ではないかと疑われていた。しかし、投与量は適正範囲内で、この一剤だけでカリウム値がそれほど極度に下がるとは考えにくかった。

朝希はさらに、涼平が持参した薬剤も調べ、処方日と残数が矛盾していないことを確認した。そのうえで質問した。

「何か他に、毎日服用していたものはありませんか？　サプリメントや、それか漢方のようなものは」

「……そういえば、このほかに漢方を二種類飲んでいました。昔から自分で買って飲んでいるみたいで、なくなるとすごく怒るから、最近はおれがドラッグストアまで買いに行っていて」

ドラッグストアなどでの自己購入のサプリメントや漢方は、おくすり手帳に情報が記録されないので医療機関では把握しづらい。患者も〝薬〟として飲んでいる認識が薄く、今回のように、よく聞き出さなければ判明しないことがあった。聞いておいてよかったと思いつつ、朝希は重ねて尋ねた。

「なんという漢方かわかりますか？」

買いに行かされていたというだけあって、涼平はすぐに答えた。

「抑肝散《よくかんさん》と、補中益気湯《ほちゅうえっきとう》というのです」

これも一因かもしれないと朝希は考えた。この二剤には、どちらも甘草《かんぞう》という生薬が含まれており、甘草は継続的に服用を続けるとカリウム値が下がることがある。

その二剤を常用していたところに、最近になってループ利尿薬が加わり、低カリウム血症が進行した可能性が高い。おくすり手帳に漢方の記載があれば重複を避けられたかもしれないが、おそらくループ利尿薬を処方した三浦クリニックは、司波勲が漢方を自己購入しているという情報を知らないまま処方を出していたのではないだろうか。

ただ、司波勲は心臓に異常をきたすほどの低カリウム血症になっていた。これらの薬剤の常用では徐々にカリウム値が低下することは考えられるが、急に重篤な状態に陥ったとすると、カリウム値が急激に下がった要因があったのではと考えられた。あらゆる可能性を考え、朝希は涼平に尋ねた。

「勲さん、ここ数日で変わった様子はありませんでしたか？　たとえば……ひどい下痢をしていたとか」

今まで下を向いていた涼平が、顔をあげてまじまじと朝希を見た。なぜそんなことがわかるのかと、驚くような顔に見えた。

「していました。一昨日あたりから、腹の調子が悪かったみたいで、おれが何度もトイレに連れていったんです。じいちゃん、足が悪くて、一人じゃトイレにいけないから……」

朝希は涼平の言葉の端々から推察し、そっと確認した。

「普段から、あなたが勲さんの介護をされているんですか？」

涼平は目を伏せながら、なんとか聞き取れるほどの声で話した。

「はい……うち、建設会社で、両親ともその経営をしているから、日中はおれがじいちゃんの世話をしているんです。施設に任せようとしても、あの人、すげえ嫌がるから……おれ、今大学浪人中で、ずっと家にいるし……おれしか面倒みられる人間がいなくて」

司波建設という、このあたりでは有名な会社の名前を朝希は聞いたことがあった。たしか、今は引退した元社長がかなりのやり手で、一代で会社を大きくしたという。そうなると、司波勲がその元社長ということだろう。

「じいちゃん、危ない状態だって、さっき看護師さんに言われました」

涼平の声が震えた。まるで遭難でもした人のように、体まで震わせている。

「うち、でかい会社で……あとを継がなきゃいけないから、おれ、必死に勉強して……だけどうまくいかなくて、いつもじいちゃんにすげえ怒鳴られてて……お前はうちの恥だって。それでもおれ、我慢して、一生懸命介護もしてきたのに」

朝希はそんな涼平を気の毒に思った。自分の介護に問題があって祖父が危険な状態に陥っていると感じているようだった。

こういうとき、自分にできることは少ないと朝希はいつも思う。患者家族にたやすく「大丈夫ですよ」という言葉はかけられない。朝希はそれでも、どうにか涼平の心を落ち着けようと、彼の傍らに座って、その背中に手を添えた。

そのとき、急に周囲が波立つように騒がしくなった。目をやると、待合席で座っている人たちの多くが、外来の受付のあたりに視線を向けている。その視線の先には、床にうずくまる白衣の男性の姿があった。めまいでも起こしたように片手で顔を覆っているのは、善だった。近くにいた患者や職員が大丈夫かと声をかけていたが、善は、周囲の人たちの声がまったく聞こえていないようだった。どこか茫然としたまなざしで、ただただ前を見つめている。まるで誰にも見えない何かを、その目に映しているかのように。

朝希は、さあっと背筋に冷たいものが走るのを感じた。その場でただ一人、朝希だけには、善がこの先に起こる未来を見ていることがわかったのだ。そのとき、壁の手すりに摑まり、顔をあげた善と目が合った。朝希は息をのんでしまった。

何が起こるの？　誰を見たの？

早くなる鼓動のなかでわき上がる問いを、朝希は声として発することができなかった。二人の距離は離れており、周りには多くの人がいる。

「……あの、じいちゃんのこと、親に連絡してきます」

その声で、朝希は我に返った。涼平がふらりと立ち上がり、頼りない足取りでエントランスの方へ歩いていく。彼の手にはスマートフォンが握られていた。院内の待合室は通話禁止になっているため、院外へ出て電話をかけるつもりのようだった。

つかの間だが患者から離れる時間ができた朝希は、すぐに善のもとへ駆け寄ろうとした。しかしふり返ったときには、善の姿はそこにはなかった。慌てて見回してみると、ふらつく足取りでエントランスから外へ出ていく善の姿を見つけた。

用もないはずなのに、善はなぜか病院を出て、駐車場を迷いなく横切っていく。その姿は、まるで何かに取り憑かれてでもいるようで、端から見ればややぞっとするものだった。朝希はかぶりを振ってそれを打ち消し、善のあとを追いかけた。〝五十嵐くんは時々気味が悪い〟と噂していた看護師たちの言葉が浮かぶ。

院内から外に出たとき、朝希はやっと善がどこへ向かっているのかわかった。善の向かう先には、司波涼平がいた。涼平はそれには気づかない様子で、手にしたスマホの画面に目を落としたまま歩き続けている。駐車場を抜け、大通りへ差しかかった。家族へ電話をするのに、なぜこんなにも病院から離れる必要があるのだろうと朝希が疑問を持ったとき、涼平は車の行き交う大通りの前で足を止めた。

涼平は――スマホの画面を見たまま泣いているようだった。手の甲で目元を何度もこすっている。そして次の瞬間、彼は左右も確認せず、ふらりと車道に足を踏み出した。

朝希が息をのんだとき、走り着いた善が涼平の腕を摑み、車道から引き戻した。善はそのまま涼平を大通りから引き離そうとしていたが、涼平は暴れるように抵抗し、なにかわめいている。彼は善の顔を殴りつけ、さらに何か叫んで手にしたスマホを善に投げつけた。そして、あっという間に車の行き交う車道へ飛び出した。涼平の体が宙に飛ばされるのを、朝希は呼吸を止めて見ていた。一瞬だった。誰かの叫び声を聞いたとたん、朝希は我に返り、強ばっていた足を叱咤して駆け出した。

朝希が走り着く前に、善がほとんど賭けのように車道に飛び出していったので、心臓が縮んだ。善は後続車から涼平の体を守るため、なんとか涼平の体を引きずり、道路脇へ戻ってきた。朝希がようやく駆けつけたときには、善は泣きそうに顔をくしゃくしゃにして朝希に呼びかけた。

「武原さん！」

朝希はすぐに涼平の体に取りすがって脈と呼吸、意識の有無を調べた。

「脈はふれてる……呼吸浅い、意識なし」

朝希は即座にＰＨＳで院内に連絡し、救援を要請した。その間にも、善は両手を真っ赤に染めながら、涼平の大腿部と頭部から止めどなく流れ出す血をなんとか圧迫止血しようとしていた。

「頼む、頼む……頼む！」

善はひたすらその言葉を繰り返していた。

朝希が連絡して数十秒もしないうちに、医師と看護師がストレッチャーとともに到着した。

駆けつけた東野医師に、善はすぐに涼平の体を託した。東野医師が周囲に指示をとばす。朝希と善も、その指示に従って涼平をストレッチャーに乗せ、病院内まで運ぶのを手伝った。

涼平が救急処置室に運び込まれていくのを、朝希と善は、エントランスに立ち尽くしたまま見送った。自分たちには、今はそれ以上にできることがなかった。

あらためて善を見ると、彼は白衣を血に染めていた。全身を震わせ、青ざめた顔をしている。その口元は赤くはれ上がり、血がにじんでいた。さっき涼平に殴られたところだろう。

「唇から血が出てる……」

朝希の言葉を、善の小さな声が遮った。

「見たんです」

善は、血がにじむ唇を噛みしめた。

「今と同じ光景を——あの人が、大けがをしてエントランスに運び込まれてくる光景を、おれはさっき予徴で見たんです。なのに、また変えられなかった。いつもその通りにしかならない」

いらだちと苦しさをにじませた声だった。朝希は善に、どんな言葉をかけていいのかわからなかった。

やるだけのことはやった。仕方がなかった。それが励ましになるとは思えない。

この人が慰められるとしたら、それは涼平が助かったときだけだ。朝希はそんな善の姿に胸が痛んだ。誰かの命の危機が見え、そのせいでいつも自責の念を抱いてしまうこの人は、こんなにぼろぼろになってもなお、助けられなかった人を思い、悔やまずにはいられないのだ。

そのとき朝希は、善が何か手に握りしめているのに気がついた。

「五十嵐くん、それ……携帯？」

善は、手の中のものに目を落とした。

「これは、さっきおれが投げつけられたあの人のスマホです。ストレッチャーを押しているときに、落ちているのに気づいて拾ったんです。家族に連絡するのに必要だと思って」

そのスマホは、地面に落ちた衝撃のせいか液晶がひび割れていた。壊れてしまったらしく、表示している画面が固まったままになっている。

善はなんとか再起動できないか、画面を操作しようとしていた。そのとき急に手を止めた。

「武原さん……これ」

善が画面を朝希に見せた。それは朝希には馴染みのない、おそらくなにかのSNSで、誰かとのやりとりを表示したものらしかった。スクリーンショットで保存した画像のようにも見える。その文面を読んだとたん、朝希は背中に冷たいものが這い上ってくるのを感じた。

magic bullet
おじい様の常用薬、拝見しました。どこかであなた名義の下剤を手に入れ、多量に服用させ、急性の下痢を引き起こしてみてください。おじい様は心臓に変調をきたし、運が良ければ死に至るでしょう。

magic bullet
後々、どなたかにおじい様の体調変化の有無を聞かれた場合、「下痢をしていた」と答えるぶんには問題ありません。

magic bullet
言うまでもなく、私の存在は秘密です。もしもその誓約を破るなら、私はこの知識をあなたに用います。誰にも悟られない方法というのは、あるものなのですよ。

朝希が善とともに薬剤部に戻ったときには、あれほど忙しなかった調剤室の業務は一時停止していた。昼休憩の時間にさしかかったことと、もともと救急搬送されてきていた司波勲の処置に加え、その孫の涼平も緊急手術となり、処方を出す医師たちの手がそちらにとられているらしかった。

手があいた薬剤部の面々は、朝希と善が持ってきた涼平のスマホを目にしたとたん、騒然となった。

「それじゃあ、司波勲さんの低カリウム血症は、孫が引き起こしたかもしれないってこと？」

山吹が珍しく張り詰めた表情で言った。朝希はそれに頷く。

「急激な下痢は、カリウム値を下げる要因になる。そのまま放っておけば低カリウム血症が進行して不整脈が誘発されて、亡くなることだってありうる。ただそれも、下剤を飲ませる時点で基礎的にカリウム値が低かった場合に限ると思うけど、司波勲さんは、もともと漢方とループ利尿薬の併用で、日常的にカリウム値が低くなっていた可能性が高い」

「待ってください。たとえそうだとしても……そんなにうまく不整脈なんて引き起こせるものですか？」

疑問を述べたのは善だった。このスマホを見つけたのは彼なのだが、善は、涼平をすぐに悪人だと決めつけたくないようだった。

「それに、勲さんが急変したとき、救急車を呼んだのはあのお孫さんです。殺そうとしておいて助けるなんて矛盾しています」

すると八城が冷静に意見を述べた。

「それについてはまだわからないけど、この文面がある以上はな……方法の確実性はともかく、司波勲さんが今、極度の低カリウム血症で不整脈の治療を受けている現状を見れば、この文面通りにことが運んだ可能性が高い」

薬剤部の他の面々が戸惑いの声をあげる。

「どうしてそんなこと……」

「とにかく、こんなの私たちじゃ処理できない。部長に連絡して指示を仰がないと」

混乱する同僚たちが言い合うなかで、朝希はその場を離れ、調剤室のパソコンでネットにアクセスした。ある二つの言葉を調べるためだ。そしてその検索結果が目の前に現れたとき——朝希は、戦慄するほどの衝撃を受けた。

それから数分と経たないうちに、院内会議に参加していた一堂部長が戻ってきた。あらかじめ大まかな報告を受けていた部長は、とんでもない事態に血相を変えていた。

当事者である朝希と善が、一堂部長にこれまでの経緯を詳しく説明した。朝希は身のうちからわき上がってくる震えをどうにか抑え、傍目にはいつも通りの自分らしく見えることを願いながら、部長に報告した。

「少なくとも私の目には、司波涼平さんは、おじいさんの病状をかなり気にしていて、精神が不安定だったように見えました。道路に飛び出す前も泣いていたようだったので、もしかしたら……罪の意識にさいなまれて、自殺を図ったのかもしれません」

朝希が報告を終えてからも、一堂部長は黙ったまま涼平の携帯画面を見つめていた。いつもは気のいいかたちの眉をひそめ、朝希もこれまでに見たことがないほど深刻なまなざしをしている。重々しい口調で、一堂部長は言った。

「そうなると、これは殺人未遂事件になります。そしてこの文面には、殺人幇助《ほうじょ》の疑いがある……警察に通報しなくては」


警察が来る前に、朝希にはたしかめなければならないことがあった。一堂部長が警察に電話をしている間に、朝希は薬剤部から飛び出した。

階段を一気に駆け上がり、息を切らせてその病室にたどりつく。患者からの視線を気にして、病院ではどんなときも落ち着いた行動を心がけていた朝希だったが、このときだけはなりふり構っていられなかった。

「失礼します」とかろうじて声をかけて病室に入り、相手の了解も得ないままカーテンを開く。そこには、驚くように目を見張った優香の姿があった。

優香のベッド上の机には昼食が運ばれていた。けれど手をつけた様子はない。彼女の手には、今もまだスマホが握られていた。朝希は何の前置きもなく尋ねた。

「浅野さん、あなたは、ダイエット目的のために薬を飲んだりしていないよね」

優香は、しばらく朝希を見つめていた。驚いてはいても、まるで朝希がその質問をしにくることを、あらかじめ知っていたかのようだった。固く閉じていた優香の口から、震える声がこぼれた。

「……私、一年くらい前から、友達だった子たちにSNS上で悪口を言われまくっているんです。実際にあったことを、もっとひどく書かれたり、全然本当じゃない嘘とか……いっぱい……」

優香はゆっくりと、朝希の質問とは関係のない話をはじめた。

「それが悔しくてつらかった。だから誰にも教えていないアカウントを作って、私、その子たちの悪口や悩みをたくさん書いていたんです。自分にはその状況をどうにもできなくて、腹が立って苦しくて、〝もう死にたい〟って何度も書き込んだ。そうしたら、知らないアカウントの人から、声をかけられたんです」

優香は顔をあげた。その目にはいっぱいの涙とともに、なにかの決意が浮かんでいた。朝希は息をのんで彼女の続きの言葉を待った。

「その人は、〝おちみず〟ってアカウントで、すごくやさしく話を聞いてくれた。私が何度も〝もう死にたい〟って言ったら、じゃあいい方法を考えてあげるって……おばあちゃんの飲んでいる薬の名前を訊かれたんです。教えたら、その一つを飲めばいいって」

朝希はささやくような小声で尋ねた。

「それで血糖降下薬を飲んだの？　ダイエットがしたくて飲んだと言ったのは？」

「もし死にきれなかったら、そう嘘をついた方がいいって、その人に言われたんです。そうでないと、君はそのあと監視されて、もう自殺はできなくなるだろうって。それだけじゃなく、一生腫れ物にさわるような扱いを受けることになるだろうって。君は死ぬことも、生きることも自由にできる。ただし僕の存在を誰かにしゃべれば、君には死ぬ道しかない……最後のメッセージで、そう言われた。だから恐くて、誰にも言えなかった」

優香は語尾を震わせ、泣き出した。朝希は声も出せないままそこに立ち尽くしていた。

たしかにと考えてしまう。まだ小学生の女の子なら、ダイエットしたさに大人の薬を誤飲するという事例はありそうな話だと思ってしまった。それに、血糖降下薬をダイエット目的に服用したという言い訳など、子供には思いつかないだろうとも……そんな思い込みから、みんな彼女の言葉を信じていた。そしておそらく、この言い訳は〝おちみず〟からすれば、自分の存在が優香の口から他人に伝わることを防ぐ予防線にもなっていたのだろう。

朝希は、優香の押し殺した泣き声で我に返った。すすりあげながら、優香は握りしめていたスマホを何かの呪縛が解けたようにやっと手放した。

朝希は少しの間動けずにいたが、やがて手を伸ばし、優香の手をそっと握った。責めるのではなく、純粋な疑問として問いかけた。

「どうしてそのことを、今話す気になってくれたの？」

優香は、もう何も隠そうとせず、小さな子供のようにしゃくりあげながら言った。

「間違ったことをしたと思ったから」

今まで押し込めていたものを、ようやく外へ出したようだった。

「薬を飲んだあと、すごく恐かった。死にたいって何度も言ったけど、本当に死ぬのはすごく恐かった……助けてもらえて、本当によかったと思った」

何度も何度も、手の甲で止めどなく溢れる涙をぬぐいながら、優香は気持ちをうち明ける。

「私に死ぬ方法を教えたあの人は、優しかったけど恐い人だった。すごく恐い人だった。今になってやっとそれがわかった……あの人に教えられて、私の他にも、間違ったことをしてしまう人がいるかもしれない……だから、それを止めなくちゃって思ったの」

朝希は泣き続ける優香の頭に手をのばした。そっと、しかし精一杯の思いを込めて、彼女の頭を何度も撫でた。

「あなたは、大丈夫だよ」

朝希は、まるで小さな自分に言い聞かせる心地で、嚙みしめるように言っていた。

「すごく強くて、とても優しい。これからも、ちゃんと生きていける。話してくれてありがとう」

優香の病室を出ると、善がいた。おそらく階段を駆け上がってきたのだろう。相変わらず体力がないせいで肩で息をしている。朝希は言った。

「追いかけてきたの？」

善は一瞬言葉に詰まったが、開き直ったように返した。

「武原さんの様子が、さっきからずっと変だったので」

善は指先で朝希の手を示した。朝希は凍えたように震える自分の手にやっと気づき、今さら意味もなく白衣のポケットに隠した。

さっきまでは、恐ろしくて仕方がなくて震えていたのだ。けれど今のこの震えは、それとはまったくちがうものだった。優香の涙を見たときに、激しい憤りにかたちを変えた。

「すみません、おれ、さっきの話を全部聞いていました」

嘘がつけない善は、盗み聞きを自ら申告してきた。そしてまだ混乱している様子で朝希に問いかけてくる。

「さっきの浅野さんの話が本当だとするなら……あの子は、ＳＮＳで誰かから〝死ぬ方法〟を教えられていたってことですか？」

朝希は頷き、低く言った。

「たぶん、浅野優香さんとSNSでやりとりをしていた人間は、司波涼平さんに指示を出したあのアカウントの人間と、同一人物だと思う」

朝希は燃えるような怒りを心にともしていた。

「司波涼平さんがやりとりしていた相手のアカウントは〝magic bullet〟。浅野さんがやりとりしていた相手は〝おちみず〟。最初は何のことかわからなかったけど、さっき調べて、ようやくわかった。〝magic bullet〟は英語圏では特効薬の意味がある。そして〝おちみず〟は不死の薬を示す日本古来の呼び名。つまり、すべて〝万能薬〟の別称として使われている言葉だった」

善は二の句が継げないように、しばらく絶句した。茫然としながらも、ようやくなんとか声を出した。

「〝万能薬〟って……たしか、武原さんが十五年前に告げられた〝パナケイア〟も、同じ意味だったんじゃ……」

朝希は善の目を見返した。

「私も、今になってようやくわかった。あのとき言われた〝パナケイア〟という言葉が示していたのは、たぶん、ネット上での作り名のことだったんだって」

「いや、そんな……待ってください」

善は片手で頭を押さえた。顔は青ざめていた。

「それじゃあ司波涼平さんも、浅野さんも、同じ人間に殺人や自殺の幇助をされていて……しかもそれだけじゃなく、その人物は、十五年前に武原さんに声をかけてきた男と、同一人物の可能性があるってことですか？」

朝希は白衣のポケットの中に隠した手を強く握りしめた。説明する自分の声が、まるで他人のもののように遠くに聞こえる。

「前にも話したけど、私は十五年前の事件の犯人である辰川靖夫は、誰かに殺人の幇助をされていたんじゃないかって推測していた。手段はわからないけど、私はその犯人が、今もどこかで同じことを繰り返しているんじゃないかとずっと思ってた。まるで妄執みたいに、あの声が忘れられなくて、ずっと……私はこの街で、その男に直接声をかけられた。だから上鞍総合病院に就職して、少しでも違和感の残る薬剤症例を深く調べるようにしていたの。でも、まさか本当に見つかる日が来るなんて思わなかった。こんなかたちで……」

それは考えたくもないような最悪のかたちで朝希の前に現れた。もし本当に、朝希の推測していた通りだとするなら。

「十五年も……」

つぶやいたきり、朝希は苦しくなって、それ以上言葉にすることはできなかった。

十五年もの時を、無差別に、猟奇的に——ＳＮＳで殺人幇助と自殺幇助を繰り返している人物が、どこかにいるかもしれないのだ。

涼平が車にはねられた件で駆けつけた警察に、一堂部長は起こったことの経緯を説明した。事件性があることがわかると、県警から二人の刑事が派遣されてきた。当事者である朝希と善は、その刑事たちに薬剤部奥のＤＩ室で事情聴取をされることになった。

殺人未遂の容疑者である司波涼平は、まだ手術中で話せる状態ではない。しかしその祖父である司波勲は、治療の結果命をとりとめることができた。

朝希と善は、自分たちの目の前で涼平が起こした行動をなるべく詳細に刑事たちに話した。そして涼平のスマホの文面について、薬学の知識を交えて説明した。

刑事は二人とも男性で、そのうちの一人は秋月《あきづき》と名乗り、四十歳前後くらいに見える落ち着いた雰囲気の持ち主だった。もう一人は朝希たちと同じくらいの年齢で、篠崎《しのざき》というらしい。スマホの文面を見た篠崎が、疑うというより困惑した口調で朝希たちに尋ねた。

「まさか、下剤を飲ませるだけで人が殺せるなんて……そんなことが可能なんですか？」

朝希は慎重に首を横にふった。

「いいえ、おそらくほとんど不可能です。司波勲さんの場合、下剤だけで引き起こされたものではなく、他にも三種類の常用薬が関わって起こったことだと思います」

専門外の人にもわかりやすいように、朝希は言葉を選んで話した。

「司波勲さんは、もともと自己購入というかたちで二種類の漢方を飲んでいました。そして最近、かかりつけの医院から処方された利尿薬が加わり、それらの併用によって血中のカリウム値が低くなっていた。そこに涼平さんの飲ませた下剤がさらに加わることで、勲さんのカリウム値が急激に低下したんだと思います。カリウム値は極度に低下すれば、不整脈を引き起こし、悪化すれば命にも関わります。ただでさえ勲さんは基礎疾患が多く、ご高齢だったので」

「……だけど」と控えめな口調で善がつけ加えた。

「こうした薬剤の併用で、狙って勲さんのような症状を引き起こせるわけではないと思います。人それぞれ、そのときの体の状態によって、薬剤の働きや電解質が意図した通りに変化するとは限りません。勲さんと同じ種類の薬剤を飲んでいても、まったく影響がない人だっているでしょうし、そもそも体内のカリウム値なんて、検査でもしないかぎり把握するのは難しい。そのはずなんですが――」

言いかけた善の言葉を、テーブルの上に置いたスマホを見すえた秋月がひきとった。

「今回は、勲さんの身に、この文面通りのことが起こったというわけですね」

もし涼平が自ら道路に飛び出していかなければ、そして、このスマホを善が見つけることがなければ、おそらくこの犯罪は誰にも気づかれることはなかったのではないだろうかと、朝希は黙ったまま考えた。もともと司波勲は高齢のうえ、様々な持病を持っていた。調べれば薬の飲み合わせによって低カリウム血症が起こっていたことはわかるだろうが、引金となった下痢は、高齢者ならいつでも起こりうる体調変化だ。意図して涼平が下剤を飲ませていたことなど気づかれる可能性は小さい。

（同じだ……あのときと）

十五年前、自らを告発する遺書をのこして命を絶った辰川靖夫のことが、朝希の脳裏によみがえった。

もしかしたら涼平は、辰川と同じように、この文面をスマホ画面に表示しておくことで、自分の罪を告白する遺書代わりにしたのではないだろうか。優香のように自分の行いを悔やみ、そして他の誰にも自分と同じようになってほしくないと願って、〝恐ろしいもの〟の存在を、誰かに伝えようとしたのではないか。

そこまで考えたとき、朝希は心を固めた。顔をあげて刑事たちに問いかける。

「刑事さんたちは、十五年前に上鞍地区で起こった工場での毒ガス事件をご存じですか？」

それは勇気のいることだった。それでも朝希はうち明けた。

「私はその被害にあった、当時小学生だった子供のうちの一人です」

善に対しても、おそらく真っ向から尋ねられなければ言うことはなかっただろう。けれど今は、言わねばならないときだった。善が息をのんだようにこちらを見つめている。

朝希は自分の過去のこと……若い男に奇妙な言葉をかけられた経験も含めて、すべて刑事たちに話した。さらに浅野優香がうち明けた件についても説明し、十五年前に自分の身に起こった事件と、司波涼平、浅野優香の二つの事件は共通しているのではないかという推論を語った。

話しながら朝希は、そんなことは妄想で、ありえないと一蹴されてしまうのではと思った。けれど話し終えた朝希が目の当たりにしたのは、予想もしない展開だった。

「……やっぱり」

秋月が突然そうつぶやいた。それからやや興奮したように身を乗り出す。

「〝アサキ〟というのはなかなかない名前だから、はじめに聞いたときからそうじゃないかとは思っていたんです。ただ、こちらから確かめるのもはばかられたので――そうか。あなたがあのとき助かった女の子の、武原朝希さん……それに、五十嵐善くん」

自分の名前が呼ばれたことに、善は驚いたようだった。朝希は、思わず善と顔を見合わせた。それを見て秋月は我に返ったらしく、自分を落ち着けるように前に乗り出していた体を元に戻した。

「いやあ、まさかあのときの二人とこんなところで、しかもこんなかたちで再会するとは。顔を見てもなかなかわからないものだね。そうだよな……もう十五年も経っているんだから、二人とも大人になっていて当然だ」

ひとり言のようにしみじみ言う秋月に、善が心底不思議そうに尋ねた。

「あの、武原さんのことはともかく……どうしておれのことまでご存じなんですか？」

「おぼえていないかな？　十五年前、事件の起こる数時間前に、君は近所の交番に駆け込んできただろう。これから大変なことが起こると言って。そのとき対応したのが、まだ巡査だった頃の私なんだよ」

「本当ですか？　あのときの」

その表情を見れば、善にも憶えがあるらしいことが伝わってきた。秋月の口調はまるで当時の朝希と善を前にしているかのように、いつのまにか子供に語りかけるようなものに変わっていた。

「あの事件が起こったとき、私も現場に駆けつけて救護活動をしたんだ。四人もの人が犠牲になって、しかもそのうち三人はまだ子供だった……意識のない子供たちが救急車に運ばれていく様を見ながら、私はひどく後悔した。あのとき、五十嵐くんの言ったことを嘘だと決めつけてしまったことを。信じて何かしていれば、防ぐことができていたかもしれなかったと。なぜ先のことを言い当てたのかは不思議だったが、少なくとも君はあのとき、嘘をついていなかった。そうだろう？」

秋月にまっすぐに尋ねられたとき、善はほんのかすかに泣き出しそうな顔になった。事情を話せない善にとって、その行動を理解してもらえたことは、胸に迫るものがあったのだろう。

あらためて秋月は、朝希と善に感慨深い目を向けた。

「そのことがあったから、あの事件で唯一助かった武原朝希さんという女の子の名前も、五十嵐善くんという男の子の名前も、私には忘れられない名前だったんだよ。まさかその二人にこんなところで再会するとは思わなかったけれど」

あの頃の自分を記憶に刻んでいる人がいるというのは、朝希にとって、喜んでいいのかわからないことだった。そこからにじみ出てくる感慨に浸るよりも、朝希はこれからのことを考えたかった。実質的に合理的に。そうやって進んだ方が、過去は変えられなくても、少なくともこれからは変えられる可能性がある。それは朝希がこれまでの人生で学んできたことだった。

あの事件を知っている——その刑事が自分たちの前にいることに賭けて、朝希はあらためて言った。

「それなら、秋月さん。今回のことを、十五年前の事件と結びつけて捜査してもらうことはできますか？」

すると、とたんに秋月の表情が曇った。言いにくそうな秋月を気遣うように、今まで黙って話を聞いていた篠崎が口をはさんだ。

「それはおそらく、難しいと思います。先ほどあなたに証言していただいた浅野優香さんと司波涼平の二つの事件に関しては、結びつけて捜査することはできるでしょう。ですが、本件と十五年前の事件とを関連づけ、再捜査をするというのは、現実的に考えて無理がある」

「どうしてですか？」

朝希よりも先に、善が食い下がった。すると秋月が口を開いた。秋月の口調はさっきの懐かしむものからは一転し、大人同士の話し合いのものに戻っていた。

「もうすでに終わっている事件を再捜査するには、それなりの根拠が必要です。しかもあの事件はすでに犯人が明らかになり、亡くなっている。証言もとれない。武原さんが聞いたという声と、アカウント名という共通点だけでは、根拠としては弱すぎます」

朝希は、こうなることをどこかで予想していた。自分の言っていることは、所詮推論にすぎない。目に見える明らかな証拠はないのだから。それに被害者である朝希の証言は、関係のない第三者からすれば、どうしたって妄想じみて聞こえてしまうだろう。秋月たちの言っていることの方が正しく、責めることはできなかった。

それでも事情聴取の最後に、秋月は言ってくれた。

「警察としてあの事件を再捜査することはできませんが、私個人としては、君たちが進言してくれたことも念頭に置いて、今回の捜査を進めてみます。何か他にも気づいたことがあれば、また連絡をください」

そう言って、善と朝希にそれぞれ名刺をくれた。これが最大の譲歩なのだと朝希は思った。

それでも朝希にはずっと、まとわりつく影のように、あの男の声が聞こえていた。それは妄想などという不確かな——希望の余地が残るものではけしてなかった。

そのことを朝希だけが、理屈さえ超越して確信していた。


〝朝希は持久力はあるのに、ボールをもたせるとダメだなあ。バスケ向いてないんじゃねえの？〟

〝そんなこと言わないで、明日の試合の戦略を考えようよ。朝希ちゃんも活躍できるように〟

〝じゃあ秘密基地で戦術会議な〟

あの日、同じバスケットボールクラブに所属していたみんなは、朝希のために集まってくれた。その顔や声は、月日が立つごとに鮮明ではなくなってしまっている。それでも彼らと一緒にいた自分が、なんの陰りもなく笑えていたことを、朝希はずっと忘れない。

十五年前に工場だったその場所は、今は簡単な遊具とベンチだけがぽつりぽつりとある公園になっていた。事件のあと、工場は取り壊されたが、土地の買い手がつかなかったため、苦肉の策で公園に整備されたという話をどこからか聞いた。

この場所で賑やかに遊ぶ子供たちの姿を、朝希は見たことがなかった。幽霊が出るという噂があるせいかもしれない。どうしてそんな噂が立つのだろうと、不思議に思う。それが本当なら、何人もの死を受け入れてきた病院は幽霊が大発生する場所になってしまう。それに、もしもそんなものが本当にいるなら、朝希はとっくに彼らをさがし出して、みんなに謝っている。辰川靖夫を責めている。でもそんなことはできないと朝希は知っていた。この世界は、とても合理的で無感情だからだ。

世界というものに表情はないはずだけれど、それを想像すると、朝希はいつも自分に声をかけてきた顔も知らない若い男が、笑いかけているような気がした。あざけるように、楽しむように。こちらの痛みなど、ひとかけらも理解することなく。

誰もいない公園でひとり、南の夜空を見上げた朝希の脳裏に、急に栓を抜いたようにぶわっと様々な記憶が溢れ出した。死が迫ってくるとわかるほどの苦しみ。倒れて動かなくなった友達の姿。浅野優香の泣き顔。車にはねられ宙に飛んだ司波涼平。

体が震える。内側から身を焦がすような鮮烈な感情がわき上がってきて、息が詰まった。押しとどめることはできず、それは朝希の目から熱い雫となってこぼれ落ちた。

ふと、誰も近寄らないはずのこの公園に駆け込んでくる足音が響いた。ふり返ると、薄闇の向こうに、膝に手をついて息を弾ませている善がいた。

「さがしました」

朝希はびっくりした。ふいをつかれたこともあって、間の抜けた質問が口からこぼれた。

「また、追いかけてきたの？」

荒く弾む呼吸のなかで、善は居直ったように顔をあげる。

「武原さんが仕事を放り出して途中で帰るなんて、はじめてじゃないですか。心配で家に行ってみたけどいないし、携帯はつながらない。映画館も行ったけれど見つからない。だから、もしかしたらと思ってここに来てみたんです。あたりでした」

朝希は手で涙をぬぐい、すでに泣き止んでいた。人前で泣くのは好きじゃない。同情や慰めを期待しているわけじゃないのだ。善は、そんな朝希の顔を無遠慮にもじっと見つめた。

「おれは、もう間に合わないのは嫌なんですよ」

静かだがはっきりと、善は言った。

「許せないのが自分だけだと思っているなら、間違いです。おれだって十五年も、トラウマにして抱え込んでいた事件なんですから……だけどそんなことより、おれにとっては、命をなくそうとする人がいて、それを止めるどころか推し進めているやつがいることが許せない。未来を変えようとしないそいつに、本当に腹が立つ」

　こんな風に怒りをにじませる善の姿を、朝希は見たことがなかった。考えてみれば、予徴を見る力をもってしまったばっかりに、誰かの命の危機をいつも回避させようとしている善は、あの男とは対をなす存在のように思えた。見て見ぬ振りもできず、ぼろぼろになって、その結果誰かを助けられなければ悔いずにはいられない。そんな善からすれば、誰かの死を推し進めるその人物は、〝ふざけるな〟と思う存在なのかもしれない。

　善の怒りはほの暗さがなく、まっとうだった。そう思ったとき、朝希は口をひらいていた。

「……昔、映画のなかの一場面で知って、忘れられない話があるの。ギリシャ神話の、アストレアの天秤っていう話」

　突拍子もなくはじめた朝希の話を、善は口をはさむこともなく、まるで全身を耳にしたように聞いていた。

「アストレアというのはギリシャ神話の女神で、おとめ座のことなんだって。アストレアは人の善悪を計る秤を持っていて、公平に判断し、人々に善意の大切さを教えていた。彼女の持っていたその秤が、おとめ座のとなりにある天秤座のこと」

　朝希は南の空にかすかに光る天秤座を示した。

「昔、人間は争いごとのない世界で、神様たちと一緒に暮らしていた。平和な日々では、アストレアの天秤は善に傾くばかりだったけれど、やがて人間は争うことを覚えた。天秤をもっていたアストレアは、善の重みを懸命に人々に諭した。だけど争いはなくならず、ほかの神様たちはそんな人間たちを見放して天界へ帰ってしまう。そんななかアストレアだけは人の世界に留まって、悪を改めるよう説き続けた。それでも人は嘘をつき、他者を貶め、武器をつくって大きな戦争をはじめた……それでアストレアも、とうとう人を見限って、天界へ帰ってしまったんだって」

私は私を見限ったりしたくない。だから朝希は取り乱しそうになったとき、自分の天秤に問いかける。どの感情を選ぶのか。どんな自分でいたいのか。それをしてから強くなれた。少しのことでは揺らがなくなった。それでも、ただ一つのことに関して、天秤は容易に傾いてしまう。

「私はあの事件を起こした人を憎んでる」

朝希は言った。

「あの事件で、一緒にいた三人の友達を亡くした。同じ場所にいて、同じ被害に遭ったのに、私だけが生き残った。苦しい、悲しい、悔しい、申し訳ない。そんな気持ちを抱えて生きていかなきゃならなかった。それはこの先もきっと同じ」

声が詰まった。自分を落ち着けるために朝希は息をついた。

「だからこそ、あの事件より恐ろしくて苦しいことはもうないって、私はどこかで人生を達観してしまったんだと思う。あれ以来、犯人を憎む気持ちはあるのに、他の何に対しても執着がない。山吹のように、生きるなかで何かに夢中になったり、熱心になれるものが何もないの。こんな私は、まっとうじゃない」

善はしばらく黙っていた。朝希と同じように南の星空を仰いでいたが、ふいに言った。

「ちがいますよ。それは」

確信を持った声だった。

「熱中できるもの、あるじゃないですか。武原さんは生きることに懸命です。命に対して熱心なんですよ。病院で働いているとき、いつもそうじゃないですか」

そう言って善は、問いかけるように朝希の目をのぞきこんだ。それは自分で気づいていないのかと問うようなまなざしで、朝希は戸惑った。そうなのだろうかと、思わず自問してしまった。

初めて他人にうち明けた朝希の懸念は、善にあっけなく一蹴された。そして善は、その自覚もないままべつのことを言い出した。

「おれは、十五年前に事件現場で見た白い手が忘れられないんです。すでに心肺停止していた子の手です。毛布をかぶせられて顔は見えなかったけど、担架から手だけが垂れ下がっていました。今でも時々、夢に見ます」

善は朝希がそうしたように、忘れられないものの話をしているようだった。悲しげに善は自分の手を見おろす。

「あの手を握って、強く引いて、あんな事件からは引き離してあげたかった。おれにはそれができたかもしれないのに。他にもたくさん……おれはそうやって、いつも後悔ばかりしているんです」

朝希は、このときだけは自分の恨みや苦しみなどというものは置き去りにしていた。秤にかけるまでもなく、何が大事かはわかることがあるのだ。手を伸ばし、善の手を握った。

「……ありがとう」

これは自分だけがこの人に言えることだと思った。今まで、彼が助けようとしてきた人たちの分も。

「私たちのことをずっと忘れないでいてくれて。今もまだ助けようとし続けてくれて」

善はしばらく息を詰めて朝希を見つめていたが、やがて言った。

「ほら、言ったじゃないですか。熱心だって」

善が顔を背けた。握った手が震えている。

「頼むから」

きれぎれに、善は言った。

「幸せになってください。あなたは」

善の手に力がこもり、朝希の手を強く握り返した。まるで時間をさかのぼって、子供だったあのときに戻ったようだった。

5

その日、朝希とともに調剤業務をしていた善は、病棟から戻ってきた八城から報せを聞いた。車にはねられ重傷を負い、二日間意識がなかった涼平が、目をさましたという。少しなら会話もできるらしい。主治医である東野医師の見立てでは、若いこともあって治りも早く、後遺症も残らないだろうということだった。

それを聞いた善は胸をなで下ろした。車道に飛び出していく涼平を、一番近くにいながら止められなかったのは善だった。その体が宙を飛んだ瞬間は今もまだ目に焼きついている。

涙を溢れさせながら、善に携帯を投げつけた涼平の表情は忘れられるものではなかった。追い詰められて、まるで苦しみに溺れたような相貌をしていた。

殺人を犯そうとしたことは責められるべきで、共感はできないと善ははっきりと思っている。ただ苦しんだすえに、自らの命を消すしかないという、あれほど恐ろしい選択をせずにいられなかったのだとしたら。そこへ導いた人間に、寒気がするほどの嫌悪感が沸き立った。SNSを通して涼平に伝えられた知識。それは、涼平が岐路に立たされたとき、一番進ませてはならない道への後押しをしたのだ。

十五年前の事件の犯人にも、犯罪の方法を教授した人物がいるかもしれない。しかもその人物は、今もどこかで同じようなことを繰り返しているのではないか——朝希の推測を思い出すたび、善は身震いが出た。薬物の専門的知識を利用することで人を死に導く……そんな手法を思いつく人間も、できうる人間も、めったにはいない。そうなると、十五年前に犯人である辰川に殺害方法を教えた人物と、司波涼平に指示を出した人物が同一なのではという朝希の考えも、信じたくはないが信憑性があるのではと思えてくる。ただ、朝希がいくらそうだと確信していたとしても、まだ確実な証拠はない。それだけに、朝希にとっても、涼平が助かったことは朗報のはずだった。

善はとなりに立つ朝希を見た。朝希は感情を表に出さないと決めたように、心配になるほど静かな横顔をしている。

涼平の容態が落ち着けば、警察の事情聴取が始まるだろう。そうすれば涼平に接触していた〝万能薬〟の別称を持つ人物についての情報が摑める。もしかしたら、その人物と十五年前の事件とを結びつける根拠も見つかるかもしれなかった。

数日後、善と朝希は刑事たちに呼び出された。県警の秋月と篠崎はその日、浅野優香への事情聴取で上鞍総合病院に来ていた。それをすませたあとで、善と朝希の終業時刻が過ぎる頃に薬剤部に顔を出したのだ。どんな用件かはわからなかったが、善たちはとりあえず二人をＤＩ室へ通した。そこで、刑事たちよりも先に朝希が言葉を発した。

「浅野さん、どうでしたか？　落ち着いて話せましたか？」

以前、優香は朝希に本当のことをうち明けたとき、ひどく泣いていた。今もまだ食欲がなく、精神状態も不安定で、そんな優香が事情聴取を受けることを朝希はずっと気にしていた。

「今回の聴取では、泣いたりすることもなく、こちらが尋ねたことに精一杯正直に答えてくれました。年の割にしっかりしたお嬢さんで我々も助かりました」

秋月は思いやり深くほほえんで言った。「ただ」と続けたそのあとは難しい顔つきになった。

「あらかじめ武原さんから聞いていたことの他に、とくに目新しい情報はありませんでした。浅野優香さんと、彼女に薬剤の服用を促した人物とのＳＮＳでのやりとりも、相手方が削除したようでもう残ってはいませんでした。〝おちみず〟というアカウントも削除されているので、現状で根拠となるのは浅野さんの証言のみです。けれどあの子の説明はとても具体的ですし、虚偽を口にしているとは思えません。司波勲さんの件と手口に類似性が見られることから、我々も、アカウントの持ち主を同一と見て捜査する方針です」

「浅野さんは、そのアカウントの持ち主が自分のところに仕返しに来ることに怯えていました。あの子がこれから安心して生きていけるように、対処をお願いします」

念を押すように告げた朝希に、秋月は深く頷いた。

「犯人が仕返しをほのめかしている以上、浅野優香さんも、そして、意識を取り戻した司波涼平からの情報提供も極秘としています。とくに浅野さんの一件について知っているのは、彼女のご両親と我々警察の一部、そして担当医とあなた方二人だけにとどまっている。このまま表に出すことなく捜査することをお約束します」

秋月のその言葉で善はようやく納得した。だからこれまでの一連の出来事は、ニュースとして報道されていないのか。複数の人が目撃した涼平の事故も、車道に飛び出して自殺を図った男性がいたという報道はされたものの、その男性に殺人未遂の容疑がかかっていることは報道されず、世間に広まってはいない。もちろん、涼平のスマホを見て事情を知った薬剤部の面々にも、他言しないようにと病院から箝口令《かんこうれい》がしかれていた。

秋月の横でそれまで話を聞いていた篠崎が、機を見たように口をひらいた。

「先日、司波涼平にもようやく事情聴取ができました。司波涼平は、祖父に対して殺人の意図があったこと、体調を悪化させるために、SNSで知り合った人物に指示された通り下剤をのませたことを証言しました。動機は、祖父からの日々の不当な扱いと、介護、受験のストレス。司波涼平本人が、犯行の方法を教えられたことで行動を起こしたと話しているので、我々もあのSNS上のメッセージを殺人幇助と見なすことになりました」

　篠崎は手帳を見ながら報告する口調で話していたが、話を続けるにあたってわずかに重い声になった。

「私と秋月さんは、あなた方から情報を提供してもらっていたので、浅野優香さんと司波涼平の二件を、あらかじめ同一犯の可能性を鑑みて捜査をすすめていました。それで、過去の薬物関連の事件や事故の記録を中心に調べてみたんですが……ここ数年の間に、ＳＮＳでのメッセージが基盤となって薬物関連の自殺をしたというケースが、全国で数件見つかりました。メッセージを送った差出人のアカウント名が不明なものもありますが、なかには〝万能薬〟の別称といえるものも見つかりました。ただ、今回の調査で明らかになったのは医療機関が不審に思って警察に通報していたものに限られていて、そういったところで目に留められていなければ、明るみになっていないケースもあるのではないかと思っています」

　善は息が詰まる感覚になりながら話を聞いていた。〝万能薬〟の別称を使用する人物は、全国にわたって薬剤関連の事件を他にも引き起こしている……それは可能性として考えてはいたことだが、胸が悪くなるような事実だった。これで十五年前の事件も、その一つであった可能性が高くなった。数日前、それについて朝希と話したことが頭に浮かぶ。

　善たちが子供だったあの頃、ちょうどＳＮＳが世の中に広まりはじめていた。今ほど多くの人に普及はしていなかったものの、その気になれば顔も名前も知らない相手とコンタクトをとることはできた。今は犯人がアカウント名として使用している〝万能薬〟の別称……十五年前に朝希が告げられたパナケイアという用語も、SNS上で検索することでなんらかのかたちで犯人に行き着くキイワードだったのかもしれない。そう朝希は語っていた。今はもう、確かめる術はないが……そこまで考えたとき、善はふと気になり、あらためて刑事たちに尋ねた。

「あの、おれたち、今日はどうして呼び出されたんでしょうか？」

優香と涼平の件を、十五年前の事件と結びつけて捜査することになったからかと善は期待したが、そうではなかった。

「それについてなんですが……」

篠崎は一度咳払いをし、言いにくそうに切り出した。

「今回のこの事件は、お二人もご存じのように、いくつもの薬剤が関わっています。その手口は専門的で、複雑な薬理作用のもとで起こっている。それだけに……」

遠慮がちな口調になる篠崎に代わって、困ったような笑みを浮かべた秋月があとを引き継いだ。

「その複雑な作用というのが、我々にはいま一つ理解しきれないのですよ。何が毒で、何が薬となっていたのか。とくに司波勲さんの件については複雑で……普段から十種類以上もの薬剤を服用していたということで、それらすべてが事件に関わりがあったのか、処方の意図も含めて理解し、調べなくてはならない……ただそれが門外漢の我々にとってはまったく容易ではなくて。恥ずかしながら今回は、その講義のお願いに来たんです」

善はちょっと肩すかしをくらった気分だった。朝希も善と同じように、こんな展開になるとは予想していなかったようだが、がっかりした顔はしなかった。

「私たちにできることがあるなら、ご協力します」

朝希が刑事たちに薬の作用について説明をしている間、善はＤＩ室にある薬理学の本をさがし、わかりやすい図や表があるものを見繕ってコピーをとった。まったく基礎知識がないなかで、何種類もの薬理作用を理解しなくてはならない刑事たちは、なかなか大変そうだった。じっくり朝希から講釈を受け、善がまとめた資料も有り難がって受け取り、帰っていった。


刑事たちを見送った頃には、すでに二十時近くになっていた。気づけば他の同僚たちは帰宅していて、当直者のいる調剤室以外はしんと静まりかえっている。二人は広げた資料を片付けるために再びＤＩ室に戻ってきた。そのとき善は、刑事たちにわかりやすいように、朝希がパソコン上でまとめた情報をあらためて目にした。

そこには今回の事件に関わりのある司波勲と、そして浅野優香の祖母の常用薬について、薬の種類と薬効、処方日、処方医、処方薬局、考えられる処方意図等が見やすいように表にされていた。刑事たちの要望に応じて先ほど朝希が作成したものだ。朝希はもとから頭の回転が早いが、さすがにこれだけのものを短時間でまとめられたのは、朝希がこういった情報を何度も見返し、頭にたたき込んでいたからだろう。

「……さっき、武原さんが秋月さんたちに説明しているのを横で聞いていて、あらためて思ったんですけど」

ディスプレイに映る表を見ながら、善は切り出した。

「浅野優香さんの件はともかく、司波勲さんの件が、おれはやっぱり引っかかっているんです。SNSで服用薬の情報を聞いて指示を出しただけで、確実に低カリウム血症を起こすことなんて、できるんでしょうか。もちろん、理論上は起こりえます。だけど実際の人の体って、そんなに思惑通りにいくものじゃないでしょう」

机に出ていた本を書棚に戻していた朝希は、ふり向かないまま声を出した。

「確実に起こるかどうかは、犯人にはどうでもよかったのかもしれない」

本を棚に並べる手を止めて、朝希は続ける。

「刑事さんたちの話では、犯人はSNSで相談者に指示を出したあと、再び接触することはなかった。それはつまり、その相談者たちが自分の指示通り動いたあとにどうなったかなんて、知ろうとしていなかったということ。だから犯人にとっては、たとえ司波勲さんが低カリウム血症を起こさなかったとしても、べつによかったんじゃないかな。犯人はその人たちになんの思い入れもなければ、責任もない」

朝希の声はめずらしく硬く、冷たかった。ふり返った朝希は疲れたような顔つきをしていた。本棚に背中を預け、額に手を当てる。

「SNSには行動地域も、接触する人にも際限がない。こんなことが全国で、誰にも気づかれないままに起こっているのだとしたら、どうやってその相手を見つけ出せばいいんだろう……」

朝希がこんな風に弱音を口にするのははじめてだった。だからこそ善は建設的な意見を言った。

「でも、これまでに二件……十五年前の事件を合わせれば三件、この三須々市の近隣で起きています。とくにこの地域は医療機関が少ないので、被害にあった人が運び込まれてくるとしたら、うちの病院の可能性が高い。秋月さんたちが言っていたように、過去にうちの病院に運び込まれた患者の中にも、気づかれないまま見逃されてしまった症例があるかもしれません。まずはそこからさがしてみませんか？」

善が提案すると、朝希はどうにか笑んでみせた。

「それしかないね」

けれどその顔色は冴えなかった。

その日から、善と朝希は勤務後に残り、過去にこの病院を受診した患者のなかで、不自然な薬剤症例がないかをさがしはじめた。主には朝希が入職してからの三年間で、彼女が違和感をもっていたものを中心に見直したが、SNSを通した犯人の関与を見極められるものはなかった。

数日が過ぎた頃、その日も終業後にDI室に残っていた二人のもとに一堂部長がやってきた。部長は手にしていた数枚の用紙を朝希に差し出した。

「頼まれていたもの、なんとか手に入りました。古い記録なので、事務長もさがしあてるのになかなか苦労したようです。一応武原さんの名前は出さず、警察の捜査協力のためとだけ説明してあります」

「ありがとうございます。お手数おかけしてすみません」

朝希が礼を言って受け取ったのは、十五年前のこの上鞍総合病院の職員名簿だった。

十五年前、事件の被害に遭った朝希は上鞍総合病院に入院していた。そのとき、病院を無断で抜け出した朝希に声をかけることができた人物は、当時この上鞍総合病院の職員だった可能性が高い。それが犯人を特定する糸口になるのではと、朝希は自分の過去を部長にうち明け、協力を頼んだのだ。職員名簿となると、一職員の朝希や善が入手するのは難しいが、役職を持つ一堂部長なら、名簿を管理している事務にも顔が利く。

部長はあらためて、なんとも言えない表情でため息をついた。

「まさか、武原さんがあの事件で被害にあった子供さんの一人だったとは……あの事件が起こった当時、僕は東京にいましたが、ニュースで見て、強く記憶に残っていました。穏やかな田舎だったはずの故郷で、まさかあんな事件が起こるとは思っていませんでしたから」

部長は戸惑いぎみに眉をひそめた。

「本当に、あの事件と、今回の一件とを引き起こした犯人は、同一人物の可能性があるんですか？」

朝希は静かにかぶりを振った。

「わかりません。私の思い込みなのかもしれません。ただ、可能性が少しでもあるなら調べようと思ったんです」

手にした名簿に目を落とす朝希に、部長が補足するように告げる。

「僕もその名簿に目を通してみたんですが、今もこの病院に勤め続けている職員が何人かいるみたいですね。薬剤部にはいませんが」

それを聞いた善は、朝希の横から名簿をのぞき、少し驚いた。

「当時の医局の名簿に、藤先生と渡瀬先生の名前がありますね。二人とも、そんなに昔からこの病院にいるんですか？」

「十五年前というと、藤先生も渡瀬先生も、おそらく研修医だった頃でしょう。研修医はいろんな病院を転々としますから、当時は医局の人事で割り振られてうちに来ていたんだと思います。その後研修期間が明け、他の病院を回ったすえにまた戻ってきたんですよ」

そう説明したあとで、一堂部長ははたと不思議そうな顔になり、善に言った。

「そういえば、五十嵐くんも、武原さんの過去のことを知っていたんですね」

部長がめずらしがっていることが感じられた。朝希がこうした個人的な過去をやすやすと他人に話す性格とは思えないからだろう。善は自分たちの関係をどう説明していいかわからず、やや目を泳がせた。

「実はおれも、子供の頃、十五年前の事件を目撃していて……だから無関係とも思えなくて。武原さんに協力したいと思ったんです」

「ああ、そうだったんですか。考えてみれば、君たちの実家は事件現場から近いですものね」

部長はそれで納得したようだった。善と朝希に向けるまなざしに、同情のような色が浮かぶ。

「子供の頃にこういった事件に遭遇してしまうと、僕なんかより、いっそう記憶に刻まれてしまっていると思います。それだけに事件を解決させたい君たちの気持ちもわかりますが……あまり固執しすぎないように。もし何かわかったらすぐに警察に報せて、任せるようにしてください」

しかし善たちの努力も虚しく、過去の症例を洗い直してみても、いっこうにめぼしいものは見つからなかった。というより、見つけられないと言った方が正しいかもしれない。そもそも薬の副作用で体に変調をきたす患者はそれほど珍しくはない。それにたとえ命に関わる不調の裏に薬剤が関わっていたとしても、使用した薬の情報を患者自身が医療機関に伝えようとしなければ、わからないままになってしまう。刑事たちの言っていた通り、犯人にＳＮＳで指示をされた当事者たちが、自ら声をあげでもしない限り、明らかにするのは難しいことなのかもしれなかった。

朝希は過去のカルテを見直す傍ら、何度も十五年前の職員名簿を見返していた。当時入院していた自身の記憶もたどり、あの人物に行きつく手がかりが少しでもないかさがしているようだった。

その日も善たちは遅くまでＤＩ室に残っていた。するとそこへ、いきなり山吹が顔を出した。

「ねえ、いくらなんでも二人だけじゃ大変でしょう？　私も手伝うよ」

とっくに帰ったと思っていた山吹だったが、どうやらわざわざ戻ってきたらしい。軽食や飲み物の入ったコンビニの袋を携えている。

朝希も善も、他の同僚たちには、自分たちが遅くまで残って何をしているかはとくに話していなかった。そのため、いきなり当然のように手伝いを申し出た山吹にぽかんとなってしまった。山吹は、そんな二人のリアクションなど構わずに「これ差し入れ」とサンドウィッチを手渡してくる。

「一堂部長から聞いたよ。朝希たち、警察に頼まれて捜査協力してるんでしょう？　声をかけてくれれば、もっと早くから私も手伝ったのに。薬剤部の他の人たちも、できる範囲で協力するって言ってくれてるよ」

考えてみれば、これだけ二人で連日居残り、調べ物をしていれば、同僚たちも何をしているのかと気になるだろう。そうして尋ねられた部長が、気をきかせてもっともらしい理由をつけてくれたようだった。

山吹は整った顔にざっくばらんな笑みを浮かべた。

「まあ協力するって言っても、過去に自分が担当した患者で、不審な薬の使い方をしている人がいなかったか見直すくらいだけど」

朝希はまだ少し呆気にとられたまま山吹に言った。

「……ありがとう。助かる」

「朝希がお礼を言うことじゃないでしょう。だって単純に、私も気持ち悪いもん」

山吹らしい、歯に衣《きぬ》きせぬ物言いだった。

「自分たちの仕事と真逆のことをしている人間がいると思うと、ぞっとする。たとえ犯罪を行える知識があったとしても、絶対に使ってはいけない方向っていうのはわかってるものだよ。それなのに、私たちとおんなじ知識を蓄えた上で、こんなひどい使い方をしているやつがいるのはすごく気持ち悪い」

山吹のその嫌悪感は、とてもまっとうな拒絶だった。それは山吹だけでなく、協力を申し出てくれた他の同僚たちも同じ気持ちなのかもしれない。善はそのとき、朝希も自分も、小さな頃の体験があるぶん、犯人に対してべつの感情が交じってしまっていることに気づいた。なぜこの犯人を〝許してはいけない〟と思うのか、根本の気持ちを見失わないようにしなくてはとあらためて考えた。

善と朝希はサンドウィッチを食べながら、山吹にこれまで調べてきたこと、これからしようとしていたことをうち明けた。山吹は形のいい細い顎に手をやり、考え込むようにうなった。

「私さ、前に司波涼平さんのスマホのメッセージを見たときから、ちょっと考えていたんだよね。もし犯人を見つけ出すなら、症例だけじゃなくて、SNSからさがす手段もあるんじゃないかって」

「どうやって?」

SNSに詳しくない朝希が、子供のように質問した。山吹が加わったことで、朝希の表情の強ばりがいくらかとれたなと善は思った。

「たとえば、SNSで架空の情報をのせたアカウントを作って、生きることに対してものすごくネガティブなつぶやきをするの。犯人はたぶん、単語で検索をかけてそういう発言をしている人に接触していると思うんだよね。だから、ネガティブな言葉を発し続けていれば、向こうから接触してくるかもしれない」

「待ってください。それってまるきりおとり捜査じゃないですか」

善は山吹の大胆すぎる発想に呆れた。

「ダメですよ、そんなの。そういうのは警察の仕事で、おれたちがやっていいことじゃないです」

山吹はちょっとつまらなそうに肩をすくめた。

「やっぱダメかな？　ドラマや小説ではよく見るんだけど」

朝希があくまで論理的に受け答える。

「もしそれをやったとしても、そんなつぶやきをしている人は、きっと全国に何千人といるよ。そのなかから犯人に選ばれて、向こうから話しかけさせるっていうのは、宝くじに当たるのを待つみたいなものだと思う。効率的じゃない」

もしも効率的だったら、ひょっとしたらこの人は実践していたんじゃないかと善は朝希の横顔を見ながらあやしんだ。いずれにしても、朝希も山吹も、善にしてみれば恐れをなしてしまうほど肝が据わっていて大胆で、心臓に悪い。自分がしっかりしなければと、善は咳払いをして二人をなだめるように言った。

「SNS上の捜査なら、もう警察が進めていると秋月さんが言っていました。そういうのはプロに任せた方がいいですよ。それよりおれたちは、おれたちにしかできないことをしましょう」


それから数日後の夕方だった。ＤＩ室で過去の患者カルテと向き合っていた善と朝希のもとに、飛び込むように山吹がやってきた。

「ねえ、ちょっとこれ見て。昨日の夜見つけたんだけど」

詳しい説明もなしに、山吹は自分のスマホ画面を二人に見せてくる。今日一日、山吹が仕事中に何か言いたげにそわそわしていたことに善は気づいていたが、どうやらこのことだったらしい。

山吹が善と朝希に見せたスマホの画面には、ＳＮＳ上のあるアカウントが表示されていた。善は数日前、山吹がＳＮＳを使って犯人をさがせないかと言っていたことを思い出し、驚いてつい声を大きくしてしまった。

「まさか、山吹さん、本当におとり捜査で犯人を見つけ出したんですか？」

山吹は慌てて首を横に振った。

「ちがうちがう。これはある漫画家さんのアカウント。朝希も五十嵐くんも、憶えてるんじゃないかな。ふた月前くらいにうちに入院していた矢島航さん。この人、実は漫画家さんだったんだよ。うちらが中学生くらいのときに一時期流行った漫画を描いてた人。今はあまり売れていなくて、兼業でコンビニ店員をしているみたいで、カルテの職業欄にはコンビニ勤務としか書いてなかったんだけどね。私が担当した過去の患者を見直していたら、看護サマリーに書いてあるのを見つけて……つい検索してみたの」

朝希も、いっときは犯人の手がかりが見つかったのかと身構えたが、今は肩の力を抜いていた。「山吹」と子供を諭すような声を出す。

「患者さんのSNSを検索するのはよくないよ。プライベートを勝手に探られたら、患者さんもいい気はしないでしょう」

「うん、それについては興味に負けた私がいけなかった。今後はもうしない。反省する。でも、とにかくちょっとこれ見て」

山吹は真剣な顔つきで朝希の指摘を聞き流し、善たちにそのSNSを見るように促した。善はつられて山吹のスマホをのぞき込んだ。そこに表示されているアカウントは、英語表記で矢島航。どうやら矢島航は、アカウント名にそのまま実名を使用しているらしい。山吹の話では何年か前に流行った漫画家だというが、それにしてはフォロワーがほとんどいない。もしかしたらこれはあくまで個人用のアカウントで、漫画家用のアカウントはまたべつに持っているのかもしれなかった。

自己紹介文には『過去の漫画描き』とだけ記されている。その下に連なる本文には、まるでひとり言のような日々のつぶやきが綴られていた。

「矢島さん、アルコール依存症のこともあって、先月退院したあとは県内の実家に戻って療養しているの。最近はほとんど書き込んでいないんだけど、少し前のものが――」

言いながら、山吹が画面を指先でスクロールする。そこには、漫画を描いても世に出せる見通しが立たず、アルバイトをしながら描き続け、それでも誰にも認めてもらえず、世間が悪いのか、自分が悪いのか――そうした嘆きのような言葉が、短いフレーズで、まるで詩のように綴られていた。

「なんていうか……ものすごく暗い、ですね」

善は思わず感想をもらした。矢島航の綴った言葉からは、まるで溺れているような苦しさがにじみ出ていた。さらに読み進めてみると、自ら命を絶つことを空想し、親を悲しませるから事故を装うべきかとか、生きる希望を描いてきた自分の漫画を否定することになるから世間には知られたくないとか、そんな書き込みもあった。

山吹が言いにくそうに二人に言った。

「この人、もしかしたら、自殺を考えていたんじゃない?」

すでに朝希の顔色が変わっていた。彼女は急に身を翻すと、手近にあったノートパソコンで電子カルテにアクセスした。

善も急いで調べ始めた。矢島航は、自分が初めて当直をした日に運び込まれてきた患者だった。そのためよく憶えている。入院した時点での内服薬の情報を調べたのも自分だ。すぐに善はパソコン上に記録していた矢島航の入院時の薬歴を見つけ、見やすいように印刷して二人のもとへ持っていった。

矢島航のカルテをじっと見ていた朝希は、善が渡した薬歴に目を通し、頭の中を整理するように言いはじめた。

「矢島航さんについては、私も気にかかったから、意図的な薬物服用の可能性がないか入院時に調べていた。でも処方もとの中村医院に問い合わせたけど、定期的に測っていたテオフィリンの血中濃度の変動に不審な点は見られなかった。だから、処方されたテオフィリンを一定期間飲まずにためておいて、一度に服用したとは考えづらい。アルコールの多飲で意図的にテオフィリン中毒を引き起こそうとしたことも考えられるけど、そんなのは狙って引き起こせるものじゃない。この人の場合、中毒が起こったのは飲酒の他に、たまたまテオフィリンの代謝を阻害するマクロライド系の抗生剤を併用していたからで――」

朝希はそこで言葉を止め、再び善が印刷した薬歴の用紙に目を通した。続いて自分のノートパソコンを操作し、彼女が以前、刑事たちのためにまとめた表を画面に映した。司波勲の常備薬の種類や用法、処方医、処方薬局などが詳細に記録されているものだ。それをしばらく見つめたすえに、朝希はようやく口をひらいた。その声はかすかに震えていた。

「矢島さんのテオフィリン中毒の引金は、間違いなく飲酒。だけど、マクロライド系の抗生物質がそれを起こす副次的な要因になっていた。司波勲さんの低カリウム血症も、下剤の投与が悪化の原因だけど、間接的に心不全治療のために飲んでいた利尿剤が低カリウム血症の重症化に拍車をかけていた。矢島さんに処方されたマクロライド系の抗生剤、そして司波勲さんに処方されていた利尿剤は、どちらも同じ医院――三浦クリニックから処方されてる」

朝希の頬から血の気が引いている。朝希はさらにせかされるようにインターネットを検索し、三浦クリニックのホームページを開いた。善は朝希が何を考えているのかわからずにいたが、彼女が手元に置いていた用紙を目にした瞬間、そのことに気づいた。ぞわりと鳥肌がたった。

朝希はしばらく黙ったまま、一心に三浦クリニックのホームページに目を通していた。

それはシンプルだが洗練されたデザインで、情報が一目でわかりやすいつくりになっていた。二年前に開業したばかりだというまだ新しいクリニックの写真が載せられていて、診療科の情報も記載されている。おもには一般内科、心療内科、精神科、それに在宅訪問医療まで行っているらしい。医師紹介のページには、三浦匠《たくみ》という院長の名前があった。顔写真はないが、出身大学やこれまで勤務した病院などの経歴が時系列で記されている。

「……もし、犯人が確実性をもって薬を毒にする指示を出していたとしたら」

ささやくような小声で朝希が言った。

「かかりつけの医院の医師なら、血液検査からカリウム値の把握は常に可能で、司波勲さんにいつ下剤を飲ませればもっとも効果的か、タイミングを示すことができる。同じように矢島航さんも、この医院から抗生物質をもらっていたから、何度か通院していた可能性が高い。もしそのどこかで血液検査をしていれば、抗生物質の副作用でテオフィリンの血中濃度が上昇していることも把握できる……しかもここは、心療内科も行っているから、患者やその家族から悩みや心情を聞く機会がある。診察として話を聞きながら、患者のＳＮＳのアカウントを探りあてて別人を装って接触し、指示を出せば――」

「ちょっと……待ってよ、朝希」

山吹が朝希の肩をつかんで止めた。朝希の凍りついた表情に、山吹は悪い冗談を聞いたときのように笑った。

「矢島航さんと司波勲さんの処方医が一致しているからって、それだけを根拠に決めつけるのはどうかと思うよ。このあたりは診療所もそう多くないし、同じ医院に通っている人なんかたくさんいる。たまたまってことも考えられるし」

「それだけじゃない。名前があるの！」

朝希が急に声を強めた。

「この三浦匠という人、十五年前の職員名簿に名前が載ってる」

よほどいっぱいいっぱいなのだろう。朝希は困惑した山吹に詳しく説明しようともせずうつむいた。そんな朝希に代わって、善は朝希の手元にあった用紙を山吹に見せた。

「これは、十五年前の上鞍総合病院の職員名簿です。ちょっと経緯が複雑で、詳しくは説明できないんですが……この名簿に名前のある人物が、事件の犯人である可能性が高いんです」

善は、当時の医局の研修医の欄に記された三浦匠の名を山吹に示した。それを目にした山吹はまだ信じられず、戸惑うように「うそ」と小さく声をもらした。

善は再びパソコンに目をやった。ホームページに掲載された三浦院長の経歴には、大学を卒業した年度が記されていた。今から十六年前とある。それなら、この上鞍総合病院で研修医をしていた頃はおそらく二十代の半ばくらいだろう。朝希の記憶にある〝若い男〟というのにも一致する。

そのとき、ふいに朝希がつぶやいた。

「十九時……」

それから善の手元に視線を向け、朝希は急に立ち上がった。何も言わないままDI室を出て行く。善はわけがわからず自分の手元に目を向けた。彼女が今見ていたものが、おそらく自分の腕時計だとわかった善は、慌ててパソコン画面を確認した。

三浦クリニックのホームページは、いつの間にか診療案内の情報が記されたページに変えられていた。三浦クリニックは土日を休診日としていて、診療受付は平日の十九時まで。今日は金曜で、今の時刻は十八時半――朝希の考えていることがわかった善は、すぐさま駆け出した。

善は病院を出た駐車場でなんとか朝希に追いついた。急くように白衣を脱ぎ、自分の車に乗り込もうとしていた朝希の腕をようやく捕まえた。

「待ってください。まさか、今から行く気ですか？」

朝希は善をふり返り、硬い口調で告げる。

「もし今警察に矢島さんの件を伝えても、司波勲さんと処方医が同じというだけじゃ、山吹が言ったように偶然かもしれないと思われる。たとえあの名簿に名前があっても、十五年前の事件に関連したことは根拠にしてもらえるかわからない。それになにより、私は――もう相手が先に行動に出るのを待ちたくない」

鋭く、何を言っても聞かない目をしていた。

「私がこれからクリニックに患者としてかかって、直接三浦匠に会ってみる。そうしたら、何かもっと他の証拠が見つかるかもしれない」

「それならおれも一緒に行きます」

善はほとんど反射的に言っていた。摑んでいた朝希の腕は離したが、そのかわり朝希の目を見て念をおした。

「三浦匠がもし本当に犯人なら、十五年前の事件で生き残った武原さんの名前を知っている可能性があります。病院にかかるなら保険証を提示しないといけないし、ごまかせません。受診はおれがします。武原さんは、おれの付き添いのふりをしてください」

三浦クリニックは、三須々市の北の端に位置する住宅街にあった。善たちは十九時になる数分前に車で到着し、院内へ入った。受付の女性に診察を希望すると、時間ぎりぎりのせいかやや迷惑そうな顔はされたが、受け付けてもらえた。

待合室の席に朝希とともに座り、問診票を記入しながら善は院内を見回した。個人医院としては広々としたつくりで、待合室の奥の廊下沿いに、診察室や処置室、レントゲン室などが続いている。壁とリノリウムの床は白く、待合席は淡い水色のソファで統一され、清潔で落ち着いた内装だ。院内には、ゆったりとしたクラシックのBGMが控えめに流れている。

待合室には善たちの他にも患者が二人おり、会社帰りらしい中年の男性と、杖を携えた高齢の女性が座っていた。ときおり診察室を行き来する看護師たちの姿も見られ、一見した印象ではとくに変わったところのないごく普通の診療所のように思えた。身構えてここまで来た善は、なんだかほっとしたような肩すかしを食らったような複雑な心地になった。

問診票を受付へ提出したあと、善は他の患者に聞かれないよう小声で朝希に話しかけた。

「問診票には、ストレスがあるので心療内科の診察を希望という風に書いておきました」

朝希が小さく頷く。

「うん。一般内科より、心療内科での診察の方が対面して話をする時間を稼げるから、その方がいい」

今の朝希は、上鞍総合病院を出たときよりはむしろ落ち着いて見えた。ただ顔色は相変わらずよくない。

善は、あらためて三浦医師が本当に一連の事件の犯人なのか考えた。矢島航がもし本当に自殺を意図して、ＳＮＳを通じて犯人とつながり、指示を出されていたとするなら――

単純な薬剤の副作用で引き起こされた浅野優香の件とはちがい、この矢島航と、そして司波勲の二件は複雑な薬理作用がからんでいる。犯人が確実性をもって〝死〟というものを引き寄せる指示を出していたなら、朝希がさっき言っていた推測通り、それが可能な人物は、この三浦クリニックの医師くらいしかいなかった。ただ、矢島航の件はまだ警察は認知していないため、捜査を行うには、まず矢島航が本当に自殺だったのかを確かめなければならないだろう。それには直接本人に確認をとるしかないが、認める確率は低いのではないかと善は予想していた。自殺に失敗した事実など、本人にとってみれば隠していた方が、その後の人生を生きやすいし、また死にやすい。そして矢島航が自殺を試みたという確認がとれなければ、警察は簡単には動かないのではないかと思えた。

そのとき、ふいに診察室の扉がひらいた。なかから今まで診察を受けていたらしい小学一年生くらいの男の子と、母親らしき女性が出てくる。男の子は泣き顔で、右腕には包帯を巻いていた。母親らしい女性がしきりに診察室のなかに向かって頭をさげている。

「ありがとうございました。本当は整形外科にいくべきだったんですが、この時間だと、もうどこも診察を終了していて。明日まで待たなきゃいけないかと思っていたので、助かりました」

「いいえ。これぐらいの傷の処置なら、僕のような内科医にもなんとかできますから」

そう返す声が聞こえた。朝希がびくりと顔をあげる。善が息をつめたとき、診察室のなかから白衣を着た男性が親子を見送るように現れた。

その男性医師は背がすらりと高く、細面の顔に黒いフレームの眼鏡をかけていた。ホームページに記載されていた経歴から、年齢はおそらく四十前後と推測できたが、外見上はもう少し若く見える。きちんと糊のきいた白衣をまとった身なりには清潔感があり、押し出しのよさが感じられた。三浦医師は男の子と目線をそろえるように腰をかがめ、やわらかく笑いかけた。

「痛いのはもう少しの我慢だ。腕の傷、すぐに良くなるからね。もう転ばないように注意するんだよ。亮太《りようた》くん」

親子を見送ると、三浦医師は自ら次に待つ男性患者に声をかけた。他の二人の患者は常連なのか、医師も顔と名前を把握しているようだった。男性が診察室のなかに入ると、三浦医師はまだ順番を待っている高齢女性に親しげにひと言声をかけた。

そしてその目が、唐突に善と朝希に向けられた。

「初診の方ですよね？」

確かめるように三浦医師が言ってきた。

「……はい」

心の準備をしていなかった善は、反応がやや遅れた。三浦医師は、申し訳なさそうにちょっと頭をさげた。

「すみませんが、もう少しだけお待ちください」

三浦医師が診察室のなかへ戻っていく。それを見届けてから、善は朝希をふり返った。朝希は隣で震えていた。体を硬くし、手で口元を押さえている。顔からは血の気が引いていて、今にも倒れてしまいそうだった。

受付の女性が、そんな朝希の様子に気づいたらしく、カウンターの向こうから「どうしました、具合でも悪いですか?」と声をかけてきた。善はとっさに朝希を受付の女性の視線から隠し、他に何か言われる前に尋ねた。

「すみません、手洗いの場所を教えてもらってもいいですか?」

善は具合の悪い朝希に付きそうふりをして、二人一緒にその場を離れた。


善たちはトイレにいくふりをして待合室を離れたが、さいわいトイレのそばには職員以外立ち入り禁止と表示された地下に続く階段があり、そこでなら周囲を気にせず朝希と話をすることができた。

朝希はしばらく自分を落ち着かせるように呼吸をしていた。口元を押さえていた手をようやくはずして、善に告げる。

「声が……同じに聞こえた」

朝希は身のうちから溢れる震えを懸命に抑えているようだった。

「声の出し方とか、響きが、記憶の中にあるものと一緒だった。あのときの声と……だけど、私があの人と接触したのは十五年も前だし、今の私は冷静じゃない。思い込んでいるだけなのかもしれない」

朝希は細い肩を自分で抱きしめながら唇を噛んだ。三浦匠という人物を前にして、朝希が彼女らしいまっすぐな冷静さを失っていることはたしかだった。善はそのことに危機感をおぼえた。

朝希が確信をもって進んでいくなら、善はどこまでもそれに付き合うつもりでいた。けれど、こんな状態の朝希を三浦匠に引き合わせていいのだろうか。しばらく迷ったすえに、善は言った。

「……帰りましょう」

朝希がはっと善の顔を見上げた。

「警察に順を追って話して、正式に三浦匠の捜査をしてもらった方がいいと思います。現状は推論だけで、証拠がないぶん時間はかかるかもしれないですが、その方が武原さんにとっても負担にならないでしょうし――」

善は、そこで意図せず言葉を止めた。

どこからか、奇妙な音が聞こえた気がしたからだ。

それは遠くに打ち寄せる波のように、初めのうちは不安定で聞き取りづらかった。しかしだんだんと、こちらに近づくようにはっきりと聞こえてくる。金属同士を強く打ち付けているような、重く響く耳障りな音。何度も何度も何度も。まるで何かを叫んでいるかのように――

善は周囲を見回し、朝希に問いかけた。

「何か、音が聞こえませんか?」

戸惑うように朝希は首を傾げた。

「音？　私には何も聞こえないけど……」

瞬間、唐突に激しいめまいが善を襲った。立っていられなくなると感じた善は、とっさに手近な壁にすがりついた。金属同士をたたくようなあの音は、さらに大きく増長して、今ではまるで耳鳴りのようになっている。頭を押さえ、善はうずくまった。

（予徴……？　でも、これは）

何かがちがっていた。いつもなら、めまいがした時点で視界が白く染まり、未来の場面を映像のように垣間見る。それなのに、今はひたすら奇妙な音が頭に響いているだけだ。命の危機に瀕して助けを求める、誰かの壮絶な声の代わりのように。

善は呼吸をし、ともすれば倒れそうなほどのめまいをこらえて、音の聞こえてくる方向を探った。それは、善たちが今いる地下へ続く階段の先から聞こえてきているようだった。善はふらつく足を踏みしめ、壁を伝うようにしながらその階段を下りはじめた。うしろから朝希が何か心配そうに声をかけてきたが、彼女の言葉は、今や悲鳴のようになった金属音にかき消されて善には聞こえなかった。

階段を地下までおりたとき、善は薬品庫と表示された扉を目にした。打ちっ放しのコンクリートの壁に設けられた金属の扉だ。気味の悪い重い金属音は、間違いなくその内側から響いている。こちらの不安と焦燥をかき立てるような音——善は思いきってドアノブに手をかけた。重い扉を押し開ける。とたんに視界が真っ白に染まった。

　息ができない。

　いや、正確には何度も呼吸をしているのに、窒息しそうになる胸の苦しさを和らげることができない。善はあっという間に混乱した。全身の血液が酸素を欲し、鼓動を駆け巡らせ、このままでは命が危ないと体中で叫んでいる。

　手にしていた金属製の棒は重く、握り続けている力さえ失い、気づけば取り落としていた。同時に、立っていることすらできなくなり、善はその場に倒れ込んだ。いつの間にか自分は薬品庫の中におり、様々な薬品が並べられた棚を、床であえぎながら見上げていた。視界がかすむ。それでもなんとか首を巡らせた善は、視線の先に朝希を見た。彼女も善と同じく苦しげに床に倒れ込んでいた。けれど、意識はなくしてはおらず、あらがうように呼吸を続け、何かを訴えるようなまなざしで善を見ている。

　善はもはや鉛のように重くなっている自分の腕を動かした。なんとかそれが視界に入るところまでもってくる。

　これは、たしかに言葉では表せなかった。憤りと懇願と不安。苦しく恐ろしく、こんなにも――

「五十嵐くん！」

叫ぶような朝希の声で、善は目をあけた。気づけば、今まで溺れていたかと思うほど激しく呼吸をしていた。体の内側は死を間近に見た恐怖に悲鳴をあげている。けれど、荒い呼吸をしばらく繰り返すうちに、自分の体はどこも苦しくないことに気づいた。

最悪の夢を見ていたようだった。けれど夢とちがって、今まで見ていた光景や苦しみは、頭の中にこれでもかというほど鮮明に刻まれていた。この現象がなんなのかは、善だけがよく知っていた。ただ、いつもなら自分ではない誰かのその光景を俯瞰《ふかん》しているだけなのに、今回はちがったのだ。善が今まさに見たものは、善自身の叫ぶような苦しみであり恐怖であり、助けを求める声に他ならなかった。

（おれは、おれ自身のことを予徴で見ていた――）

そしてあの場には朝希もいた。彼女も善と同じように、薬品庫の床に倒れこみ、苦しみながら死の間際に立っていた。

それは自分と朝希が、数時間後、そう遠くない未来に、この薬品庫のなかで死に直面する運命にあるということだった。

善は混乱しながらもどうにか頭を働かせた。今から、どうしたらあんな未来にたどりつくのか？　信じたくはなかったが、その信じたくない未来が現実になる様を、自分は今までさんざん見てきた。

予徴では、善と朝希はどうやら薬品庫に閉じ込められていて、酸欠のような状態に陥っていた。誰かが意図し、何らかの手段で二人を薬品庫へ閉じ込め、そんな状況に追い込んだとしか思えない。そして、このクリニックのなかで、自分たちに危害を加える可能性がある人間がいるとすれば――

「三浦匠……？」

善は、つぶやいた自分の口元を押さえた。ぞっとしながら考える。

（探りに来たことがバレるのか？　本当にあいつがおれたちのさがしていた犯人で……それを暴いたおれと武原さんは、あいつに殺されるのか？）

考えるほど背筋が寒くなった。自分自身の予徴を見たのは初めてで、焦燥と恐怖が胸の底から這い上ってくる。善は額を震える手で押さえ、パニックになっている場合じゃないと自分に言い聞かせた。そんな善の肩を朝希が摑み、強引にふり向かせた。

「大丈夫？　落ち着いて。ゆっくり呼吸して」

いつもの職場での習慣で、善は反射的に彼女の指示に従っていた。しばらく深呼吸を繰り返していると、呼吸だけでなく頭も落ち着けることができてきた。顔を上げると、心配そうにのぞき込む朝希と目があった。

（逃がさないと……いつだって、絶対におれの見た未来は起こる。せめてこの人だけでも）

けれど、それができないことも善にはわかりきっていた。予徴で見た光景は、何をしようとも、必ずそのまま実現する。未来は変えられない。善は今まで、それを何度も思い知らされ、そのたびに絶望してきたのだから。

「今、予徴を見たんでしょう？」

そのとき、朝希が見抜いたように問いかけてきた。

「何を見たの？」

三浦医師を前にしたときとは打って変わって、今の朝希はずっとしっかりとしたまなざしをしていた。奇妙なことに、彼女はいつも、善が告げる未来に絶望することはなかった。忌諱《きき》せずに、自分から知ることを望みさえする。それは、たとえ何が待ち受けていても、あらがうことを決めているからだろうか。

「武原さん」

しばらく考えを巡らせたあとで、善は息を吐きながら呼びかけた。朝希のその強さの半分も自分に宿ればいいと思いながら言った。

「おれのこと、信じられますか？」

善たちが診察室に呼ばれたのは、二十時を過ぎた頃だった。一つ前に順番を待っていた高齢女性の患者も帰り、院内の待合室に残っているのは善と朝希だけになっていた。

診察室へ入ると、三浦医師が二人をむかえた。遅くまで診療を続けているが、疲れや不満を顔に浮かべてはいない。三浦医師は、善がさっき受付へ渡した問診票に目を通してから、こちらに落ち着いたまなざしを向けた。

「今日はどうされましたか？　問診票では、心療内科の受診を希望されていますが」

あらためて近くで見た三浦匠の顔立ちは、鼻筋の通った品のいいつくりで、均整のとれた体形とともに人目を引く容姿に見えた。しかしその洗練された様子とは裏腹に、よく見れば眼鏡の奥の目元には薄く笑い皺《しんし》があり、口元も温和そうで、素朴な親しみやすさを感じさせる。まなざしは真摯《しんし》で、口調にも表情にも高圧的なところがなく、せかさずじっくり患者の話に耳を傾けようとする姿勢がうかがえた。もし朝希と調べ上げた事実を知らないまま、本当に治療を必要として受診したなら、いい先生そうでよかったと安堵しただろう。善は想定外の三浦匠の人物像にひそかに戸惑ったが、息をすって気持ちを鎮めた。あらかじめ考えておいた受診理由を口にする。

「時々、めまいを感じて倒れることがあるんです。倒れるといっても、立ちくらみのようなもので、すぐに回復するんですが……過去に検査をして、身体的に異常がないのはわかっているので、自分ではおそらくパニック発作のようなものだろうと思っています。最近、その頻度が多くなり、仕事にも支障をきたすようになってきたので、治療できないかと思って受診しました」

三浦医師は丁寧に頷きながら善の話に耳を傾けていた。主訴を理解したところで、ふと気になったらしく、善の後ろに控えている朝希に視線を移した。

「失礼ですが、そちらの付き添いの方は、ご家族ですか？」

さっきまで取り乱していた朝希に水を向けられ、善は一瞬ひやりとした。だが大事な場面になればなるほど研ぎ澄まされたような落ち着きを見せるのが朝希だった。彼女は静かな声で返した。

「いえ、家族じゃありません。恋人です」

堂々とつかれた嘘に、善の方がちょっと動揺しそうになった。しかし考えてみれば、恋人ならば受診に付き添ったとしても不審はないので、妥当な言い訳だなと思う。三浦医師も納得したように一つ頷き、診察の続きに戻った。

「さきほど五十嵐さんは、ご自分の症状に対して〝パニック発作〟という言葉を使っていましたが、なにか、そう思う根拠があるんですか？　たとえば、過去に衝撃的な経験をした人は、それとよく似た状況になると発作を起こし、体調がわるくなることがあります。電車に乗ったときや、狭い部屋に入ったときなど。五十嵐さんも、何か一定の条件になったときに体に変調をきたすということでしょうか？」

「はい」

善は答え、さあここからだと腹に力を入れた。

「パニックを起こす条件というか……その引金になっているトラウマについては、自分で心当たりがあります。おれは小学四年のとき、ある事件を目撃しているんです」

「事件？」

「先生は、十五年前に上鞍地区の廃工場で起こった、毒ガス事件のことをご存じですか？」

三浦医師は眼鏡の向こうの目で二、三度まばたきをした。記憶を探り、「ああ」と思い出したような声を出す。

「たしか、小学生の子供が何人か巻き込まれてしまった事件ですよね。もう十五年も前のことになりますか……こんな田舎で事件が起こるのはめったにないことですし、あれはかなり衝撃的な事件だったので憶えています」

あまりに純粋な受け答えだったので、はぐらかされそうにもなった。それでも善は勝負を挑むような心地で続けた。

「おれは当時、その事件の犯人に会っているんです」

三浦医師がほんの少し目を見張った。善はそのどんな表情も見逃すまいと思っていた。唇を湿し、ゆっくりと話す。

「おれはあの日、廃工場の前を通りかかって、おれより少し年上の子供が四人、門の隙間をぬけて工場に入っていくのを見たんです。それで興味がわいて、自分も敷地内に入ろうとしました。そのとき、知らない人に声をかけられたんです。〝この工場には入るな。恐ろしいことが起こるぞ〟と。その人はとても異様な様子でした。ただならないものを感じて、おれはすぐに逃げ出しました。工場内には、他に子供たちが入り込んでいたのを知っていたのに、その子たちに危険だと教えることもせず……恐ろしさから、一刻も早く自分だけ逃げることを選んだんです……そのあと、警察や救急車のサイレンの音を聞いてもう一度工場に戻って、あのときの子たちが心肺停止の状態で運び出されているのを見ました。その光景が、おれは、時が経った今でも忘れられません」

この半分は朝希と考えた作り話だった。だが善はところどころに真実も織り交ぜていた。その方が真に迫った語り口をすることができると思ったからだ。一か八かだったが、診察の中で三浦医師にあの事件の話題に触れさせることで、その言動から犯人と断定する糸口が見つけられるかもしれない。

「もしあのとき、おれが選んだ行動が少しでもちがえば、あの子たちは、助けられたかもしれなかった」

善は、三浦医師の目を正面から見て続けた。

「それ以来、おれは命の危機に瀕する人を見ると、体に不調が表れるようになりました。病院に勤務するようになってから、その症状が顕著に表れるようになってしまって……あのときの後悔から、誰かを助けたいと思って医療職についたのに、肝心のときに動けなくては困るので、治したいと思っています」

　三浦医師はただ静かに、身じろぎもせずに善の話に耳を傾けていた。膝の上で指を組み、善の告げたことを充分にのみこむように間をあける。そして言うべき言葉を慎重に選ぶように「そうですね……」とつぶやいてから、切り出した。

「まずは、その過去に対する考え方を多角的にしてみることをおすすめします。人というのは、ある一つの物事に関して、どういった感情をもつかを自ら選択します。その事件に遭遇したとき、五十嵐さんは自分のせいじゃないとみなして、忘れてしまうこともできた。けれどあなたは後悔するという選択肢を選んだ。それは、けしてわるいことじゃありません。それだけあなたがその子たちを助けたかったという気持ちの表れです。誰かを助けたいという気持ちは、医療者ならばなおさら、大切にしていいことだと思います」

　三浦医師は控えめなほほえみを浮かべる。それは相手を励まそうとする類いのものに見えた。

「そして、そういった体験が幼少期にあるのなら、人の命の危機に直面したときにパニックを起こしてしまうというのも、無理のないことです。誰だってそうなってしまうことはありえる。ですので、パニックを起こす自分をけして責めたりしないでください。それが一番よくないですから。今はパニックによる発作症状を抑えるお薬もありますし、お仕事に支障をきたすようであれば、処方することもできます」

三浦医師は患者である善を肯定し、心を砕きながらも理論的な解決策を探っていた。善はいつの間にか感心している自分に気がついた。真実を交ぜて過去を語ったぶん、善自身の過去のトラウマまですくい上げられたような気がしたからだ。それでも薬物治療の話が出たことで、慌てて気を引き締めなおした。そんな善に対し、三浦医師が続ける。

「ただ、僕が思うに、あなたは自己分析ができている。なかにはそれができない人もいるんです。そういう方々は、五十嵐さんのように落ち着いた目をして過去のトラウマを語ることはできないものです。あなたには、投薬を行うほどの治療は必要ないんじゃないかと僕は思います」

無理には服薬をすすめない三浦医師のスタンスは想定外で、善は肩すかしをくらった気分になった。三浦医師の発言はどれをとっても妥当で、まっとうな診察だと感じられる。違和感など見つけられず、取り崩せる部分がないように思えた。

力が抜け、途方にくれたような心地になる善に向かって、三浦医師は目尻に皺をつくり、あたたかく笑いかけた。

「僕は今まで何人も悩みを抱えた患者を診てきましたが、五十嵐さんなら、おそらく大丈夫ですよ。たとえ過去にトラウマを抱えていたとしても、ご自分と向き合い、過去を昇華させていけると思います。けれど、付き添いに来られた恋人の方は、そうはいかないかもしれませんね。むしろあなたの方が、五十嵐さんが語ったあの事件がトラウマになっているのではないですか？」

何気ない調子でにこやかに語りかけられた言葉に、善も朝希も凍りついた。三浦匠はやわらかなまなざしで朝希を見つめ、とんでもないことを言い出した。

「おれに会いにきたのは、本当は君だろう？　武原朝希さん」

朝希は口もきけない様子だった。それでも少しの間の後で、声を絞り出した。

「……どうして」

三浦匠の表情は穏やかで、あくまで診察の続きをしているようだった。けれど、その口調だけはがらりと変わった。

「君は、五十嵐さんが今話した十五年前の事件の生き残りだ。そしてこの世でただ一人、あの事件には、辰川靖夫の他に、べつの犯人が存在するんじゃないかと疑っていた。直接罪を犯すのではなく、辰川に毒物の知識を与えることで、殺人を促した人物がいるんじゃないかと。そしてその人物を追ううちに、おれのところにたどりついた」

三浦匠は、朝希の方にやや身を乗り出して問いかけた。

「その真実を求めていた君が、どうしておれに行きついたのか教えてくれる？」

朝希も善も、今は患者用のイスから立ち上がって身構えていた。朝希は善の肩越しに三浦匠を見つめ、慎重に言葉を発した。

「……病院に運び込まれてきた患者から、薬剤の不審な相互作用で体調に異変をきたした人たちの症例を洗い直したの。その処方もとやさまざまな情報を統合して追っていくうちに、このクリニックの――あなたの名前が浮かんできた」

三浦は考えるように顎に手をやった。

「なるほど。さすがに、執念がある人の目はごまかせなかったかな。かなり複雑な相互作用を利用していたから、故意だとは見極められないと思っていたけど――単剤のみで副作用を誘起させたものはともかく、薬学的相互作用を利用した例となると、たしかそう何人もいなかったはずだ。この近隣だと、司波勲と矢島航あたりかな？」

首を傾げて確かめてくる三浦に対し、朝希は否定も肯定もしなかった。どちらをしても、患者の情報をもらすことになるからだ。だが三浦がその二人の名前を口にした時点で、はっきりした事実がある。この男が十五年前の事件だけでなく、少なくとも司波涼平と矢島航の件にも関わっていたということだ。

善は、長年さがしていた相手を前にして、朝希が平静でいられなくなるのではと危ぶんでいた。しかし朝希は善の心配をよそにしっかりと顔をあげ、三浦を見すえている。ずっと胸に抱えていたものを放つように疑問を投げかけた。

「あなたは悩みを抱えた人たちに、薬を毒として使う方法を教えていた。そうすることで殺人や自殺を幇助していた。どうして……何が目的でそんなことをしているの？」

「目的、と言われても」

三浦は苦笑し、首をすくめた。

「おれはそんな大層なものを持ち合わせているわけじゃないよ。ただ、知識というものがとんでもなく不平等なものだと思っているだけ。意欲があれば誰にでも与えられるものじゃない。持って生まれた資質、経済力、成育環境……たとえば医者になりたくても、なれない人間は大勢いる。そういうものを手にした人間だけが知識を独占して、世の中を好きなように動かしているのはおかしいだろ？」

尋ねられても、善も朝希も反応を示さなかった。それを気にするふうもなく、立ち上がった三浦は白衣のポケットに両手を入れ、診察台に寄りかかりながら緩く語り続けた。

「今の状況をどうにかしたい、でも、どうしていいのかわからない。方法があるのにそれを知らない人たちに、こっちの勝手な価値観で教えないのは意地悪だ。だからおれは、知識を欲している人たちに、望んだものを教えているだけ。それを知った上での選択を、それぞれの人にゆだねているだけ。今のこの世の中なんて、おれと同じようなことをしているやつらがごまんといる。偽の情報で相手を貶めたり、正しいと思って誰かを責めたり、それで死ぬ人間がいても知らない、自分のせいじゃないという。そうやって成り立っている世の中だ。なにも、おれだけが特別なことをしているわけじゃない」

朝希は低い声で言い返した。

「それでも、あなたは医者でしょう。医者なら、出会った人たちが間違いを起こさないように引き戻すのが役目のはず。それなのにあなたは、悩んで苦しんで、岐路に立つ人たちの人生を、負に傾けるように背中を押した。そうしなければ、べつの道を選んでいた人もいたかもしれないのに」

「負という定義を誰が決めるんだ。人によって物事を測る天秤はちがうのに。おれの教えたことを実行して、後悔なく死んでいった人たちもいるかもしれない。でもまあ、そんなことはどうだっていい。肝心なのは、彼らが自らその選択をしたということだ。すべては彼らの決断で、自己責任。殺されるやつはそんな理由をつくった己が悪いし、自分で死んだやつは生きる力がなかった。それだけのことだ」

あくまで平然と、まったく揺らがない三浦に、朝希は言葉をなくしたようだった。

少し間をあけてから、震える声をようやく押し出した。

「本当に、それで許されると思ってるの？」

「許される？　誰に？　君に？」

三浦は目を細めて笑った。

「神サマなら、きっと許しているんだろうな。だからおれは十五年も誰からも咎められずにいたんじゃないのかな。だからこそ今も、こうして地域の人たちに信頼される医師としてここにいる」

これ以上の問答を続けるのは不毛だと善は思えてきた。三浦には、朝希の言葉が少しも響いていない。こんなのは朝希が傷つくだけだ。話題を変えるため、善はべつの疑問を三浦に投げかけた。

「どうしてあんたは、武原さんのことがすぐにわかったんだ。子供の頃の武原さんの顔は知っていたのかもしれない。それでも、成長して大人になった彼女をすぐに見分けることは、さすがにできなかったはずだ。あんたは、大人になってからの武原さんの容姿を知っていたんじゃないのか？」

三浦はああ、と思い出そうとするようにまばたきした。

「あれはたしか……二年前だったかな。災害時のトリアージ訓練で、地域の医者たちが上鞍総合病院に招集されたことがあったんだ。そのとき配布された人員配置の名簿で、武原朝希の名前を見つけたんだよ。さすがに、自分が一番はじめに関わった事件で、一人だけ生き残った女の子の名前はよく覚えていたからな。名簿には薬剤師とあったから、訓練中に薬剤部まで見にいって、白衣のネームプレートから顔を確かめた」

懐かしむようなまなざしで、三浦は朝希をあらためて見る。

「あのときは、とても感慨深かったよ。十五年前、歩道橋の上から、今にも身を投げようとしていた女の子が、大人になって、あんなところにいたんだから。君はあのときを生き延びて、よりによって、わざわざ自分を死に追いやった原因である薬を扱う人間になっていた。それを見て、すぐにわかった。ああ、この子はおれに復讐したいんだって。毒を理解して、おれまでたどりついて、あのとき自分が経験した苦しみをおれにも味わわせたいんだって。だから、もしも君がおれのことを見つけたら、本当のことを話そうと決めていた。ここまでたどりついたその熱意に敬意を表して」

三浦は歓迎を示すように両手を広げた。この男の話はどれも嘘らしく、どれも本当らしく聞こえた。いずれにせよこちらの感情を揺さぶり、面白がっているだけなのだろう。だからこそ、この男の言葉に感情を左右されてはいけないと善は思った。

「お前には、自首する意思はあるか」

静かに善は確かめた。

「自首？　どうして？」

三浦はありえないことを訊かれたようにおかしそうに笑った。

「おれはただ、患者に妥当な薬を処方しただけだ。カルテを見れば、司波勲も矢島航も、治療に必要としていた薬剤だったとわかるだろう。おれじゃなくて、使う側だ。彼らがそれを毒にするという選択をしただけだ」

「それでも、ＳＮＳでのやりとりがある。あんたはＳＮＳ上でわざわざ別人を装って患者やその家族に接触し、薬を毒にするように誘導している。いくら消去しても、過去のログを復元したり、被害者の証言から立証はできる。逃げられるわけがない」

三浦はわずかに首を傾げた。

「SNSで患者たちに接触していたその人物が、おれだという証拠は？　それがないから、わざわざ二人でここに直接乗り込んできたんだろ？　君たちはまだ、おれの存在を警察には話していない。警察は、証拠がなければ信じてくれないからだ。ちがうか？」

まるで真実をすべて見通しているかのようなまなざしに、善は息をのんでしまった。しかし、だからといって逃げ出すことはできない。ささやくような小声で善は言った。

「……証拠なら、ある」

三浦ははじめ、信じていないようにおかしげな顔をした。しかし善が目をそらさずにいると、笑みは浮かべたままだったが、次第に目だけ真面目なものになっていった。

「それは困るな」

つぶやくように三浦が言った。

「この世の中は、馬鹿みたいにつまらない。でも、そんな世の中の片隅で檻に入れられて生きるのはもっとつまらない」

ふいに三浦がポケットから右手を出した。その手に摑んだものをこちらに突きつけてくる。善は一瞬心臓が凍りそうになったが、よく見ればそれは銃ではなかった。

銃の形をしているものの、それはプラスチック製の青い水鉄砲だった。

「気づいていたかな。他の職員たちはもういない。君たちはおれの個人的な知り合いだからいいと言って、先に帰ってもらったんだ。こんなこともあろうかと、身を守るための武器もいろいろ用意しておいてよかったよ」

子供がプールで遊ぶような水鉄砲の銃口を善たちにむけながら、三浦は忠告するように言う。

「ただの水鉄砲だと思っていたら火傷する。文字通り、本当に皮膚が溶けて重度の火傷のようになる。さあここで問題。Ｈ２ＳＯ４で表される無色酸性の液体は？」

「……硫酸」

朝希が嚙みしめるように言う。三浦は正解だというようににこりと笑ってみせた。

そして三浦は、二人が身構えることもできないうちに、いきなりその水鉄砲の引金を引いた。

善も朝希も液体がかかるのを衣服で防ごうとし、腕で顔をかばった。とっさに善は朝希の前に出ていたが、液体が腕にかかる感触を感じたときには恐怖から鳥肌が立った。そのとき、朝希が叫ぶ声がした。善がかばっていた目をあけると、三浦が朝希を自分のもとへ引き寄せ、彼女の首筋に注射器を突きつけていた。注射器には、透明な液体が入っている。

「ごめんごめん。硫酸というのは嘘。ただの水。でも、この注射器の中身は本物の薬液だ。何かは教えない」

「お前……」

善は怒りで二の句が継げなくなるという経験を初めてした。三浦はそんな善を目で牽制しながら、動けずにいる朝希の上着のポケットに手を入れ、そこから朝希のスマホを取り出した。それが動画の撮影モードになっているのを見て、困ったように眉をしかめた。

「ああ、やっぱり。最近の携帯は性能がいいからレコーダー代わりにもなるもんな」

朝希の首に注射器を突きつけたまま、三浦は彼女のスマホを操作して録画を消した。それを自分の白衣にしまうと、さらに善にも要求してきた。

「君も、渡してくれる？」

朝希の首筋にはすでに針の先端が刺さっていて、赤い血が細く伝っていた。そのまま注入されれば、朝希の体に正体不明の薬液が入ることになる。逆らうことなどできるわけもなく、善は上着のポケットに入れていたスマホを三浦に差し出した。

三浦はすばやく善の携帯を取り、操作しながら呆れた声を出した。

「ああ、やっぱり。こっちも録画してる。君たち、よっぽど証拠がほしかったんだな。逆に言えば、おれの自白した音声くらいしか証拠になるものがなかったってことだ」

二人の目の前で画像を消去すると、それも白衣のポケットにしまい、三浦はこれから手品を見せるマジシャンのように笑った。
「でも、本当に残念。全部消える。おれが真実を語った事実すら、何も残らない」

三浦は朝希を盾にして、善に診察室を出るように指示した。善はそれに従って廊下に出て、奥へ進んだ。後ろから朝希に注射器を突きつけたままあとについてきた三浦が、地下に続く階段を下りるように告げたとき、善は息をのんだ。これで、すべてが予徴のままになる――

階段を下りると、薬品庫の扉をあけ、中に入るよう言われた。それに従い、善が狭い薬品棚の奥まで進んだとき、三浦が突然朝希を善にぶつけるように突き飛ばした。とっさに善は朝希の体を受け止めたが、薬品棚に強く背中をぶつけ、二人でもつれるように倒れ込んでしまった。

「さすがに注射器一本で二人を相手にはできないからな。まあ、やり方は色々あるけど、これが一番体力も手間もかからない」

三浦は言いながら、入り口近くに並べられていたいくつかのガスボンベのバルブを手際よくひねっていった。とたんに気体が噴き出す音が狭い地下室のなかに響き渡る。続けて、入り口近くにあった鉄製のパイプのようなものを手に取り、いきなりボンベのバルブに振り下ろした。気体を放出し続けるボンベのバルブが次々と変形させられていく光景を、善は戦慄しながら目にしていた。善に支えられてどうにか身を起こした朝希に、三浦は親しげな笑みを向けた。

「ああ、そうだ。一つ安心していい。これは君が十五年前に苦しんだような毒ガスとはちがう。正式に医学的治療に用いられるガスだ。でも、君も知ってるだろう？毒じゃなくても人は死ぬ」

善は身震いし、こぶしを固め、考えるよりも先に三浦に殴りかかっていた。三浦は躊躇なく手にした鉄のパイプを善に投げつけ、それをまともに胸にくらった善が動けなくなるのを見下ろしながら薬品庫の外に出た。善が三浦のあとを追って扉に飛びついたときには、すでに施錠されていた。


「出せ！　ここから出せ！」

善は扉の向こうの三浦に叫んだが、右の肋骨のあたりに激痛が走って思わず咳き込んだ。朝希がすぐに駆け寄ってきて、有無を言わせず善のシャツをめくった。思わず固まった善に対し、まじまじと善の右胸あたりを見ながら朝希が言う。

「さっきあの人の投げたパイプがあたったところ、腫れてる。肋骨にヒビが入ってるかも」

「武原さんこそ、首の傷、大丈夫ですか？」

善はなんとか腕を動かし、ズボンのポケットに入れていたハンカチを出して朝希の首筋にあてた。朝希は礼を言ってハンカチを受け取り、自分で傷口を押さえた。

「薬液は入れられなかったし、これぐらいは平気」

善は気体を絶えず噴き出しているガスボンベに目をむけ、薄ら寒さをおぼえた。

「やっぱり、予徴で見た通りになってしまいました……すみません」

朝希は不服そうに聞き返した。

「どうして謝るの?」

「やっぱり、武原さんだけでも逃げてもらえばよかったと思って」

「予徴で見たものは何をしても変わらないんでしょう。それに、一緒に行くって言ったのは私だから、五十嵐くんを恨んだりしないよ」

朝希は言いながら立ち上がり、すばやくガスボンベを調べた。ためしに変形したバルブに手をかけ、閉めようとしたが、動かせないようだった。それでも朝希は嘆くのではなく、これからすべきことのみに思考を費やしていた。

「ここを切り抜けて私たちが生き延びれば、証拠になる。三浦匠は、私たちの殺人未遂容疑で逮捕される。そうなれば私たちとの関係性を調べるなかで、これまであの人がやってきた殺人や自殺の幇助に関しても、警察は捜査せずにはいられない。三浦匠は私たちを追い込むことで、自分の手で決定的なことをしたの」

そのとき善は悟った。こうして命の危機に対峙したとき、朝希がいつも驚くほど澄み渡った冷静さを発揮するのは、おそらく十五年前、事件に巻き込まれた経験があるからだと。皮肉なことだが、これは、三浦匠が彼女にもたらした力なのだ。複雑な思いで見つめる善の前で、朝希は足元に落ちていた鉄のパイプを拾った。小柄な体に力をこめて、閉ざされた扉を力一杯にたたく。鉄と鉄がぶつかり炸裂《さくれつ》するような金属音が狭い薬品庫に響いた。善ははっとし、急いで朝希を止めた。

「待ってください。放出されているガスがもし可燃性だったら、引火の可能性が」

「大丈夫。ここにあるのは全部医療用の窒素ボンベ。さっきここに来たときに確認した。窒素は不燃性だから引火はしない。これだけ大きな音をたてていれば、外にも聞こえるはず。近くを通りかかった人が不審に思って様子を見に来てくれるかもしれない」

さらに朝希は鉄のパイプで扉をたたき続けた。音で助けを求めるにしても、善たちが酸欠になるまでの時間が問題だった。この狭い空間では空気中の酸素が失われていくのにそう時間はかからない。その証拠に、朝希はすでに肩で息をしていて、善も息苦しさとめまいを覚えた。

鋭い金属音が響く。このあらがい、叫ぶような音は、諦めない朝希の〝声〟だ。自分が聞いたのは、この音だったのかと善は今になってわかった。朝希はあと数分後には死ぬかもしれないという状況でも、嘆くことも怯えることもせず、自分にできることをし続ける。彼女のその不屈さは、どこからわき上がるのだろうと善が思ったとき、ふいに朝希が噛みしめるように口にした。

「あの人が思っているほど、絶対に人は弱くない」

そこに込められた切実さに、善は胸を突かれた。

「はい」

善は小さく答え、痛みをこらえて立ち上がると、呼吸を弾ませている朝希の手から鉄のパイプを引きとった。

「動くとそれだけ酸素を消費します。代わるので、武原さんはもう休んでいてください」

今度は善が扉をたたき始めた。地下にあるこの部屋からの音は、どれだけ外に聞こえているのか。聞こえても、不審に思って様子を見に来ようとしてくれる人が、はたしているのか。それでもこれは、自分たちがここにいることを示す音だった。諦めるわけにはいかない。少なくとも、過去の自分には届くように、善は懸命に扉をたたき続けた。

助けを呼ぶ、誰かに届く。すべてではなくてもどこかで、そうして成り立っている世界だと信じたかった。

手にしたパイプを握る力さえ失い、気づけば取り落としていた。立っていることすらできなくなり、善はその場に倒れ込んだ。様々な薬品が並べられた棚をあえぎながら見上げる。まったく同じ――予徴で見た光景だ。視界がかすむ。それでもなんとか首を巡らせ、善は朝希の姿をさがした。彼女も善と同じく苦しげに床に倒れ込んでいた。けれど、意識はなくしてはおらず、あらがうように呼吸を続け、何かを訴えるようなまなざしで善を見ている。

身のうちを蝕むような冷たい恐怖のなかで、善はもはや鉛のように重くなった腕を動かした。なんとかそれが視界に入るところまでもってくる。

二十時三十二分――

腕時計が、予徴と同じその時刻を示しているのを善が目にしたときだった。

扉が外から開かれた。

「大丈夫か！」

外の空気が倉庫内に流れ込んできて、気づけば善は咳き込むように呼吸をしていた。斑紋がちらつく視界にあったのは、県警の刑事である秋月の顔だった。善の横で、あえぐような呼吸をしながら朝希がどうにか声をしぼり出した。

「窓を、開けて」

秋月は驚いた様子だったが、すばやく周囲を見回し、状況を察したようだった。

朝希の指示に従って階段上の窓をあけ、善と朝希を地下の薬品庫から急いで運び出した。引きずられるように階段をあがり、窒素ガスの充満していた地下から離れると、善は咳き込みながらもようやく生きているという心地を取り戻した。

肋骨の痛みと、おそらく酸欠からくる頭痛と吐き気で気分は最悪だったが、それでも呼吸が落ち着くと、善は秋月に笑いかけていた。

「……来てくれるって信じてました。秋月さん」

「私はまだ信じられていないけれどね」

秋月は度を超えるものを目撃した人のように、力なく言った。

「君の奇妙な通報は、これで二度目だ。〝一連の殺人・自殺幇助の犯人は三浦匠だ。人命に関わるから、必ず三浦クリニックに来い〟なんて電話を突然もらっても、なかなか信じられるわけがないだろう。しかも二十時三十二分と時刻まで分単位で指定されて……ふつうだったらイタズラだと思って駆けつけないところだ。けれど私には、十五年前のトラウマがあったからね。君の声を無視することはできなかった」

薬品庫で自分自身の予徴を見たあと、善は一か八かにかけて、秋月に電話をしていた。予徴はどうあがいても変えられない。それをわかっていたから、逆に待ち受ける運命を利用してみることにしたのだ。とはいえ、他の誰に言ってもあんな馬鹿げた通報は信じてもらえなかっただろう。けれど十五年前、善を信じなかったことを悔いていた秋月なら、一縷の望みがあると思った。信じてよかったと心から善は安堵した。

大人二人を階段上まで運び上げたことで、秋月も息が上がっていた。くたびれたようにその場に腰を下ろす。

「正直に言えばほとんど疑っていたよ。しかし、指定された時間にクリニックに来てみれば、建物の中から奇妙な金属音が聞こえてくる。それが明らかにのっぴきならない音に聞こえて、院内にいた三浦匠に鍵を出させて調べに来たんだ。さすがに、五十嵐くんの言っていた人命が君たち二人のことだったとは思わなかったが……何はともあれ、間に合って良かった」

それにしてもとつぶやき、秋月は心底不思議そうに床に這いつくばったままの善を見た。

「君は、どうしてこんな風に未来を言い当てることができるんだ？」

それに関しては答えずに、善はべつの質問をした。

「三浦匠は、どうなりました？」

「篠崎と診察室にいる。閉じ込められていた君たちを見つけた時点で、すぐに篠崎に連絡して確保させた。とりあえずは君たち二人の監禁と殺人未遂の現行犯だ」

秋月がふと表情を厳しくした。

「こんなことをされたのは、五十嵐くんがさっき電話で言っていた通り、あの男が一連の事件の犯人だったからなのか？」

そのとき、秋月の耳にはめていたイヤホンから、漏れるほどの焦った声が聞こえた。

「秋月さん！」

「どうした」

秋月が襟元につけたマイクで即座に応じる。篠崎が無線でなにか告げたとたん、秋月の顔色が変わった。朝希が、まだ荒い呼吸のなかで不安げに尋ねた。

「何かあったんですか？」

「三浦匠が、白衣のなかに隠し持っていた注射器を自身に刺したらしい。何かはわからないが、注射器には薬剤が入っていたそうだ。私は様子を見にいくから、君たちはそこにいなさい」

素早く立ち上がって駆け出した秋月のあとを、善はなんとか体を起こして追いかけた。何も言葉は交わさなかったが、朝希も同じように善のあとについてきた。

診察室の扉を開けると、三浦匠は篠崎によって壁に押しつけられていた。薬剤を投与したあと、それ以上何かしないように取り押さえられたようだった。三浦匠にはすでに手錠がかけられていて、ズボンの太もも部分に血がにじんでいる。おそらく隠し持っていた注射器をそこに刺したのだろう。

善たちが診察室に来たことに気づくと、三浦はこちらに顔を向け――にこりと笑った。正確には、三浦の視線は他の誰でもなく朝希を捉えていて、彼女に向けて笑いかけていた。そのときの三浦の目は、追い詰められた犯人とは思えないほど迷いなく澄み渡っていた。数秒後、三浦はふいに立っていられなくなったように床に倒れた。

善はしばらく圧倒されたように動けなかったが、三浦の足元に針が付いた注射器が転がっているのを見つけた。薬液がほとんど残っていないそれを拾い上げ、朝希に見せる。

「これ、さっき武原さんが突きつけられた注射器ですよね」

朝希はなにも言わなかった。まるで凍りついたように床に倒れている三浦を見つめていた。その三浦のそばに膝をつき、秋月が繰り返し呼びかけている。

「おい、大丈夫か！　一体何を投与したんだ」

三浦はその質問には答えなかった。拒否するように目を閉じている。そんな三浦の手足がぴくぴくと小刻みに震えているのを見て、善はいそいで刑事たちに言った。

「痙攣の症状が出ています。おそらく何らかの中毒症状だと思います。このまま進行していくとまずい……救急車を呼んでください」

篠崎がすぐに携帯電話で救急車を要請した。善はそれを見届けると、診療所内をぐるりと見回した。痛む脇腹を押さえつつ息を吸い込むと、手当たり次第に引き出しや棚を開けていった。まだめまいや吐き気がしていたが、そんなものには構っていられなかった。

「五十嵐くん、何をしているんだ」

家捜しをするように診療所内を物色している善に、秋月が目を見張った。手を止めずに善は言った。

「三浦が注射器で何を投与したかわからないと、病院に搬送しても、治療の方向性が立ちません。なんとか特定しないと……おそらく院内にある薬剤のどれかだと思うんです」

善たちが今日このクリニックを訪れることは、三浦匠も予想することはできなかった。しかも少し前までは看護師たちも院内にいて、途切れなく診療を行っていたのだから、特別な薬剤をとっさに用意することはできなかったはずだ。そう考えると、注射器に入っていた薬剤は、あらかじめ院内にあったものだと考えるのが妥当だ。

痙攣が徐々に悪化していく三浦をどうしていいかわからない表情で見守りながら、篠崎が尋ねてくる。

「だけど院内の薬剤というのは、患者の治療に用いるものでしょう。そんな薬に致死性なんてあるんですか?」

「治療用の薬でも、使用法を誤ったり健常人に投与すれば危険です」

善は手近にあったビニール袋を拝借し、目についた注射薬剤を一種類ずつ入れながら、めまぐるしく頭を働かせていた。今、自分にできることは何なのか。

「病院はともかく、個人の診療所なら置いている注射薬剤の種類はそう多くありません。せいぜい二十種類くらいだと思います。この院内にある注射薬剤をすべて病院に持っていって、原因薬剤を特定します」

朝希は何も言わず、ただ立ったまま動かずにいた。三浦に見つめられたときに、石にでもなってしまったかのようだった。


三浦の搬送先は上鞍総合病院だった。地理的に考えても救急車の行き先が自分の職場になることは善にも予測がついていた。

秋月たちの車に同乗し、善と朝希も救急車と同じタイミングで病院についた。搬送口では、すでに連絡を受けていた医師や看護師たちが待機していた。今夜の当直医は、どうやら藤医師と鈴本らしい。三浦の身の上については、刑事たちからすでに病院へ情報が伝えられていた。善はストレッチャーを押す医療スタッフたちとともに救急部へ向かいながら、医師たちに三浦のここ数分の体調変化について報告した。藤医師は舌打ちして顔をしかめた。

「体に何をぶち込んだのかわからない以上、対症療法くらいしかやることがねえじゃねえか。とにかくまず痙攣を抑える」

「ジアゼパムですか」

即座に薬剤名をあげる鈴本に、藤医師が荒っぽく言い渡した。

「投与量はお前が指示出せ」

「はい」

鈴本が先行し、三浦を乗せたストレッチャーが救急部へ入っていったときだった。

ふと藤医師が扉の前で足をとめた。

「やけに静かだな。あいつを助けていいのかわかんねえんだろ。ガキの頃に殺されかければそれも当然か」

善は一瞬、藤医師が何を言っているのかわからなかったが、すぐに自分のうしろについてきていた朝希に言葉を向けているのだとわかった。これまでまったくしゃべらなくなっていた朝希が、息をのんだ様子で声を出した。

「知っていたんですか？　私のこと」

「忘れられるか、あんな胸くそ悪い事件。あのとき運び込まれた子供たちの治療をした医者の一人は、研修医の頃のおれだった」

憤るように言い捨て、そのまま藤医師は救急部に入っていった。

「朝希、五十嵐くん」

後ろから声をかけられ、二人はふり返った。廊下の向こうから山吹と八城、そして一堂部長が二人のもとへ駆けてきた。今日の薬剤部の当直は八城だったので、八城がここにいることに善は驚かなかったが、山吹と部長がまだ院内にいるとは思わなかった。

「山吹さん、帰っていなかったんですか？」

尋ねる善に、山吹は戸惑いがちに言った。

「三浦クリニックの話が出たあと、急に二人が飛び出していっちゃったから、心配で……朝希たちが話していた推論も含めて、部長に相談していたところだったの」

一堂部長が、勘弁してくれというような顔でいきなり善の肩を摑んだ。

「二人とも無茶をしすぎです。警察から、君たちが監禁されていたと聞いて肝が冷えました。怪我は？　大丈夫ですか？」

「はい、おれたちは助けてもらったので……それより」

善が言いかけた先を、八城が引き取った。

「三浦匠が投与した薬剤の特定だろ。五十嵐が三浦クリニックにあった注射薬を全部持ってきたことは刑事さんから聞いてる。見せてくれ」

八城はそう言うと救急部の中へ入っていき、三浦の処置を行っているブースの隅にあるデスクに善を手招きした。原因不明の薬剤中毒の場合、時間経過によって表れる症状も薬剤特定の根拠になる。八城はここで三浦匠の状態変化を見守りながら、薬剤の特定をするつもりなのだとわかった。善は持ってきた様々な種類の注射薬をデスクの上に並べていった。

「三浦が薬剤を投与してから、まず痙攣のような症状が出始めました。その後意識レベル低下、昏睡状態に至っています」

善がかき集めてきた薬剤は全部で二十五種類ほどだった。昇圧薬、降圧薬、インスリン、ステロイド、抗てんかん薬、麻酔薬、鎮痙薬……善はそれらの薬剤名を見て懸命に頭を働かせ、三浦のような中毒症状を起こす可能性のあるものを考えた。

一堂部長が口を開く。

「最初に痙攣が出たってことは、中枢神経系に作用するものでしょうか」

「投与量は？」

八城に尋ねられ、善は首を振った。

「……わかりません。でも、投与部位は大腿部です」

「大腿部？　皮下か筋肉内か血管内かによってもちがってくるぞ」

難しい顔つきになる八城の横で、山吹は腹立たしげに手にした薬剤辞典をめくっている。

「そもそも、添付文書に規定されている用法用量以外で使用した場合なんて、正確にはわからないよ。どんな作用が表れるか、文献にも載ってないんだから。たとえば降圧薬だって、多量に投与すれば心停止する可能性もあるのに」

そのとき、藤医師が声をあげた。

「呼吸停止した！　気管挿管！　不整脈も出てる」

三浦につけられたモニターが、けたたましい警告音を鳴らしていた。善はその音がなぜだか不気味に笑っている声のように聞こえた。どうするのかと試すように。

結果はわかっていると言いたげに。

そのとき善は、身の内に熱いものがぶわっと湧き上がるのを感じた。瞬間、ふり返って自分の後ろでひたすら黙っていた朝希の腕を摑んだ。

「武原さんは、どれが原因薬剤だと思いますか？」

これを朝希に聞くのは酷だとわかってはいた。それでも善は、朝希の顔をのぞきこみ、重ねて言った。

「あなたは〝負けない人間〟になろうとしたんじゃないんですか？　だったら、今が一番負けちゃいけないときじゃないんですか？」

朝希は目をいっぱいに開いて善を見返していた。いつも朝希に指示を仰ぎ、あとを追いかけていた善だったが、今は彼女に言い聞かせるように言った。

「許さなくていいんですよ。だけど、それは医療者である武原さんが仕事を放棄する理由にはなりません。今までの全部を、ここにたどりついたあなたを、無駄にしないでください」

そのときの朝希の表情を、おそらく善は一生忘れない。顔つきは憤っているのに、目だけは今にも泣き出しそうだった。

朝希は、しばらくは何も言わずにいたが、両手で顔を覆い、ゆっくりと呼吸をした。それから、そっと声を出した。

「……クリニックにあった廃棄ボックスのなかに、リドカインの空アンプルが三本捨てられていた。内科が主な診療科のあのクリニックでは、治療で局所麻酔薬のリドカインなんてめったに使われないはず。だけど私たちが診察を受ける前に、男の子が腕の傷の処置に来ていたから、そのときにイレギュラーで使ったんだと思う。それでも、処置で使う通常量なら、多くても一本分で足りる。捨てられていた空のアンプル数は、明らかに多かった」

朝希は両手を顔から離すと、意識のない三浦をまっすぐに見つめた。

「三浦匠に表れた最初の症状は痙攣、そのあとに呼吸抑制、不整脈の兆候。そのことから推測できるのは、心毒性がある薬剤。投与部位が太ももの付け根……鼠径部付近だったことを考えると、皮下や筋肉じゃなく、血管内を狙って投与したんだと推測できる。局所麻酔薬は、通常は血管内に投与されることなんてない。だけど誤って血管内に注入した場合、中毒症状として中枢神経症状が最初に起こることがわかってる。そのあと血中濃度の上昇に伴って意識レベルの低下から呼吸抑制、心停止」

その後の彼女の言葉は、三浦の処置を行っている医師たちに向けられていた。

「三浦匠の今の状態は、局所麻酔薬による中毒症状だと思います」

鈴本は処置の手をとめないまま、興味深そうに朝希に視線を注いでいた。藤医師は背を向けており、彼女を振り返ろうともしない。けれど数秒黙ったあとで、藤医師が周囲に投げつけるように指示を出した。

「血中の麻酔薬濃度を測定する。だがその測定結果が出るまで待ってられん。局所麻酔薬中毒の場合、体内除去に有効なのは……たしか脂肪乳剤だったか？」

「はい」

朝希が答える。

「投与方法は、さすがに知らん」

「今文献を持ってきます」

善を含めた薬剤部の面々はすぐに動き出した。救急部には在庫が置かれていない脂肪乳剤を薬剤部にまで取りに行き、投与方法の記載がある文献をさがして、情報を医師たちに伝えた。


目覚めて以来、三浦匠はひと言も発していない。

気管挿管や心停止直前まで状態が悪化した影響で、なんらかの後遺症として声が出なくなったのか、それとも本人の意思でまったく声を発していないのかは、誰にもわからなかった。

数日後、容態の安定した三浦は、県内の警察病院へ移送されることになった。秋月が息を吐きながら、善と朝希に弱ったようにこぼす。

「医師の了解を得て、何度か面会に行ったんだが、雑談にすら応じないんだ。何らかの意思を伝えようとする素振りもない。まったく供述がとれなくて困っているよ」

秋月と篠崎はこの日、転院する三浦の付き添いと護送のために上鞍総合病院を訪れていた。まだ動くことのできない三浦は救急車で運ばれる予定だったが、そこに刑事たちも同乗するらしい。朝希と善は、警察病院へ持っていく三浦の治療薬や、その情報提供書を刑事たちに渡しにきていた。薬の受け渡しがすむと、篠崎が善たちの気になっていた情報をそっと教えてくれた。

「まだ本人からの供述はとれていませんが、削除されていた五十嵐さんの携帯のデータから、三浦が自白した音声を復元することができました。それがあれば、三浦が司波涼平、矢島航における殺人・自殺の幇助と、十五年前の事件について関わっていたという証拠になると思います」

秋月が言葉を添える。

「それに、三浦の自宅からも数台の携帯端末やパソコンを押収できたからな。削除されているデータも多いが、根気強く解析していけばそのほかの証拠もおそらく見つけられる。これから徐々に余罪についても明らかになっていくと思うよ」

廊下の先にあるエレベーターが開き、三浦を乗せたストレッチャーが運び出されてきた。主治医である藤医師も付き添い、看護師たちに運ばれ、搬送口のそばにいる善たちのもとに近づいてくる。

善は三浦の顔が見える前に、朝希を連れてここを離れた方がいいのではと思った。けれど、とうの朝希には動く気配がなかった。ストレッチャーが通り過ぎていくのをじっと見つめている。

そのとき、入院してからこれまで自発的に動くことがなかった三浦が、ふいに手を動かした。通り過ぎる直前、朝希の腕を掴んだのだ。ストレッチャーを押していた看護師たちが、驚いたように足を止めた。

朝希は振り払ってもおかしくなかったし、彼女にはその権利があった。けれどそうはせず、少し間をあけたあとで、朝希は言葉を放った。

「私は、あなたの思い描くようにはならない。あなたのようにはならない。それが私のあなたに対する復讐です」

三浦は朝希を見つめていたが、やはり何も言わなかった。もう笑いもしなかった。黒いガラスのような目で朝希を見つめ、やがて目を閉じ、彼女から手を離した。

三浦のストレッチャーが搬送口から出ていく。刑事たちが救急車に乗り込み、看護師たちは救急隊員たちに情報伝達をはじめたため、そこにいるのは朝希と善、そして藤医師だけになった。そのとき善は、初めてぽつりと口にした。

「おれは、あの人の予徴を見ませんでした」

あの日以来、ずっと気になっていたことだった。

「三浦からは、助けを求める声がまったく聞こえませんでした。あのとき……三浦は、間違いなく命の危機に陥っていたのに」

朝希が横で息をのんだのがわかった。彼女はしばらく黙っていたが、やがて確かめるように言った。

「それは、あの人が助けをまったく求めていなかったということ？」

善は考え考え言葉を発した。

「おれが聞く予徴の声は、たぶん、人の命が発する無意識の叫びなんです。たとえ自ら死を望んでいる人だとしても、苦しみや不安から、本能のようなもので誰かに助けを求めるのが、ふつうなんだと思います。三浦のように予徴が見えなかった人は、初めてでした」

それまで黙っていた藤医師が、ふいに言った。

「……そういえばあいつ、研修医時代に言っていたな。〝おれたちは命の扱い方を知り、期限を決め、知識のないものたちに言い渡す。勝手に生かし、勝手に殺し、神にでもなったつもりか〟」

藤医師が、三浦をまるで知り合いのように語ることに善は驚いた。けれど、そういえば藤医師は研修医時代、三浦と一緒にこの上鞍総合病院で働いていた時期があったのだ。藤医師は壁に背を預け、腕を組みながら思い出すように続けた。

「あれはたしか、末期がんのじいさんを診ていたときだった。じいさんは酸素吸入器をつけられ、痛みから意識も朦朧としていた。だが時々投与されている輸液を指さして、おれたちに何かを伝えようとすることがあった。おそらく、〝もう点滴を止めてくれ〟〝もう生かさなくていい〟と言っていたんだろう。だが、家族は遺産相続にもめていて、その決着がつくまではじいさんの延命をのぞんでいた。おれたちは延命措置の書類を記載できる家族の意向に従ってじいさんを生かし、家族の気がすんだところでようやく延命をとりやめた。あいつが揶揄《やゆ》するようにあの台詞を言ったのは、たしかそのときだったな。〝生きるも死ぬも、人それぞれの意思のもとにあるべきだ。それを許さなくなったこの世界はゆがんでいる〟」

善は身を固くしてその話を聞いていた。三浦の言葉には、たしかに共感する部分もあった。けれど、なにか見つめてはならないものを目にしてしまったときのような、ぞっとするものを感じた。藤医師が低く言う。

「あいつは身をもってそれを実践したってことなんだろう。自分の意思で己の命の期限を決め、本能の部分でさえ他人に助けを求めはしなかった。潔いと言えばそうなのかもしれない。だが、あいつが馬鹿馬鹿しいクズの悪人ということには変わりない」

善はしばらく黙り、やがて小声で言った。

「三浦は、今後どれだけの罪が立件されて、どんな風に裁かれるんでしょうか」

しかし藤医師はばさりと切り捨てた。

「知るか。そんなのはべつのやつらの仕事だ。おれたちにどうにかできるわけでもない。しんみり考えるだけ時間の無駄だ。そんな暇があるなら仕事しろ」

いつものようにひどい物言いだったが、その言葉の続きは聞く価値のあるものだった。藤医師は眉をひそめたままぼそりと口にした。

「医療ってのは、天秤の護り役なんだよ」

言葉の意味が計れず、善は朝希と目を見合わせた。言い捨てたまま歩き去ろうとする藤医師の背中に、朝希が尋ねた。

「天秤って、何のですか？　善悪のですか？」

「ちがう。そんなものを決めるのはおれたちの仕事じゃないと今言っただろ、馬鹿が」

たちまち罵声が返ってくる。寝癖のついた頭をがしがしとかきながら、ふり返った藤医師は極めて面倒そうな顔をしていた。

「善悪や倫理なんてものでは片付けられない、答えも基準もないもんだ。憎んで嫌悪する人間でも助ける。どれだけ善良で好ましい人間でも、ときには治療を打ち切って見送る。絶対に助けられないと思う怪我や、恐ろしい感染症を前にしても、逃げられん。答えのない最善をさがして、誰もがもう放り出したくなるようなクソみたいにぐらぐら頼りなく揺れる、その天秤を護らなきゃならねえ。そういう仕事なんだよ」

中庭の日当たりの良いベンチで、善はインスタントの味噌汁をすすっていた。リハビリを兼ねた散歩中の患者から、「あら、こんなところで仲良く昼食ですか？ いいですねえ」と笑いかけられる。それににこにこと手を振って、善の横でサンドウィッチを頬張っているのは、研修医の鈴本だった。

ちょうど昼時に医局へ疑義照会にいくと、一緒に昼飯を食べようと鈴本に誘われた。

「医局は気を遣うから、息抜きができないんだよ。たまには気兼ねしない同級生と飯が食いたい。いいだろ？」

自分で言うだけあって、鈴本はそこそこくたびれた様子だった。人手不足から当直業務が立て続けに割り振られているらしい。しかも休日には上の医師たちからゴルフに誘われるのだと嘆いていた。

「人当たりがいいのも仇になるんだな」と、善は同情を込めて缶コーヒーをおごってやった。

鈴本と近状を話していると、先週警察病院へ転院した三浦匠の話題になった。鈴本は急に思い出したように善に言った。

「そうだ。おれ、あとから聞いてめちゃくちゃ驚かされたんだぞ。病院に搬送されてきた時点で、三浦匠が殺人未遂の容疑者だっていうのは聞いていたけど、その殺されかけた相手って、お前と武原さんだったんだって？ かなり危ない目にあわされたんだろ？ そういうことは言えよすぐに」

善は味噌汁を飲み下して肩をすくめた。

「言ったところで、べつになにも変わらなかっただろ。鈴本は医者で、治療しないわけにもいかないんだし」

「治療したあとで一発殴るくらいはできた」

「医者が患者を殴ったら問題だろ」

善は笑ったが、鈴本は笑わなかった。

「医者だって聖人君子じゃないんだよ。親しいやつが殺されかければ、さすがに思うところもある。まあお前の言う通り、だからといって治療しないわけにもいかないんだけどさ」

鈴本は、善のおごってやった缶コーヒーを口にしてしばらく黙った。それからふいに言った。

「だけど、これであのときのお前と武原さんの会話にも納得できたな。三浦の中毒の原因薬物を特定していたとき、武原さん、いつもとちがって率先して動かなかっただろ。それでお前が説得して、やっと動いてた。あのときは事情を知らなかったから珍しいなと思ってたけど、おれも、もし自分が殺されかけたら、その相手を助けるのを躊躇していたかもなと思うよ」

しみじみ思いやるように言う鈴本の言葉を、善は否定も肯定もせず聞いていた。

ほとんどの人は、十五年前の事件における朝希と三浦の関わりを知らない。朝希が三浦を助けることをためらったのは、自分の命を危うくされたという理由だけではなく、もっと許せないものがあったのだが、周りがそう解釈したなら善はそのままにしておくことにした。

ふとおかしげに笑って、鈴本は善に視線を向けた。

「それにしても、五十嵐は全然迷ってなかったよな。あのとき、武原さんを叱りつけたお前、なかなかぐっとくるくらいイケメンだったぞ。少なくともおれはときめいた」

全開の笑顔で褒めてくる同級生に、善は思わずため息が出た。

「鈴本にときめかれてもな……」

「だけど、おしいよな。すげえおしい」

急に言い出す鈴本に、善はまばたきした。

「何が？」

「お前と武原さんって、特別というか、見ていると二人だけでつながっているものがある気がするんだよ。でも、お前にとって武原さんは恋愛対象じゃないんだろ？恩人？　もったいないよな」

善は少しの間黙った。それから本音を口にした。

「恩があったのは本当だ。だけど、それについてはちゃんと精算できたからな。これからは、やっと好きだって気持ちでそばにいられる」

鈴本が豆鉄砲をくらったような顔になった。

「え、ちょっと待て。その話もっと詳しく」

追及されそうになったときだった。善は自分の名前を呼ぶ声を聞いた。中庭に面した廊下の窓から顔を出して、朝希が手を振っている。

「五十嵐くん、もしお昼食べ終わってたら、午後の新薬説明会の準備、手伝ってもらってもいい？」

「今行きます」

善は答え、何食わぬ顔で朝希のもとへ駆け出した。


午後の診療が始まる前のひとときは、外来患者も途切れているため、院内はまどろむように穏やかだった。天気がいいこともあって、中庭に面した窓のいくつかは開けられていて、そこから心地好い初秋の風が入ってくる。窓辺でひなたぼっこをしている車イスの患者と挨拶を交わしながら歩いていた二人だったが、朝希が急に言った。

「そういえば、ふと思ったんだけど、お父さんがつけた五十嵐くんの名前の意味って、善悪の善じゃなくて、最善の善なのかもしれないね」

突然ふられた話題に、善は思わずきょとんとしてしまった。

「それって、何かちがうんですか？」

「善悪の善は、そのまま善い行いのことだけど、最善の善は、できる限りのことをするって意味」

朝希は前を見ながら告げた。それから、こちらに視線を向ける。

「五十嵐くんは、迷っても怯えても、最善を尽くすことを絶対に選ぶから。三浦匠を助けたときもそうだった。負の感情に押し流されないで、できるかぎりのことをし尽くす強さがある。私はそういう五十嵐くんを見るたびに、うらやましいと思ってたよ」

善はしばらく押し黙ったすえに、小声で言った。

「……最善を、尽くせているんですかね」

そのときの善の頭には、これまで自分が四苦八苦して、どれだけ手を尽くしても、助けられなかった人たちの姿が浮かんでいた。

医学部の大学入試の日、事故現場で怪我をした人たちを救命していた医師の背中が今でも目に焼きついている。自分はその背を見ながら、ただ立ち尽くしていることしかできなかった。そのうえ医師になる道を手放して、薬剤師になった。

この先もきっと、人の命の危機を目の前にするたびに、善は、医師になれなかった劣等感を感じるだろう。医師や看護師のように、命の危機にある人に直接処置を施すことができない薬剤師という職業は、幼い頃漫画で読んで、憧れていたものとはちがう。前に山吹が言ったように、主役にはなり得ず、少しのやるせなさを内包した仕事だと善は思う。それでもやるべきことがある。

「最善を尽くした結果と言うより、流れ着いただけですけど」

善は自分の気持ちを確かめるように口にした。

「それでもおれは、この仕事についてよかったです。いつだって目の前の不安や恐怖に屈せずに、やるべきことをやる武原さんを見ていると、そう思うんです」

善の視線を受け止め、朝希は目をふせた。深く実感のこもった声になる。

「少なくとも五十嵐くんに、そんな風に言ってもらえる人間でいられてよかった。もう少しで私は、取り返しのつかない方に傾いてしまっていたかもしれないから」

朝希がふいに足を止めた。ふり返った善に、朝希がほほえむ。

「あのとき、助けてくれてありがとう」

善はつかの間ぽかんとしてしまった。〝助けてくれてありがとう〟。その言葉は、いつも誰の目にも映らず、不器用に立ち回っていた善が、はじめて向けられたものだったからだ。けれど善は、すぐに気負わず言っていた。

「いいえ、おれはいつも、たいしたことはできていないですよ」

そう謙遜《けんそん》した善だったが、今は明るい気持ちだった。たとえいつだって悪い未来を予想してしまうとしても、それが必ず実現するとしても、もう自分をついていないとは思わないでいられそうだった。

どこか晴れ晴れとした心地で朝希と並んで歩いていた善は、今がいい機会かもなと思った。さっき鈴本に宣言したことを、朝希にも伝えておこうと口を開きかけた、そのときだった。

唐突に視界がくらんだ。遠くから、まるで溺れた人が救命を求めるような壮絶さで、言葉にならない声がすがりついてくる。思わずぎゅっと目を閉じたはずなのに、善のまぶたの裏には、閃光のようにある光景が鮮烈に映し出されていた。

自分をついていないとは、もう思わないつもりだった。けれど、どうしてこの夕イミングなのかとは思う。ああ、やっぱりと、固く目を閉じたまま善は悟った。予徴が見える……。

視界がようやく通常の機能を取り戻したとき、善は自分が廊下の隅に座り込んでいることを認識した。すぐそばに朝希がいて、こちらの顔をのぞき込んでいる。

いつものように、恐れるよりも大切なものをまっすぐにさがすような目をして、彼女は尋ねた。

「予徴を見たんでしょう？　教えて。何が見えたの？」

参考資料

NHKスペシャル　シリーズ人体Ⅱ「遺伝子」第2集〝DNAスイッチ〟が運命を変える（2019年5月12日放送）

天秤の護り人

安澄加奈

2022年5月5日　第1刷発行

発行者　千葉 均
発行所　株式会社ポプラ社
〒102-8519　東京都千代田区麹町4-2-6
ホームページ　www.poplar.co.jp
フォーマットデザイン　bookwall
組版・校正　株式会社鷗来堂
印刷・製本　中央精版印刷株式会社

N.D.C.913/329p/15cm　ISBN978-4-591-17378-7

落丁・乱丁本はお取り替えいたします。

電話(0120-666-553)または、ホームページ(www.poplar.co.jp)のお問い合わせ一覧よりご連絡ください。
※受付時間は月～金曜日、10時～17時です(祝日・休日は除く)。

P8101446

ポプラ文庫好評既刊

はつ恋

村山由佳

南房総の海沿いの町で、古い日本家屋に愛猫と暮らす小説家のハナ。二度の離婚をへて、人生の後半をひとりで生きようとしたときに巡り合ったのは、幼少期を姉弟のように過ごした幼馴染のトキヲだった——。四季のうつくしい巡りのなかで、喪失も挫折も味わったふたりは心も体も寄せ合いながら、かけがえのない時を積み重ねていく。あたたかな祝福に満ちた、大人のための傑作恋愛小説。解説／小手鞠るい

ポプラ文庫好評既刊

四十九日のレシピ

伊吹有喜

妻の乙美を亡くして気力を失ってしまった良平のもとへ、娘の百合子もまた傷心を抱え出戻ってきた。そこにやってきたのは、真っ黒に日焼けした金髪の女の子・井本。乙美の教え子だったという彼女は、乙美が作っていた、ある「レシピ」の存在を伝えにきたのだった。ドラマ化・映画化された話題作。